Kommissar Mozart
Es muss nicht immer Mord sein

Tom Ots

KOMMISSAR MOZART
Es muss nicht immer Mord sein

Für Kiisu

Inhalt

Zu spät – wieder einmal

Kommissar Mozart kam zu spät. Wieder einmal.

Das wunderte eigentlich niemanden. Denn Kommissar Mozart kam eigentlich immer zu spät. Und eigentlich ist das für jemanden aus der Mordkommission nichts Besonderes. Selten erscheint der Kommissar vor der Leiche auf der Bildfläche.

Aber!

Wenn es an der Zeit gewesen wäre, den Mörder nicht nur zu überführen, sondern auch zu verhaften, hätte er ja mal rechtzeitig auftauchen können. Und genau das war sein Dilemma. Hatte Mozart mal nach langer, sehr genauer – ach was: akribisch-genialer – Recherche die zündende Idee, so entwischte ihm der Mörder dennoch. Mozart galt im Dezernat als Denker, nicht als Greifer.

Denn!

Es gab Mitarbeiter, junge, dynamische. Und die schnappten sich den Mörder. Die waren einfach fix, setzten seine Ideen um, schneller als Mozart selbst es hätte machen können. Fix? Wenn man das für Grazer Kriminalbeamte so sagen darf.

An all das dachte Kommissar Mozart jedoch nicht, als er bei der BANK FÜR GRAZ UND UMLAND auftauchte. Und eigentlich kam er dieses Mal gar nicht zu spät. Denn ein Mord war nicht geschehen. Mozart hätte gar nicht hier sein sollen. Einer vom Morddezernat beim Bankraub?

Die Erklärung ist einfach: Es war der Tag des Polizeifestes. Das war ein wichtiger Termin für alle Polizisten: mit Freibier, Freiessen, Freitanz, einige ältere und auch einige jüngere Damen, manche etwas freizügig, allesamt verliebt in Uniformen. Und natürlich wie jedes Jahr der Höhepunkt: die Rede des Polizeipräsidenten, mit Spannung erwartet. Der Beginn seiner Rede war das Signal. Da erhob man sich dann von seinem Platz und antechambrierte bei der Dame da vom Nachbartisch, die, wie man schon gesehen hatte, ein Auge auf die Uniform geworfen hatte. Und wenn der Herr Präsident seine Leute zu loben begann und auch noch die eine oder andere Errungenschaft und die eine oder absolut schwierige, aber dennoch mit Bravour gemeisterte Aufgabe erwähnte, da wackelte so mancher Polizistenkopf, so manche Polizistenaugenbraue wurde gehoben und damit angedeutet, dass man an führender Stelle beteiligt gewesen sei. Der konnte gar nicht so schnell schauen, wie ich ihn … Darf ich bitten?

Aber an all das dachte Kommissar Mozart nicht, als er bei der BANK FÜR GRAZ UND UMLAND auftauchte. Er hatte sozusagen Dienst – ausgesucht bzw. auserwählt, die Polizeiführung während des Polizeifestes zu vertreten bzw. die friedliebenden Bürger von Graz zu schützen – und ließ sich vom Polizistenteam, das auch Dienst hatte, vor Ort informieren.

Es hatte einen Alarm gegeben. Man hatte natürlich erst an einen Fehlalarm gedacht, aber als die Bank auf den Telefonrückruf nicht antwortete, war man halt schnell, sehr schnell hingefahren.

»Und dann konnte ich schon durch die Eingangstür sehen, dass da Leute auf dem Boden lagen und ein Mann mit einer Affenmaske und mit einer Tasche an der Theke stand, und der hielt eine Pistole in der Hand.«

»Und was geschah dann?«

»Ja nichts, dann haben wir erst einmal oben angerufen. Was schlagen Sie vor?«

»Was ich vorschlage? Ja, wissen wir denn schon genug? Wie viele Räuber sind es? Einer oder mehrere? Hat er was gesagt? Haben wir Kontakt?«

»Nein, keinen Kontakt, die Bank antwortet ja nicht. Und vom Bankräuber haben wir keine Handynummer.«

»Gut, gut. Rufen Sie weiter an. Lassen Sie es einfach weiter klingeln. Irgendwann hört's der Bankräuber, und dann weiß er, dass wir mit ihm reden wollen.«

Mozart ruft den Polizeipräsidenten an.

»Hier Mozart, wer da? Ich hatte den Polizeipräsidenten erwartet.«

»Ich bin heute Abend sein Adjutant, er spricht nämlich gerade, wissen S', die große Ansprache.«

»Es ist aber wichtig, wir haben einen Banküberfall!«

»Aber nicht in echt, oder? Wieder die BANK FÜR GRAZ UND UMLAND?«

»Doch! Sogar die Zentrale.«

»Er ist eh gleich fertig, dann sag ich's ihm.«

»Es gibt aber Geiseln!«

»Mein Gott, ich sag's ihm gleich.«

Mozart informiert den Polizeipräsidenten.

»Hm, irgendwie völlig gegen den Trend. Es werden doch nur noch Banken im Umland überfallen. Und jetzt gar die Zentrale mitten in der Stadt. Trotzdem, das ist eine ernste

Sache. Bleiben Sie dran, Mozart, versuchen Sie Kontakt aufzunehmen, und schön ruhig, aber das brauch ich Ihnen ja eh nicht zu sagen, das konnten sie ja immer schon. Ich red noch schnell zu Ende, und dann komm ich mit meinen Leuten rüber.«

Aber nervös war Mozart doch!

Einer der Polizisten gibt Mozart das Polizeihandy.

»Herr Kommissar, der Kassier ist in der Leitung.«

»Was sagt er?«

»Dass der Bankräuber mit Ihnen sprechen möchte.«

»Wie, kennt der mich?«

»Nein, Einsatzleiter eben, so ganz allgemein.«

»Ja bitte?«

»Mit wem spreche ich?«

»Kommissar Mozart.«

»Mozart? Echt? Interessant! Verwandt?«

»Ja, echt. Verwandt mit dem Komponisten, nicht mit den Kugeln. Ich kenne die Frage schon. Und auch die nächsten Fragen. Nein, ich leite nicht den Polizeichor, ich kann nämlich nicht singen. Hab mir den Namen nicht ausgesucht. Sie haben die Bank überfallen. Warum das denn?«

»Sie meinen, warum diese hier?«

»Nein, generell!«

»Na, ich brauche Geld. Hatte aber nicht gedacht, dass die Polizei so schnell hier ist, wo Sie heute ja Ihre Siege feiern. Die eine Kassiererin ist ja voll durchgedreht. Die musste ich erst mal beruhigen.«

»Beruhigen? Was haben Sie mit ihr getan?«

»Nein, nein, nein, keine Gewalt. Ich hab sie beruhigt.

Aber das geht nicht so schnell mit einer Pistole in der Hand.«

»Wofür haben Sie denn eine Pistole?«

»Sagen Sie mal! Ist das a Schmäh? Ein Bankraub ohne Waffe? Mann Gottes! Auf die Idee muss man erst mal kommen.«

»Ja und jetzt? Wie geht's weiter?«

»Das ist doch klar. Sie sind zu früh da. Gibt noch kein Geld, dafür aber jede Menge Geiseln. Jetzt wirds gefährlich. Die liegen alle auf dem Boden und zittern jetzt schon um ihr Leben. Recht haben sie.

Hier meine Forderungen, klassisch sozusagen, damit es keine großen Schwierigkeiten gibt: Ein schnelles Fluchtauto, vollgetankt, Schlüssel steckt, und eine Million, in kleinen Scheinen, Fünfziger, Hunderter, nicht registriert, nicht markiert, hinten rechts auf dem Rücksitz in einer Sporttasche, unauffällig schwarz, wehe, wenn rot, ohne Aufschrift, und das Auto nicht verwanzt. Das merkt mein Detektor sofort. Ich gehe mit zwei Geiseln raus, und wenn irgendwas nicht stimmt, also wenn ich merke, dass Sie mir folgen, tu ich der ersten was an, und wenn mit dem Geld was nicht stimmt, wenn ich das dann in Sicherheit zähle, ist die zweite auch hin. Glauben Sie nicht, dass Sie mich reinlegen können. Ich bin kein Anfänger. Also in einer Stunde ist alles hier, klar?«

»Das schaffen wir nicht. Ich muss erst den Polizeipräsidenten informieren, und das Auto besorgen und das Geld zählen …«

»Wollen Sie mich auf den Arm nehmen? Ich weiß, dass die Grazer Polizei einige schnelle Flitzer hat. So, das wäre schon mal gelöst. Eine Million, das geht mit der Geld-zählmaschine. Länger dauert es nur, wenn Sie die Scheine markieren oder registrieren wollen. Und wenn sie das Mobile Einsatzkommando holen wollen. Eine Stunde, oder ich erschieß schon mal 'ne Geisel hier drin. Und sowie der erste Polizist versucht, hier reinzukommen, gibt's ein Blutbad. Ich hab eh nichts zu verlieren. Hop oder drop! Die Zeit läuft.«

Dann war auch schon der Polizeipräsident da.

»Habe meine Rede gekürzt, konnte leider Ihre Vorarbeit zum Fall Naglreiter nicht mehr erwähnen. Wie sieht's aus?«

Mozart erstattet Rapport.

»Erschießen? Klang das überzeugend? Wirkt er nervös? Ist Ihnen irgendwas aufgefallen?«

»Nein, nicht nervös, absolut ruhig, sogar cool. Das kann natürlich auch am Stimmverzerrer liegen. Aber ich glaube, der weiß, was er will und was er tun wird.«

»Mein Gott, und das gerade heute. Wie viele Polizisten haben wir überhaupt, die jetzt noch fahren können? Die meisten ganz Nüchternen sind eh schon hier.«

Der Polizeipräsident drehte sich im Kreis, aber zählen war unnötig.

»Ich seh schon die Schlagzeile ›Polizei feiert, Geiseln tot!‹ Mann, Mozart, ich habe noch fünf Jahre, und jetzt das. Das geht über meine Hutschnur, ich muss mich oben absichern. Ganz oben. Der Herr Innenminister ist eh schon informiert. Aber lassen Sie alles vorbereiten, Auto und Geld, wie der Räuber es wollte. Hat er gesagt, wie er heißt?«

»Glauben Sie, ich hätte ihn fragen sollen?«

»Ja, nein, ja. Falscher Name sowieso, aber ich möchte ihn anreden können. Kann doch nicht ›Herr Räuber‹ sagen.«

»Wird erledigt.«

Der Kontakt nach ganz oben klappte überraschend schnell, Herr Minister war sich der Dringlichkeit bewusst, stimmte allem zu, fuhr aber natürlich zweigleisig. Das MEK rollte an, sollte sich aber bedeckt halten. Auf keinen Fall die Bank stürmen, aber man weiß ja nie. Nach einer Stunde war der Wagen da, sogar schon etwas früher, das mit dem Geld … Mozart konnte den Herrn Räuber, er nannte sich Müller, nur dadurch gnädig stimmen, dass er ihm immer genau sagen konnte, wie viel Geld schon gezählt war. Auch der Herr Polizeipräsident beruhigte ihn.

Nach einer Stunde und vierzehn Minuten verließen drei Personen die Bank. Drei Personen in deutlich zu großen dunkelblauen Monteursdressen, mit identischen Affenmasken, die Masken hinten geschlossen, Haare waren nicht zu sehen, damit auch keine Haarfarbe, alle mit so einem kleinen Seitenmikrofon. Jeder hielt seinem Nachbarn eine Pistole an den Kopf, der Mann links zielte auf den in der Mitte, der zielte auf den Mann rechts, und der wiederum hinter dem Mann in der Mitte auf den ganz links. So stiegen sie ein. Der Mann, der vorher in der Mitte war, kam auf den Fahrersitz, der Mann zur rechten nahm ihm die Pistole ab, dann stiegen die beiden anderen gleichzeitig ein. Der Mann hinten rechts richtete eine Pistole auf den Fahrer, die andere auf den Mann ganz links, der wiederum zielte auf den Mann zur Rechten.

Mozart kombinierte. Das müsste doch logisch zu lösen

sein. Der Fahrer muss eine Geisel sein, der Räuber, also Herr Müller, würde sich ja nicht ungeschützt vorne hinsetzen. Der Mann links hinten bedroht nur einen, der Mann rechts die beiden anderen. Der Mann rechts ist es. Außerdem vielleicht Linkshänder.

Schön wär's! Zwei Pistolen sind wahrscheinlich eine Attrappe oder ungeladen. Jetzt fielen Mozart die Leute mit dem Hütchenspiel ein. Die hatten ja auch nur eine Kugel unter drei Hütchen. Hätte er doch besser aufgepasst. Er zischte dem Polizeipräsidenten ins Ohr: »Einer von den beiden hinten ist es, aber unmöglich zu sagen, wer.«

Der Polizeipräsident kurz: »Eh klar. Fahren lassen, keine Art von Zugriff. Sagen Sie das den Mobilen.«

Aus dem Polizeihandy war Herr Müller zu hören: »So weit, so gut. Wir fahren jetzt los.«

Der Räuberwagen startete mit quietschenden Reifen. Nach hundert Metern Vollbremsung. Einige Polizeiautos waren auch gestartet.

Die Stimme von Herrn Müller war ganz ruhig, fast kalt: »Wenn ich jetzt wieder losfahre, und einer Ihrer Wagen startet, ist die erste Geisel dran. Klar, Mozart?«

»Klar!«

»Ja, wer hat denn denen den Befehl zum Starten gegeben?«, schrie der Polizeipräsident, Gesichtsfarbe Tomate. Und dann, nahezu anerkennend: »Das ist ein Vollprofi!«

Der Räuberwagen fuhr ganz langsam an. Und blieb langsam. Extrem langsam, aufreizend langsam. Die Nerven der Polizei waren zum Reißen gespannt.

Nicht weit entfernt gibt es eine Unterführung. Wenn man aus Graz rauswill, kann man diesen Weg nehmen. Am Ende der Straße eine Kreuzung, links eine Brücke, zum Bahnhof, oder weiter zur Autobahn nach Slowenien oder über Kärnten nach Italien, nach rechts in Richtung Autobahn nach Wien oder Salzburg und Deutschland. Am Beginn der Kreuzung warteten Polizisten.

Sie hörten, es ist der Wagen, der da ganz langsam kommt, dunkelblau, ganz, ganz langsam.

Das war eigentlich überflüssig, denn die Straße war ja für andere Autos gesperrt worden, günstig, weil Einbahnstraße.

»Haben noch keinen Sichtkontakt.«

»Er fährt aufreizend langsam.«

»Immer noch keinen Sichtkontakt.«

»Jetzt müsste er aber schon aus der Unterführung raus sein.«

»Was tun?«

»Abwarten. Wir dürfen nichts riskieren. Sekunden kommen einem jetzt eh wie Stunden vor.«

»Jetzt dauert es aber zu lang. Was macht der? Da ist doch irgendetwas faul.«

»Mein Gott! Der ist doch wohl nicht in die Tiefgarage von KASTNER & ÖHLER gefahren. (Die geht nämlich genau am tiefsten Punkt von der Unterführung rechts ab.) Was will er denn da? Die haben doch schon zu.«

Herr Mozart war besser informiert (ein Mann, der seiner Gattin zuhört): »Nein, offen, verkaufslanger Freitag. Voller Leute. Sollen wir hinterher?«

»Nein, zu gefährlich für die Geiseln. Wir können aber die Ausgänge besetzen. Die müssen dann ja wohl zu Fuß raus. Wie viele sind das?«

»Drei.«

»Nein, ich meine die Ausgänge.«

»Fünf!«

»Alle mit Zivilen besetzen, Polizei dann erst an der nächsten Straßenecke, aber unauffällig!«

Das K&Ö ist ein sehr schönes Kaufhaus, ein Garant dafür, dass nicht alle Käufer in die Einkaufszentren der Vorstädte abwandern. Vor Jahren hat man es aufwendig zurückgebaut. Jetzt ist es ein Galerien-Kaufhaus, ähnlich dem schönen Kaufhaus in Görlitz oder dem LAFAYETTE in Paris. Es ist großzügig, hineingebaut in die Altstadt, dadurch verwinkelt, indem verschiedene alte Gebäude miteinander verbunden wurden. Und die Übergänge von einem Teil zum anderen sind Kunden auch nach Jahren nicht ganz klar. Mozart musste auch immer fragen, wie er in die Küchenabteilung kommt. Und man hat es beim Umbau noch etwas höher gebaut, und die Dachterrasse zeigt man gerne seinen auswärtigen Gästen. Da schaut man über die wundervolle, geschichtsträchtige Ziegeldachlandschaft der Stadt, auf den nahen Schlossberg, der wie ein Vulkan aus den Häusern aufzuerstehen scheint, zur Linken sieht man in der Ferne die höheren Berge, quasi Ausläufer der Alpen, und rechts tönt es vom Hauptplatz her. Eigentlich steht man hier direkt neben der silbrigen Blechdachkonstruktion von K&Ö, der Gefährdung des Grazer Weltkulturerbes.

Wieso? Das Blechdach passt absolut nicht in die Ziegeldächer-Umwelt, aber man versprach, dass es irgendwie ziegelgemäß eingefärbt werde. Das Versprechen wird sicher noch eingelöst werden, ist ja erst zehn Jahre her.

Aber das Blech hat man eigentlich im Rücken. Das sieht

man erst, wenn man sich zum Hineingehen wendet, und dann ist das Herz schon so voller Schönheit, ja so mit Begeisterung überschwemmt, dass das Blech im Blickfeld gar nicht mehr auffällt. Nur der auf dem Schlossberg Stehende fragt sich, was denn da unten in der Grazer Dachlandschaft passiert ist.

Zehn Minuten später sehen zwei Zivile einen Mann in blauem Monteursdress am Hinterausgang von K&Ö, dort, wo die Paradeisgasse auf einen kleinen Innenhof mündet, eben den Paradeishof, dort, wo die Plakette für Johannes Kepler angebracht ist, der hier von 1594 bis 1599 als Professor an der einstigen protestantischen (!) Stiftsschule Mathematik gelehrt hat. In dieser Zeit verfasste er auch sein berühmtes Werk »Das Geheimnis des Weltenbaues«. Vielleicht wäre er noch länger in Graz geblieben, aber im Jahre 1600 verjagte ihn die Gegenreformation, Weltenbau hin oder her, es trieb ihn nach Prag. Die protestantische Schule wurde geschlossen, wurde ein Frauenkloster – Klöster gibt es in Graz an nahezu jeder Ecke – und irgendwann schicksalshaft zum Sportflügel von K&Ö.

Ein Mann im blauen Monteursdress an so einem Tag ist natürlich schon auffällig, auch ohne Schimpansenmaske. Was ja auch verständlich ist. Eine schwarze Umhängetasche hatte er auch, unauffällig, ohne Werbeaufschrift.

Das waren junge Zivile, so wie sie heute eben völlig unerkannt herumlaufen. Seitenhaare kurz rasiert, oben etwas länger, aufgestellt, gelpflichtig, aber eh nicht zu sehen, da von einem schwarzen Kapperl verdeckt – eines mit diesem breiten, steifen Schirm und irgendeinem Logo drauf, vielleicht NYY für New York Yankees – einige der Burschen mit einem Vollbart, vorzugsweise schwarz, vielleicht sogar tätowiert oder gepierct oder mit einem Tunnel im Ohr. Und da, wo am Ohr noch etwas Platz frei ist, steckt ein weißer Ohrhörer, über Bluetooth verbunden mit einem Smartphone. Auffälliges Funkgerät war vorgestern. Auf so einen kleinen Knopf am Handgelenk einreden zumindest gestern. Diese zwei drängten sich an den Bankräuber Müller, und mitten in der engen Paradeisgasse – zack! – hatten sie ihn schon im Knebelgriff. Herr Müller hatte nicht einmal Zeit, seine Waffe zu ziehen. Mut hatten sie, die beiden Zivilen, sie taten es nur nach einem kurzen gegenseitigen Kopfnicken, ohne ein Wort zu tuscheln, und noch ohne irgendjemanden per Smartphone zu verständigen. Herr Müller tat etwas überrascht, seine Waffe zu ziehen hatte er nicht vorgehabt, hatte er ja nicht mal eine, weder dabei noch überhaupt – aber das soll nicht den Mut unserer beiden Zivilen schmälern –, hatte er doch den Nachmittag im Kaufhaus mit der Reparatur der Rolltreppe zur Fahrradabteilung verbracht, was schnell bewiesen werden konnte. Die Zivilen hatten ihm etwas wehgetan, er verzieh ihnen aber, hatte er doch eine Rolle, wenn auch Nebenrolle, in einem Krimi spielen dürfen. Sein Abend war gesichert, vielleicht auch das gesamte Wochenende oder gar die nächsten Wochen. Er würde so viele Freunde wie möglich einladen und von seinem Kampf erzählen. Sag, wie viele von denen hast du niedergestreckt, bevor sie mit dir fertig wurden? Ironie der ganzen Geschichte. Er hieß Meier, also fast Müller.

Und Herr Müller, mitsamt der beiden Geiseln?

Entwischt! Je länger der Polizeiabend, desto deutlicher

dieser Tatbestand. So viel war schon mal klar: Geld weg, der schnelle Flitzer aus Landesbeständen auch und keine Spur von den Geiseln. Aber immerhin war noch nicht von Mord die Rede. Irgendwie war das für diese Stadt zu aufregend.

Warum?

Graz ist Österreichs zweitgrößte Stadt, aber ordentlich klein, und irgendwie liebenswürdig. Man traut dieser Stadt nichts Böses zu. Sagt man, dass man in Graz lebt, kommt sofort ein »Ach, so eine liebe Stadt, da sollte man wirklich wohnen«. Sogar von Wienern hört man das. Na ja, sie haben das dann meist wieder vergessen, wenn sie vor den Toren ihrer Stadt im Stau stehen.

Eigentlich ist es nur die Altstadt, am Fuße des Schlossbergs. Die modernen Außenbezirke sind so hässlich wie in anderen Städten auch, im Verhältnis zur Altstadt sogar noch hässlicher.

Wie jede Stadt von Rang hat Graz auch ein Stadtbauamt – mit sehr strengen Mitarbeitern. Zu Ende des letzten – oder war es schon zu Anfang dieses Jahrhunderts? – zog das Stadtbauamt in ein neues Hochhaus, gleich neben dem Bahnhof. Und dann merkten sie, dass dieses Haus nicht der Baugenehmigung entsprechend gebaut worden war. Es war zu hoch gebaut worden. Also reichte das Stadtbauamt Klage ein, delogierte sich selbst, die zu hohen Stockwerke wurden abgerissen.

Ach was, Schmäh! Das wäre nicht Graz. In dieser Stadt wird ein denkmalgeschütztes Gebäude dem Erdboden gleichgemacht und durch ein Froschaugen-Ungetüm ersetzt, im Weltkulturerbe-Areal setzt sich K&Ö 2010 ein

Blechdach auf. Und dann soll sich das Stadtbauamt selbst delogieren? Nein, nein, nein, man fand schon einen Post-hoc-Weg, den Umzug zu genehmigen.

Ist jetzt klar, warum Graz lieb ist? Eigentlich kann man sich hier Verbrechen nicht so recht vorstellen. Aber ein Gefängnis gibt es – die Karlau, mitten in der Stadt, und kaum einer weiß, warum sie Karlau heißt. Dabei war sie mal ein Jagdschloss, von Erzherzog Karl II. im 16. Jahrhundert vor den Toren der Stadt, in den Murauen, errichtet: eben Karl-Au. Vor Jahren hat ein Insasse einen anderen erschlagen – mit einem abgebrochenen Tischbein. Schrecklich! Der Erschlagene war ein Kärntner, berichtete die Kleine Zeitung. Der Täter auch. Beide saßen wegen Mordes ein.

Warum er seinen Zellenpartner getötet habe? Der andere habe nicht zugeben wollen, dass er einen Mord begangen hat. Im Urteil sei ja festgehalten worden, dass er seine Lebensgefährtin in der Badewanne ertränkt habe.

In der Karlau haben sogar Mörder ein Rechtsgefühl – dem Leugner führte es zur Haftverkürzung. Der Mörder-Mörder hatte übrigens seine Freundin mit der Hacke erschlagen.

Wie aus Sozart ein Kriminaler wurde

Wenn man heutzutage Mozart heißt, hat man sozusagen zwei Möglichkeiten. Man kann mit diesem Namen berühmt und glücklich werden, oder aber eben auch nicht. Oder berühmt schon, aber nicht glücklich, eher tragisch. Kommissar Mozart hatte sich schon als Jugendlicher für die erste Möglichkeit entschieden, klappte aber nicht. Also nahm er die zweite. Mobben war damals als Begriff noch nicht bekannt, aber Mozarts Mitschüler wussten trotzdem, wie es geht. Diejenigen, die neidisch auf ihn waren – wegen des Namens natürlich –, rächten sich an ihm. Das fiel nicht schwer. Der junge Mozart war etwas dünn, vielleicht gar schwächlich, so riefen sie ihn »Hallo, Soo Zaart!« Nun war Sozart also dünn, schwächlich und noch schüchtern dazu. Als er dann studierte, hatte er sich schon etwas gefangen. Man hielt ihn nur für introvertiert. Er studierte Jus in Graz, auch etwas Politik und begann sich für Kriminalität zu interessieren.

An der Uni gab es im Keller das weltberühmte Hans Gross Kriminalmuseum, zur Zeit seiner Gründung 1896 das erste seiner Art weltweit, wie ja auch Gross der erste Kriminalist gewesen war, der diesen Namen zu Recht trug: Kriminalistik als Wissenschaft. Gross misstraute menschlichen Erinnerungen und Deutungen. Der Tatortkoffer mit den wichtigen Utensilien wie Puder und Pinsel für Fingerabdrücke, Lupe und Kompass geht auf ihn zurück. Da unten, meist allein, fühlte sich Mozart wohl, auch als er schon längst in der Kanzlei arbeitete, dort auch geneckt wurde und seine Mutter ihn überredete, doch die Beamtenlaufbahn bei der Polizei einzuschlagen.

Der Kustos des Museums, ein Dr. Suppanz, ein Mann von geschliffener Intelligenz und hintergründigem Witz, wurde irgendwann auf diesen kriminalistischen Kellerhocker aufmerksam.

»Mozart heißen Sie? Witzig.«

»Wieso?«

»Na, wissen Sie denn nicht, dass das Museum nicht wenige Jahre im Meerscheinschlössl in der Mozartgasse untergebracht war?«

Wusste Mozart nicht, aber er sah es als bedeutsam an. Sozusagen als Fingerzeig. Suppanz war auch der Erste, der ihn nicht fragte, ob er mit Mozart, also dem echten … Mein Gott, wie viele Stunden im Leben hatte Mozart damit zubringen müssen zu erklären, dass man als Mozart auch wenig musikalisch sein kann. Das Wort »unmusikalisch« hatte er schon längst aus seinem Wortschatz gestrichen. Was glauben Sie denn, wie viele Besserwisser es gibt, die einem klarmachen wollen, dass es keine Unmusikalität gebe, dass das ja nur eine häufig gehörte Fehlmeinung sei und dass er, also Mozart, ruhig seinen verborgenen Talenten freien Lauf lassen solle. Jeder könne singen. Das sagten vor allem die, die selbst keine Musiker waren.

Dass er ausgerechnet in der Mordkommission unterkam, begründete sich aus mehreren Zufällen, aber auch Suppanz hatte ihn etwas dorthin gedrängelt »Mozart, bei Ihrem Talent! Sie als Studierter, Sie wollen sich doch nicht auf die

Pirsch nach verschwundenen Fahrrädern machen?« Damals war noch nicht bekannt, in welchem Ausmaß die Einnahmequelle Fahrradentwendung ansteigen würde, übrigens umgekehrt reziprok zur Aufklärungsziffer.

Mozart war von Hans Gross fasziniert. Dessen »Handbuch für Untersuchungsrichter als System der Kriminalistik« verschlang er geradezu. Nicht, dass es inzwischen nicht neuere Bücher auf diesem Gebiet gab, aber in jeder Zeile fühlte Mozart den Quantensprung in der Kriminalistik, den Gross hier hingelegt hatte. Gauner verraten sich häufig durch eine gemeinsame Sprache. »Rotwelsch« hatte Gross das genannt. Das hatten wahrscheinlich nicht wenige Kriminale gelesen, aber vielleicht doch überlesen. Oder zumindest nicht die Konsequenz daraus gezogen wie Mozart.

Was sagt mir das?, fragte er sich. Richtig, lass sie reden. Irgendwann kommt ein verdächtiges Wort, ein Hinweis sozusagen, bei dem einen und auch bei dem anderen Gauner vor. Nicht nur etwas, was sonst niemand wissen kann. Das auch, aber sie haben vielleicht so lange ihren kriminellen Akt vorbereitet, so oft darüber gesprochen, dass sie, nur sie, etwas Bestimmtes in einer bestimmten Art ausdrücken. Und manchmal ist es gar kein bestimmtes Wort, sondern die Betonung desselben. Auch das hatte er von seinem Vorbild Suppanz gelernt. Der saß ihm eines Tages gegenüber und sagte: »Mozart, gestern hatte ich Geburtstag. Das war ein Schock.« Mozart sah sein Vorbild etwas neugierig an. Irgendwas stimmt hier nicht, dachte er sich. Der grinst mir etwas zu viel. Warum nur? Und viel zu viel für einen Schock. Und hat er »Schock« nicht etwas eigenartig betont ausgesprochen?

»Herzlichen Glückwunsch zum Sechzigsten«, antwortete Mozart. »Haben Sie das Dutzend also fünfmal geschafft.«

Und was sagte Suppanz? »Wenn ich nicht ein so bekanntermaßen bescheidener Mensch wäre, würde ich jetzt sagen, dass wir ein kongeniales Paar sind. Nein, die Ehre gebührt Ihnen allein. Mozart, ich erkläre sie hiermit zum Nachfolger von Hans Gustav Adolf Gross.«

»Sie meinen damit aber nicht, dass ich lange Zeit eine Universitätskarriere anstrebe und es erst spät zum Kriminalisten schaffe?

»Nein, Mozart, Sie tragen die Universität in die Polizei.«

Mozart war auch fasziniert von der »Criminalpsychologie«, die Gross vorgelegt hatte. Ohne diese Vorarbeit gäbe es heute vielleicht kein Täterprofil. Gross, so dachte Mozart oft, war der eigentliche Schöpfer von Sherlock Holmes. Aber eigentlich auch nur halb, denn Holmes fiel ja durch seine ungewöhnlichen Schlussfolgerungen und innovativen Deduktionen zum richtigen Täterprofil auf, weniger durch kriminalistische Handarbeit. Ob Conan Doyle Gross gekannt, gelesen hatte? Mozart forschte nach, fand aber keinen Beweis, doch bei der Suche begegnete ihm die Semiotik. Ja, sagte sich Mozart, die Welt ist voller Zeichen. Man muss sie nur zu lesen wissen. Nein, ich muss.

In seiner Jugend hatten sie Mozart mit »Soo Zaart« gehänselt. Aber langsam mischte sich Bewunderung in die Hänselei. Mozart wurde einfach zu erfolgreich, um weiterhin gehänselt werden zu können. Er galt ihnen als Sonderling, aber man schaute auf zu ihm.

So wurde auch dieser Name zu einem Ritual. Wenn die Kollegen ihn wieder mit »Sozart« anredeten, vor allem dann, wenn sie etwas Kniffliges von ihm gelöst haben wollten, stellte sich Mozart taub. Das war seine kleine süße Rache für das jahrelange Mobbing.

»Sozart.«

»Sozart!«

»Soozaart!!!«

»Sooozaaart!!!«

»Mozart, kann ich mit Ihnen reden?«

»Ja, natürlich.«

»Warum denn nicht gleich?«

»Wieso? Hab doch gleich …«

»Ach, Mozart, Sie Schelm!«

Auch die nächsten Tage brachten keine Spur von BR Müller (da es bei der Polizei auch einige Müllers gab und um sich vor Verwechslungen zu schützen, nannte man den Bankräuber »BR Müller«). Wie vom Erdboden verschluckt. Aber das kennt man ja. Ist die heiße Phase der Geschichte erst einmal vorbei, beginnt die knifflige Kleinarbeit. Da braucht man dann einen, einen wie – na, Mozart. Dieser wurde von der Mordkommission in die Raubabteilung ausgeliehen, denn immerhin waren zwei Geiseln verschwunden. Niemand erwartete, dass ihrem Leben ein Ende gesetzt worden war, denn die Polizei hatte BR Müllers Fluchtauto nicht weiterverfolgt, und das Geld war echt, und die Summe sollte stimmen, also gab es keinen Grund, die Geiseln umzubringen. Aber man weiß ja nie. Auch auffällig, dass sich niemand meldete und sich als ehemalige Geisel zu erkennen gab. Soweit es überschaubar war, fehlte auch niemand in Graz, auch nicht in Graz-Umgebung, und auch nicht in der Steiermark. Eines Tages wurde an der Staustufe Kalsdorf/Gössendorf der Mur eine Wasserleiche gefunden. Doch die konnte keine Geisel gewesen sein, viel zu dick und auch zu kurz. Das sah auch die normale Polizei. Die drei im Monteursdress waren alle so um die 175 bis 180 cm groß gewesen.

Hier muss eine Erklärung her. Wenn man viele Kriminalfilme sieht, beginnt man zu glauben, dass es so und nicht anders bei der Polizei zugeht. Natürlich mit kleinen Unterschieden. Die amerikanischen Kriminalen – zumeist zu viert nebeneinander – sind ungeheuer schnell unterwegs. Die meisten Dialoge finden im Gehen statt, beim Schnellgehen, fast schon Laufen, durch endlos lange Flure. Aber nicht etwa irgendwie geradeaus. Erst die Kurven, die Ecken bringen das für den Film so wichtige Gefühl von Geschwindigkeit. Da muss dann der Kriminale an der Außenseite immer noch einen Zahn zulegen, um nicht abgehängt zu werden. Deswegen sind die meisten Kriminalen in amerikanischen Filmen auch schlank. Die deutschen Kriminalen sind schon viel bedächtiger, getoppt noch von dem englischen Kommissar Barnaby und dem schneckenschnellen Schweden Wallander. Und allesamt eher dicklich bis dick. Übrigens schaffen amerikanische Kriminale es hervorragend – bei aller Geschwindigkeit –, nicht gleichzeitig zu reden. Die haben ein wahnsinniges Gespür dafür, wann sie mit ihrem Satz an ihren Vorredner anknüpfen können. Gegessen wird auch nicht, höchstens mal so nebenbei, nahezu nur angedeutet, g'schamig aus einer *brown bag*. In Amerika muss gezeigt werden, dass die Zeit viel zu kostbar ist, als sie durch Essen zu verschwenden. Bei den deutschen Kollegen dagegen wird das Essen nur ab und zu durch die Arbeit unterbrochen, und meistens essen sie Würstl oder sonst irgendwas Giftiges vom nächsten Kiosk. Und schlingen es runter. Deswegen auch so rundlich. Würstlstände sind praktischerweise vornehmlich in der Nähe von Polizeistationen angesiedelt. Geschlafen wird auch nicht, also bei den Amerikanern. Die scheinen auch kein Zuhause zu haben. Ist Ihnen schon mal aufgefallen, wie oft ein deutscher Kommissar durch das Telefon aus dem junggeselligen oder eheschlafzimmerlichen Schlaf gerissen wird? Und dann schlaftrunken und missgelaunt nach dem Telefon tastet und losmuffelt? Manch einen Fernsehschauenden reißt es automatisch zurück, es könnte ja der Mundgeruch aus dem Fernseher herüberwehen. Eigentlich überflüssig, dass diese Szene für jeden Film extra gedreht wird. Die könnte man einfach als Baustein für alle deutschen Kriminalfilme vorhalten.

Bei den Amerikanern hingegen sind es die Kriminellen, die beim Essen überrascht werden, an vorderster Stelle Amerikaner italienischer und chinesischer Abstammung, also all die, die Burger nicht als Essen betrachten. Dafür erhalten sie auch die gerechte Strafe und werden an Ort und Stelle beim Gourmetisieren niedergestreckt.

Das Kommissariat in England und in Schweden ist auch viel kleiner, hat vielleicht noch einen Hinterraum, aber lange Flure zum Schnellgehen? Fehlanzeige. Ein gewisses Vorbild für die Langsam-Kommissare muss die österreichische

Kottan-Serie gewesen sein, da paarte sich die Langsamkeit noch mit nicht zu übertreffender Skurrilität. Aber niemand versucht ernsthaft, das zu kopieren, denn so können eben nur Österreicher spielen. Warum? Na, weil es in Österreich eben so ist, irgendwie skurrilieb. Mozart war stolz auf seine Wortschöpfung.

Die deutschen »Tatorts« waren früher auch viel langsamer, einige haben aber aufgeholt an Geschwindigkeit. Aber noch weit entfernt von den amerikanischen Tempi. So lebt jedes Land seinen Traum. Die Amerikaner können übrigens aus dem Weltall alles sehen, auch wie sich Menschen in einem Haus bewegen, als Wärmebild, und sie können aus dem All heraus gar Nummernschilder lesen. Nur Pech, dass Bin Laden so unterkühlt war, dass er keine Wärme abstrahlte, wahrscheinlich hatte er auch ein geklautes Nummernschild.

Aber jetzt das Entscheidende, um die Arbeit von Kriminalen richtig verstehen zu können. Die meisten Kriminalfilme haben eine Gemeinsamkeit, nämlich dass der Kommissar oder die ganze Abteilung gerade nichts zu tun hat, wenn der Mord passiert, so dass sie gleich mit voller Manpower loslegen können. Was ein Glück für die Sache der Gerechtigkeit, dass alle Mörder so blöd sind, dass sie gerade dann morden, wenn die Polizei auf einen neuen Fall brennt. Absolut falsches Timing.

Mozart hingegen und ein Teil seiner Mordabteilung hatten noch genügend alte Fälle zu bearbeiten. Das taten sie auch. So wurde Mozart eben nur teilweise ausgeliehen. Allerdings durfte er das Verhältnis zwischen Raub und Mord selbst bestimmen. Und es zog ihn eigenartigerweise mehr zu dieser Raubgeschichte. Als Ausgeliehener saß Mozart eigentlich etwas zwischen den Stühlen. Das hatte aber auch einen dezidierten Vorteil: Keiner wusste genau, an welchem Fall er gerade arbeitete. So hatte er mehr selbstbestimmte Zeit. Auch nicht schlecht. Mozart genoss diese neue Freiheit.

Die Polizei hatte keinen großen Schaden erlitten. Den schnellen Polizeiwagen hatte man in der Tiefgarage von K&Ö entdeckt – vorschriftsmäßig eingeparkt und unversehrt. BR Müller war ja auch sehr langsam gefahren, extrem langsam. Man nahm DNA-Spuren ab. Die meisten Spuren waren von Polizisten, die anderen von Nichtpolizisten, die einsaßen oder ein Alibi hatten oder weiblich waren. Die unbekannten wurden an Interpol weitergegeben. Aber man wurde nicht fündig.

Und die Videoaufnahmen in der Bank? Ein echter Profi! Mozart schloss sich dem Urteil des Polizeipräsidenten an. Die Aufnahmen zeigten nichts Besonderes, vor allem keinen Verdächtigen, und plötzlich waren sie alle nacheinander unscharf. BR Müller hatte eine Flüssigkeit auf die Linsen gesprüht, ein Spülmittel, wie man hinterher wusste. Leicht zu verschießen, gar aus einer Wasserpistole aus der Spielzeugabteilung, danach alles schlierig, so dass nun wirklich nichts mehr zu erkennen war. Aber dass keine Person auszumachen war, die sich annähenderweise an eine der Kameras herangepirscht hatte, machte klar, dass BR Müller sich hier total gut ausgekannt hatte.

Es gab einen Aufruf an alle Kunden, die in der Bank gewesen waren, und nachdem sich alle gemeldet hatten und befragt worden waren, war man auch nicht schlauer. Immer noch wollte keiner eine Geisel gewesen sein. Es hatten sich sogar einige mehr gemeldet, als auf den Videobildern zu sehen waren. Ein Problem? Eigentlich auch kein Problem. Als die Kameras nichts mehr hergaben, hatten ja noch einige Kunden den Schalterraum betreten. Zwei von denen musste BR Müller als Geisel genommen haben.

Warum man als Bankräuber keine schiefen Zähne haben sollte

Zehn Minuten nach der ganzen Aktion hatte eine Kundin eine schwarze Nylontasche beim Fundbüro von K&Ö abgegeben. Die hatte sie im Fahrstuhl gefunden. Sie hatte natürlich von der ganzen Aktion nichts mitbekommen, hatte die Tasche vielleicht sogar mitgehen lassen wollen, dann aber doch einen Blick hineingeworfen, gleich mal obenauf eine Schimpansenmaske erblickt und sich gedacht, dass es sich bestimmt um eine Schauspielausrüstung oder so handeln müsse, und da sie selbst eine laienspielende Tochter hatte, ging sie schlussendlich zum Service-Schalter. Der Inhalt war interessant: drei Monteursdressen, drei Affenmasken und drei Paar Handschuhe. Auch DNA-Proben wurden genommen. Das ergab erstaunlich viele Ergebnisse. Sogar weibliche darunter. Aber keine einzige der Polizei bekannte Probe.

In der Vordertasche eines Monteuranzugs fand sich ein angebissener Apfel. An ihm fehlte eigentlich nichts. Da war hinein-, aber nicht abgebissen worden. Schon eigenartig, dachte sich Mozart. Wer beißt auf einer Flucht – Räuber oder Geisel – in einen Apfel? Wer steckt ihn, nur an- und nicht abgebissen, wieder in seine Fluchtkleidung? Könnte uns das weiterhelfen? Eventuell gar ein Zeichen einer Geisel? Ein Lebenszeichen? Interessanter Gedanke. Na, eigentlich nicht. Wer seinen Overall auszieht, muss ja wohl noch gelebt haben. Also eher beim Essen unterbrochen worden.

Natürlich auch DNA-Proben.

Durch wie viele Hände so ein Apfel läuft, bevor er angeknabbert wird! Und da wurde die Polizei fündig. Eine Probe passte auf einen Marktbeschicker vom Bauernmarkt auf dem Franz-Josefs-Platz. Der hatte früher mal ein Ding gedreht, vor gar nicht so langer Zeit. Aber! Der besaß ein Alibi, hatte, wie es sich gehört, im Wirtshaus gesessen und meinte, dass der Apfel womöglich von seinem Hof sei, auch wenn er das nun nicht mehr genau sagen könne. Wenn er sie verkaufe, sähen sie noch tipptopp aus.

Und nun wieder etwas, wie man es aus Kriminalfilmen kennt. Fast. Im Kriminalfilm spielt ja oft eine Videoaufzeichnung eine gewisse Rolle, und der Kommissar schaut sich diese Aufzeichnung wieder und wieder an. Bis ihm was auffällt. Sozusagen Columbo. Mozart schaute wieder und wieder auf den Apfel, drehte ihn hin und her – ganz im Sinne von Hans Gustav Adolf Gross. So lange, bis er das Gebiss derjenigen Person sah, die in diesen Apfel gebissen hatte.

Bei dem Gebiss stimmte etwas nicht. Der linke untere Schneidezahn war etwas nach hinten versetzt. Es müsste also jemand sein, bei dem das Gebiss an dieser Stelle irgendwie dunkel sein musste, so wie bei Stermann aus Grissemann und Stermann, dieser Dienstags-Fernsehshow, die Mozart so fürchterlich fand, aber dennoch manchmal schaute. Er fand die beiden eigentlich blöd, den Grissemann noch etwas ordinär dazu, aber das war wohl Masche. Und seine abgeknabberten Fingernägel! Da laden sie Gäste ein, aber eigentlich geht es nur um sie selbst. Die beiden Mascheks mit ihren Stimmimitationen fand er aber witzig. Zumeist.

Mozart wusste, dass etwas zurückgesetzte Zähne mit der Zeit dunkeln, wohl weil die Zahnbürste da nicht so richtig hinkommt, bei einer elektrischen war das weniger ausgeprägt. Und er hatte sich oft gedacht, wieso der Stermann sich keine elektrische Zahnbürste zulegt oder warum er sich diesen Zahn nicht richten lässt, zumindest aufhellen, oder vergolden oder sonst was, Geld genug müsste er doch haben. Aber vielleicht war das ja auch so eine Masche, oder mehr noch: Während Mozart auf Stermanns angedunkelten Zahn schaute, fielen ihm die miesen Pointen nicht mehr so auf. Also vielleicht sogar Absicht? Ja, so wird es sein.

Und jetzt ging alles sehr schnell. Mozart ließ die Bissstelle in diesem schrumpeligen Apfel von allen Seiten fotografieren, dann wurde das angebissene Stück vorsichtig herausgehoben und weiter fotografiert. Und dann bekam der 3-D-Fachmann der Polizei, ja, so etwas hat Graz, den Auftrag, davon ein Hologramm zu machen. Eigentlich zwei, denn der Apfel war ja schon etwas schrumpelig, so schrumpelige Zähne kann ja niemand haben, der wäre schon längst aufgefallen. So einer dürfte nicht Bankräuber werden und einen Apfel essen, allenfalls eine Orange. Als Geisel aber schon. Mozart, das ist doch Quatsch, so schrumpelige Zähne gibt es doch gar nicht. Also bitte schön ein Zahnmodell, wie das vor einem Tag bei einem frischen Apfel gewesen sein könnte.

Zum Schluss also verschiedene Fotos, und die wurden an alle österreichischen Zahnärzte verschickt – mit der Bitte um Amtshilfe und Verschwiegenheit.

Einige mussten das mit der Verschwiegenheit falsch verstanden haben, die meldeten sich erst gar nicht. Andere taten empört und sprachen von Datenschutz, aber die meisten waren gerne bei einem Krimi dabei und meldeten, dass es unter ihren Patienten jemanden mit so einem Gebiss gebe. Und dann gab es noch drei, die sich meldeten und sagten, dass doch der Stermann so ein Gebiss habe.

Das war viel Arbeit. Vor allem Überzeugungsarbeit. Ein Teil der Zahnärzte ruderte nun zurück: Was werden meine Patienten sagen? Werden die beleidigt sein? Werde ich sie verlieren? Und waren die Zahnärzte dann doch überzeugt, mussten sich die Polizisten mit entrüsteten Patienten rumschlagen. Natürlich nicht mit allen. Es gab eben auch hier Begeisterte, in einem Kriminalfall mitspielen zu können. Und welcher der Freunde hatte schon mal eine DNA-Probe abgeben müssen? Na ja, außer beim Vaterschaftstest. Das dauerte alles, und so ging die Zeit ins Land. Natürlich gab es noch hie und da eine andere Spur, wie es in zivilisierten Gesellschaften immer Menschen gibt, denen auffällt, dass ein Nachbar für ihren Geschmack plötzlich viel zu viel Geld hat. Da meldete sich auch einer, dessen Nachbar extrem langsam, ja geradezu aufreizend langsam fuhr. Über den habe er sich immer schon geärgert und gedacht, dass mit dem irgendetwas nicht stimme. Das könnte BR Müller sein. Solchen Spuren galt es nachzugehen, vor allem ... weil es sonst überhaupt keine anständige Spur gab.

Alle Zahn-, DNA- und Personenüberprüfungen brachten nichts.

Die erste Spur:
ein bedeutsamer Anruf aus Übersee

Mozart nahm den Telefonhörer ab.

»Sie sind Kommissar Mozart, der Verantwortliche für den Bankraub bei der BANK FÜR GRAZ UND UMLAND, ja?«

Mozart schwieg und dachte über die deutsche Sprache nach. ›Verantwortlich für den Bankraub‹. Das könnte so oder so ausgelegt werden.

»Ja, verantwortlich für die Aufklärung.«

»Ich rufe aus Übersee an.«

»Übersee ist fast überall, geht es irgendwie genauer?«

»Gleich hinter Bergen.«

»Bei den sieben Zwergen, oder wie? Hören Sie, ich gebe Ihnen noch eine Chance, dann ist das Gespräch für mich beendet. Ich habe zu tun.«

»Sie werden lachen, Übersee, Deutschland, genauer Bayern, noch genauer am Chiemsee.«

»Ob ich lachen muss, weiß ich noch nicht. Wieso nennen Sie das Übersee, nur weil da so ein kleiner See zwischen uns liegt.«

»Sie werden aber gleich lachen, unser kleiner See, wie Sie sagen, also unser Chiemsee, liegt nicht zwischen Ihnen und Übersee. Übersee liegt an der Südseite vom Chiemsee, fast schon Österreich, Salzburg. Klingelt es bei Ihnen nicht? Nein? Fahren Sie keine Eisenbahn? Nach München? Übersee ist eine Ortschaft am Chiemsee. Wir heißen so, wir haben sogar einen Bahnhof. Hier halten Züge, sogar Fernzüge nach Graz.«

»Also, worum geht es?«

»Mann, ich hoffte wirklich auf ein Lachen, aber trotzdem.«

Jetzt lachte Mozart zwei Mal, aber nur kurz.

»Na also! Ich bin Zahnarzt. Ich habe einen Freund in Salzburg. Den habe ich am Wochenende besucht. Und der hat mir die Geschichte von dem Bankraub erzählt und hat mir das Foto vom Zahnmodell gezeigt. Ich habe so einen Patienten mit einem Engstand, eher sekundär oder tertiär.«

»›Sekundär oder tertiär‹, was soll das bedeuten?«

»Oh, entschuldigen Sie, Fachjargon, unwichtig für Sie. Ich wollte es nur sagen, kann mir eigentlich nicht vorstellen, dass der was damit zu tun haben könnte.«

»Und wieso nicht?«

»Der ist Arzt. Ich kenne ihn als Patienten bei mir, aber der und Bankraub?«

»Und warum rufen Sie mich dann an? Um mir zu sagen, ich kenn da einen, aber der wird's nicht gewesen sein? Herr Lehrer, im Keller ist das Licht an, aber ich hab's schon ausgemacht. Sind Sie so einer?«

»Interessanter Vergleich.«

»Okay, entschuldigen Sie, aber wir gehen natürlich jeder Spur nach. Haben Sie ein Zahnabdruckmodell von Ihrem Arzt, also von Ihrem Patienten? Ja? Gut, dann veranlasse ich einen DNA-Abgleich. Lassen Sie es niemanden mehr anfassen und packen Sie das Modell in ein Plastiksackerl, ein möglichst steriles. Können Sie es uns zuschicken? Eingeschrieben, ja?«

So geschah es.

Jetzt wird es spannend.

Das Ergebnis war nach einer Woche da. Bingo! Mozart war so baff, dass er erst einmal gar nichts sagte, dann verschloss er das Kuvert wieder, starrte es eine Zeitlang an, wollte es schon weglegen, machte es dann doch noch einmal auf, zögerlich, machte ein Auge zu, schaute mit dem anderen hin, dann das Gleiche noch einmal anders herum. Und noch einmal hingeschaut in Kopfschiefhaltung, einmal links, einmal rechts. Man nennt das »Beäugen«. Machen Tauben das nicht auch so, also mit der Kopfschiefhaltung? Möglich, aber mit einem Auge zu, da war sich Mozart nicht so sicher.

Es hatte sich nichts verändert. Immer noch Treffer. Volltreffer sozusagen.

Eigenartig. Mozart saß da, starr wie eine Salzsäule. Er freute sich, aber wieder auch nicht. Er sprang nicht auf, lief nicht rum, brüllte nicht »Wir haben ihn«. Oder: »Wir haben einen von ihnen!«

Nichts, rein gar nichts. Dann wusste Mozart nicht einmal, ob er sich freute.

Man kennt das. Unvermutet am Ziel, eigentlich großer Grund zur Freude, Grund zu großer Freude. Eigentlich. Aber man hatte sich an die Phase davor schon so gewöhnt, sie war einem schon so lieb geworden, fast Heimat. Das Neue, obwohl erhofft und sehnlichst erwartet, war das plötzlich Ungewisse, erforderte eine Aktion. »Every movement rocks the boat.« Mozart wusste nicht, woher er diesen Satz kannte, aber er fiel ihm jetzt wieder ein.

Und was heißt das, wenn BR Müller Deutscher, genauer: Bayer ist? Heißt das Amtshilfe und so? Den Fall abgeben an die Kollegen in – was ist die nächstgroße Stadt mit einem Kommissariat? Rosenheim? Rosenheim Cops? Mozart verschloss den Umschlag wieder und schob ihn unter einige Akten.

Hoffentlich ist der nicht der Täter

Einige Tage später saß Mozart im Wartezimmer eines Arztes für Allgemein- und Psychotherapeutische Medizin in einem kleinen Ort in der Nähe von Übersee. Eigentlich die Landschaft wie im Grazer Umland, aber die Berge höher, steiler, irgendwie alpenfrischer. Und die Ortschaften, die Dörfer erst: alles unvorstellbar – vor allem für einen Grazer, wo doch viele Häuser in der Innenstadt so eine gräuliche Patina aufweisen, österreichische Feinstaub-Hauptstadt eben – hier alles sauber und gepflegt, die Häuser weiß getüncht, nirgendwo abgeblätterter Putz, die hölzernen Balkone glatt verarbeitet und sauber gestrichen, voller Blumenkästen, Blumenrabatte in den Vorgärten. Das sollen Bauernhäuser sein? Ja sehe ich irgendwo einen Misthaufen? Oder kann ich wenigstens einen riechen? Hörte Mozart nicht ab und zu eine Kuhglocke bimmeln, Mozart wäre der Vorstellung erlegen, er sei in ein überdimensionales Legoland geraten. »Wie aus dem Ei gepellt« kam ihm in den Sinn. Sein nächster Gedanke: Schon eigenartig dieses Idiom. Nein, doch nicht, aber es stimmt nur bei gekochten Eiern. Das gäbe einen schönen Schlamassel, wenn ich ein rohes Ei pellen würde. Mozart, dummes Zeug, was schwadronierst du da! Konzentrier dich!

Und dann hier dieser Arzt. Mozart hatte nach vielem Hin und Her gedacht, eine Erkundung vor Ort sei erst einmal das Beste. Er hatte erstaunlich schnell einen Termin bekommen.

»Aus Graz?«, hatte die Sprechstundenhilfe am Telefon erstaunt gefragt. »Das ist nicht gerade ums Eck.«

»Nein, ich bin hier in der Gegend gerade zu Besuch bei einem Freund, deswegen.« Mozart hatte bei den Beschwerden nicht einmal lügen müssen: chronische Verspannungen und immer wieder dieser Magendruck.

Das Wartezimmer erleichterte ihn. Nichts von der stumpfdunklen, bedrückenden Dumpfheit der Wartezimmer, wie er sie von früher kannte, vollgestopft mit – wie sollte es anders sein? – bedrückt und zumeist schweigend Wartenden, den billigen Pflanzen aus dem Baumarkt, den abgegriffenen Journalen des Leserings. Aber auch nichts von der überbeflissenen Moderne vieler junger Ärzte, dachte Mozart, die den Verlockungen eines professionellen Arztpraxiseinrichterteams (»Alles aus einem Guss, das ist wichtig!«) erlegen waren. Um dann Jahre später als Opfer der Bank immer noch den Zeiten der unbeschwerten Praxisgründung nachzuhängen.

Was genau war hier anders? Das Wartezimmer war eher etwas karg eingerichtet, oder besser ausgedrückt, nichts zu viel an den Wänden, keine Ersatzbilder, keine Fotoreproduktionen, sondern einige Motive, die Mozart sich gerne anschaute. Ein Bild war von einem Hammerl Karl, hieß »Der Medizinmann« und war so eine Mischung aus abstrakt und naiv, aber eben genau so, dass Mozart nicht herumrätseln musste. Ja, stimmiges Bild, dachte Mozart, wie eine klare Fallanalyse. Aber die habe ich noch nicht. Aber den Maler werd ich mir merken.

Mozart war der einzige Wartende überhaupt, und er

hätte nicht einmal warten müssen, wäre er nicht etwas zu früh da gewesen. Pünktlich ging die Sprechzimmertür auf, Dr. Georgis schüttelte seiner Patientin zum Abschied die Hand, wünschte ihr eine gute Zeit und wandte sich Mozart zu: »Eine raus, einer rein, Nächster sein. Herr Mozart, ich begrüße Sie.«

War Mozart schon einmal so empfangen worden? Nein! Und freundlich schaute Georgis auch drein. Der und Bankräuber? Und Geiselnehmer? Außerdem ist der doch schon so um die siebzig. Wohl auch so ein Arzt, der nicht aufhören kann. Mozart war fast erleichtert, weil er im Innersten fühlte, dass er einer falschen Spur folgte. Aber nach einigen Minuten fühlte sich Mozart dann doch etwas ungemütlich. Warum eigentlich? Georgis hatte Mozart nicht nach der Bewandtnis seines Namens, sondern nur gefragt, warum er hier sei, und er solle ihm seine Beschwerden schildern. Und nun erzählte Mozart schon gefühlte sehr lange Zeit, und Georgis schwieg. Hätte er nicht ab und zu genickt, hätte Mozart glauben können, der Doktor sei mit offenen Augen eingeschlafen.

Dann wusste Mozart nichts mehr zu erzählen. Er stockte, fühlte sich genötigt, zwei, drei Dinge zu wiederholen, aber das war, fand er sofort, unsinnig, weil schon gesagt. Er bemerkte seine innere Unruhe, die ihm dadurch zu verstehen gab, dass er schleunigst schweigen musste. Das hatte er ja eigentlich als Schüler von Gross gelernt. Schweigen bringt den anderen dazu zu erzählen und eben oft auch dazu, Dinge zu erzählen, die er lieber nicht erzählt hätte, weil sie die Polizei auf die richtige Fährte setzten. Aber in Georgis hatte er seinen Meister gefunden. Nur: Georgis wollte ja nichts verbergen, das war wohl sein Stil. Er hatte ja keine Ahnung von Mozarts geheimer Mission.

Und dann entspann sich ein Gespräch über Gott und die Welt, über Beruf und Familie, Liebe und Politik, Gesellschaft und Kultur, Bankenkrise und ihre Schuldigen. Bei »Beruf« schwindelte Mozart, sagte nur, dass er bei der Stadt arbeite, in einem Büro. Dann ließ Georgis ihn einige Schritte gehen, nickte, gab Mozart einen Tonklumpen in die Hand, sagte ihm, er solle die Augen schließen, und nun solle er eine menschliche Figur formen, aber immer mit geschlossenen Augen.

»Wirklich?«

»Kann jedes Kind.«

»Wozu?«

»Dazu kommen wir später.«

Mozart sagte, er sei nun fertig.

»Machen Sie jetzt die Augen auf und stellen Sie Ihre Figur hin.«

Das war leicht gesagt. Mozarts Figur stand nicht. Sie fiel um, so etwas schräg nach rechts vorne. Das rechte Bein war etwas kürzer, überhaupt die Figur irgendwie nach vorne gekrümmt.

»Was können Sie mir zu Ihrer Figur sagen?«

»Na ja, die sieht schon irgendwie erbärmlich aus. Kurzes Bein, schief und Hühnerbrust. Ich könnte sie Mister Konkav nennen.« Mozart versuchte ein schüchternes Lachen.

»Richtig, kann es sein, dass es etwas mit Ihnen zu tun hat, könnte es sein, dass Sie sich so fühlen? Stellen Sie sich noch mal hin. Sehen Sie, wie Sie stehen? Oder besser: Fühlen Sie, wie Sie stehen? Holen Sie Ihre Brust etwas heraus, Schultern etwas nach hinten, und nun machen Sie mal Zwerchfellatmung, also Bauchatmung, ja so, und jetzt sagen Sie mir noch mal, wie das so ist auf Ihrer Arbeit.«

Mozart erzählte, dass es ihm eigentlich Spaß mache, eigentlich, aber dass es da doch so etwas wie Mobbing gegeben hat, obwohl immer seltener.

»Spüren Sie das, Herr Mozart? Gerade ist Ihre Brust wieder eingefallen. Denken Sie an Ihre Brust, und atmen Sie aus.«

»Ja, manche versuchen mich zu ärgern, die Neidischen, aber eigentlich komme ich damit ganz gut zurecht. Ich habe so meinen eigenen Bereich, wenn auch so eine Art Rückzugsbereich.«

»Das klingt doch schon ganz gut, oder?«

»Ja!«

»Ist aber Rückzug, haben Sie selbst gesagt. Etwas in Ihnen möchte sich verkriechen, am besten in eine Höhle.«

»Ja, wieso Höhle?«

»Haben Sie Ihre Figur nicht Mister Konkav genannt? Kommt aus dem Lateinischen, bedeutet ›hohl‹ oder ›ausgehöhlt‹, im Englischen *cave*.«

»Ja, aber das habe ich ja nur so dahingesagt.«

»Glauben Sie das wirklich?

»Und die Figur hätte auch anders aussehen können.«

»Hat sie aber nicht. Das ist Ihre Figur, und die Figur sind Sie. Und Sie nennen sie Mister Konkav. Aber entschuldigen Sie, ich möchte Sie nicht überzeugen. Ich stelle es mal so hin. Ich weiß, dass zuerst so eine Gegenwehr entsteht.

Und das Beste, was wir jetzt machen können, ist, nicht darauf rumzureiten. Es soll mal sacken. Ich gebe Ihnen einen neuen Termin.«

Als Mozart wieder vor der Tür stand, wusste er nicht mehr, wo vorn oder hinten war. Weswegen war er hierhergefahren? Er hatte nichts herausbekommen. Aber was für ein Arzt! Mozart freute sich. Ja, gibt es denn so was? Einen Bankräuber gesucht und einen Arzt gefunden. Leider etwas weit weg. Aber Georgis hatte ihm gesagt, er gebe nur Anleitung zur Selbstheilung. Sie würden nicht viele Termine benötigen, und er würde ihm Aufgaben mitgeben, und einige Dinge könnten sie auch telefonisch besprechen.

Aber da war ja noch diese DNA-Gewissheit! Wirklich Gewissheit? Wenn auch selten, so waren doch schon Menschen auf Grundlage einer DNA-Probe verurteilt worden, und hinterher stellte sich die Analyse als falsch heraus. Nein, keine Verwechslung, einfach eine gewisse Fehlerquote.

Mozart hatte seit Langem die Angewohnheit, des Abends, zumeist schon sitzend im Bett, ein kleines Notizbuch aus dem Nachtkasterl zu ziehen und ihm seine wichtigen Gedanken anzuvertrauen. Vor allem dann, wenn es ihm schwerfiel, seine Gedanken zu ordnen. Und »unordentliche« Gedanken entstehen ja immer erst, wenn der Kommissar schon auf der Pirsch ist, oder anders ausgedrückt, wenn er eine Fährte verfolgt, aber doch zu viele Gerüche von verschiedenen Seiten die Spürnase unsicher werden lassen.

Mozart schrieb heute Abend in sein Notizbuch:

Was habe ich jetzt gelernt?

Bankräuber oder Geisel? Nicht geklärt.

Bankräuber mit 70? Möglich, aber eher unwahrscheinlich.

Aber einen Arzt gefunden. Und was für einen!

Wo stehe ich jetzt?

Immer noch am Anfang.

Mozart: aufgepasst, du empfindest gerade Sympathie für ihn.

Er könnte ja doch der Geiselnehmer sein.

Nein, viel zu nett.

Oder kann es sein, dass er mich eingelullt hat?

Vielleicht.

Warum sollte er das tun als Geisel?

Also doch eher Geiselnehmer.

Sicher?

Nein.

Die Angst des Kommissars vor der DNA-Probe

Kaum wieder in Graz, setzte Mozart eine Überprüfung der positiven DNA-Probe an. Eine Probe ließ er an die DNA-Analysedatei des deutschen Bundeskriminalamts schicken. Immerhin war Georgis ja Deutscher.

Eigentlich hatte er etwas Angst, das Erstergebnis könnte sich bestätigen.

Und das tat es auch. Beide Kontrollen trafen eine Woche später am selben Tag ein. Und wieder verkramte Mozart sie erst einmal in seinem Schreibtisch, holte sie nach einer bestimmten Zeit wieder heraus, ließ sie aber auf dem Schreibtisch liegen. Wäre nicht ein Kollege an seinen Tisch herangetreten, hätte er wohl noch lange mit starren Augen dagesessen. Nun tat er beflissen und öffnete die Kuverts und schielte auf die Ergebnisse. Beide Kontrollen entsprachen der ersten Untersuchung, da gab es keinen Zweifel: DNA vom Apfel und vom Gebiss waren identisch. Mozart war nicht glücklich. Er hatte sich insgeheim ein negatives Ergebnis erhofft. Georgis sollte überhaupt nichts mit dem Fall zu tun haben. Gut, das galt jetzt nicht mehr. Aber auch in Deutschland zeigte sich der Mann hinter der DNA als unbescholtener Arzt. Also wohl doch eher Geisel ... Hoffentlich!

Kurz flackerte in Mozart eine Vision auf. In Zukunft würde es DNA-Kontrollen geben, die das Verhältnis von Angst zu Aggression in der entsprechenden Person messen könnten. Dann könnte man wohl sicher zwischen Geisel und Geiselnehmer unterscheiden. Ob es so etwas je geben wird? In der Genetik sicher nicht, in der Epigenetik vielleicht? Das müsste aber schon sehr schnell gehen.

Mozart, das ist Zukunftsmusik. Ich werde es selbst herausfinden müssen, ob Täter oder Geisel. Also noch einmal nach Übersee!

Und wieder fand er in Georgis einen wunderbaren Arzt. Da war etwas Verschmitztes an ihm, etwas sehr Humanes. So sollten alle Ärzte sein, dachte sich Mozart. Aber das ist eine Gabe, die wird vor dem Studium nicht gefordert und während des Studiums nicht gelehrt. Das Menschliche, die Zuwendung zum Patienten, die Fähigkeit zur Empathie, so hatte ihm jemand von einer Harvard-Studie erzählt, die sei bei den Studienanfängern größer als nach dem Studium. Und wenn dann doch zugewandte, zuhörende Ärzte die Universität verlassen, dann nicht wegen, sondern eher trotz der Ausbildung.

»Herr Doktor, ich fühle mich bei Ihnen gut aufgehoben.«

So sprach er mit Georgis. Dieser fühlte sich ob des Lobes geschmeichelt, bedankte sich artig, setzte aber dennoch etwas zur Verteidigung der Ärzteschaft an.

»Sie haben schon Recht. Vor fünfzig Jahren haben wir im Studium in Berlin deswegen schon einen Arbeitskreis Psychosomatik gegründet. Damals dachten wir aber, dass die miese Medizin noch das Erbe des Nationalsozialismus sei, dass nur dieses alte Denken verschwinden müsse, um der Medizin ihre Humanität wieder zurückzugeben. Doch es scheint wohl so, dass es mehr als das ist. Vielleicht eine Art

Zeitgeist. Alles, die ganze Gesellschaft, steuert auf Objektivierbarkeit, Messbarkeit hin. Der Mensch befindet sich im Schleppnetz von Labordaten und Sichtbarmachung, Röntgen, Ultraschall, CT, MR, PET. Vor Kurzem erzählte mir eine Freundin, dass sie wegen Magenschmerzen einen Internisten aufgesucht hatte. Erstkontakt keine zwei Minuten, schon war sie in der modernen Riesenpraxis auf einem >Fließband< von Untersuchungen, Labor, EKG, Ultraschall. Als sie dann nach zwei Stunden fertig war, sah sie Herrn Doktor wieder. Sie ihn schon, er sie aber nicht. Er schaute nur auf die Befunde, ihre Befunde, die vor ihm auf dem Schreibtisch lagen. Dann sagte er ihr: >Glückwunsch, Sie haben nichts.<

Er bedauerte das zutiefst, denn er hatte nun keine Veranlassung zu weiteren Untersuchungen. Er war gar nicht so unnett, denn er gab ihr ein Ärztemuster Schmerzmittel mit. Das Tragische daran: Er hatte nicht einmal ihre Hand berührt, es war auch gerade die Grippewelle, und die Ärztekammer hatte vom Händedruck mit den Patienten abgeraten. Er hatte sich aber auch nicht die Stelle des Wehwehs zeigen lassen. Die hatte nur die Assistentin gesehen, die den Ultraschall durchführte. Nur theoretisch gesehen, denn in dem Ultraschallraum war es abgedunkelt. Sie hatte den Schallkopf aufgesetzt, hatte ja mittels der Maschine in ihren Körper hineinschauen wollen, aber eben nicht außen mit ihren Augen angefangen. Die Maschine fand nichts am Magen, nichts am Zwölffingerdarm, nichts an der Gallenblase, nichts an der Leber und nichts auf der anderen Seite, an der Milz, auch nicht höher am Ende der Speiseröhre, und zu guter Letzt nichts am Herzen. Alle Einzelteile untersucht, alle Einzelteile ohne Befund.«

»Aber das Ganze ist größer als die Summe der Einzelteile,« warf Mozart stolz ein. Quasi aristotelische Bildung.

Georgis lächelte etwas milde. »Ja, nicht falsch, Sie wollen mich als Psychosomatiker ansprechen, das verstehe ich. Aber in diesem Fall war es gar nicht so kompliziert. Wissen Sie, was meine Bekannte hatte? Eine Gürtelrose. Der Kollege hätte nur hinschauen müssen. Sie kam dann selber drauf, als sie am nächsten Tag auf einmal diese kleinen Effloreszenzen sah, diese rötlichen Dippel, die da relativ in einer Reihe von der Magengegend zur linken Flanke liefen, also nicht ganz typisch, etwas zu hoch für die Rose am Gürtel. Aber das Leben, die Biologie, hält sich nicht an Gesetze oder Buchweisheiten.«

»Und wie ging es weiter? Hat sie den Arzt verklagt?«

»Verklagt? Entschuldigen Sie, dass ich so direkt bin. Aber in welcher Welt leben Sie? Wegen so etwas klagt man nicht. Das ist ja auch gar nicht beweisbar. Die Dippel könnten ja auch erst später zutage getreten sein. Ich glaube, dass die Gerichte eh schon überlastet sind mit tausendundeinerlei nachbarschaftlichem Streitmist. Abgesehen davon vergiftet das doch das menschliche Zusammenleben, wenn jeder Fehler, jede Meinungsverschiedenheit sofort vor dem Kadi ausgetragen wird. Das wäre dann eine Gesellschaft, die nur noch durch das Recht bestimmt wird. Eine furchtbare Vorstellung. Das wären dann amerikanische Verhältnisse – die berühmte *legal society*. Die zwischenmenschlichen Beziehungen werden durch einen Gesetzescodex geregelt, nicht durch Nächstenliebe, Verständnis, Wohlwollen, Zuneigung oder Toleranz. Am besten begleitet mich mein Rechtsanwalt, wenn ich mein Haus oder meine Wohnung verlasse.«

Mozart wollte etwas sagen, hatte schon tief Luft geholt, doch der Doktor war schneller: »Wissen Sie, ich habe einige Jahre in den USA gelebt. Da wird die Medizin so teuer, dass sie sich nur noch die Wohlhabenden leisten können. Und die Ärzte zahlen immer höhere Haftpflicht-Versicherungssummen. Ich war 1988 in Boston. Da hörte ich von einem Fall in der Psychiatrie. Eine Patientin hatte erwähnt, dass ihr das Leben keinen richtigen Spaß mehr mache, mehr nicht, fast so nebenbei. Aber nach den juristisch programmierten Leitlinien hätte sie sofort in die geschlossene Abteilung zur Überwachung gehört. Suizidgefahr. Der Assistent auf der Station glaubte sie aber zu kennen und hatte Angst, dass eine Einweisung in die Geschlossene sie noch kränker machen würde. Er meinte es gut mit ihr. Und dann hat sie sich tatsächlich umgebracht. Die Angehörigen erhielten für den Tod ihres Familienmitglieds 1,2 Millionen US-Dollar. Ja, 1,2 Millionen! Sie haben sich nicht verhört. Unvorstellbare 1,2 Millionen! Wahrscheinlich hat der Anwalt einen großen Teil davon kassiert. In den USA und in Kanada laufen Fernsehwerbungen von Rechtsanwaltskanzleien. Die fordern die Menschen auf, sie anzurufen, wenn sie sich medizinisch schlecht behandelt fühlen. Was das für eine Gesellschaft bedeutet, brauche ich Ihnen ja wohl nicht zu sagen. Das ist nicht mehr weit entfernt vom Blockwartsystem. Denunziation und Angriff. Angriff und Verteidigung. Also schlussendlich Kampf. Und hinter allem steckt – der Mammon.

Die *legal society* ist die Speerspitze des Kapitalismus. Und zwar ungewollt. Da ist nicht irgendwo ein böser Kapitalist, erkennbar an seinem Zylinder oder Bowler, nein, das entwickelt sich einfach so, sozusagen hinter dem Rücken der Gesellschaft. Das ist ja das Fatale. Das könnte einen richtig depressiv machen. Aber schauen Sie aus dem Fenster. Sehen Sie die Berge? Das heilt. Die Wanderschuhe an und raus in die Natur. Die Bäume wissen nichts von der ganzen Misere. Der Wald duftet, das atme ich ein, komme nach Hause, küsse meine Frau, kraule meinen Hund hinter den Ohren, und dann geht's wieder. Ich gehe fast täglich auf den Berg.«

Mozart fühlte in diesem Augenblick eine tiefe Verbundenheit mit Georgis. Er wollte ihn schon fragen, ob er seine Frau auch küsse, wenn er nicht in den Bergen war. Aber er traute sich dann doch nicht. Außerdem fiel ihm seine eigene Frau ein, das heißt ihr Mozart'sches Kussdefizit, da sollte er sich lieber nicht mit einer etwas frivolen Frage aus dem Fenster lehnen.

Aber.

»Kennen Sie Graz?«

»Ja, ich war erst kürzlich da, auf einem Ärztekongress.«

»Auf welchem?«

»Stafam, Steirische Akademie für Allgemeinmedizin.«

»Wieso fährt jemand von Bayern nach Graz auf einen Allgemeinmedizinerkongress jenseits der Alpen?«

»Das ist nicht schwer zu beantworten. Der ist einfach der beste, inhaltlich, vom Klima her, menschlich, alles. Man darf die Ärzte nicht als eine große Masse sehen. Es gibt viele Unterschiede. Der Steirische Kongress wird seit Jahren von einem Mann organisiert, Dr. Fiala, großartiger Mensch, wahnsinnig freundlich, und nicht etwa aufgesetzt, nein, vom Herzen her. Der hat so ein erhebendes Gemüt, und das prägt den Kongress. Er hat auch ein tolles Team um sich. Schon als ich vor einigen Jahren zum ersten Mal da war, hatte ich das Gefühl, in einer Art Familie zu sein. Klingt komisch, nicht wahr? Dabei kannte ich ja kaum jemanden. Und der Gesellschaftsabend in der alten Universität mitten in der Altstadt: amüsant, lustig, gutes Essen, eine Flasche Wein als Geschenk. Aber das ist es nicht allein. Zumeist erzählt der Fiala irgendwelche Schoten, aber mit historischem Hintergrund. Nein, eigentlich wahre Geschichten, aber witzig aufbereitet. Und immer auch Musik, Live Musik, von Studenten der Kunst-Uni, und manchmal spielen und singen sogar Ärzte.«

»Wissen Sie, dass zum Zeitpunkt des Stafam-Kongresses in Graz ein Banküberfall verübt wurde?«

Mozart schaute unauffällig, aber doch scharf hin. Er vermeinte bei Georgis eine leichte, kurze Schreckstarre zu erkennen, auch ein leichtes Zittern der Hände, auch der Stimme, als er antwortete.

»Ja, ich, ich habe davon gehört.«

Mozart besann sich seiner Aufgabe und schwieg. Ziemlich lange. Und es kam ihm noch länger vor. Georgis vielleicht noch länger.

Draußen tuckerte ein Traktor vorbei. Also doch Dorf, dachte Mozart. Er schaute aus dem Fenster. Es war inzwischen dunkel geworden, Scheinwerferlichter, sonst nichts.

»Warum fragen Sie?«

»Waren Sie dabei?«

Georgis zögerte etwas zu lange. Zu lange, um nicht dabei gewesen zu sein. Auch eine gespielte Entrüstung hätte jetzt nicht mehr geholfen. Auf so eine Frage gibt es nur ein Ja, bei einem Bankräuber ein entschiedenes Nein. Da braucht man nicht zu überlegen, oder anders ausgedrückt: Wenn die Antwort zu lange auf sich warten lässt, ist sie eigentlich ein Ja. Mozart schaute noch schärfer.

»Ich habe mir schon so etwas gedacht, als Sie hier aus dem fernen Graz auftauchten. Sie sind Kriminaler, nicht wahr? Zeigen Sie mir bitte Ihre Marke.

Ja, ich war dabei. Das war schrecklich.«

Mozart schwieg.

»Ich war eine der Geiseln.«

»Geisel? Und Sie haben sich nicht gemeldet?«

»Ja, ich habe lange mit mir gerungen. Aber ich musste dem Bankräuber das Ehrenwort geben, mich nicht zu melden. Nicht nur ich, wir beide. Er hat uns bedroht. Wenn wir zur Polizei gingen, sagte er, würde er uns oder unseren Familien etwas antun. Das sind nicht gerade rosige Aussichten. Ich habe keine Ahnung, wie ernst er das gemeint hat, aber würden Sie das riskieren? Ehrenwort außerdem. Er hat uns ja nichts getan.«

Mozart schwieg.

»Ich glaube schon, dass er es irgendwie ernst gemeint hat. Aber er war kein Brutaler. Er sprach ruhig und überlegt, wie jemand, der weiß, was er tut ... Mit so einer Bestimmtheit.«

»Wie sah er aus?«

»Ich habe nicht viel von ihm gesehen. Dunkelbraune Haare, ebensolcher Vollbart, ziemlich dicht. Bin mir nicht sicher, ob das alles echt war. Ich muss Ihnen ehrlich sagen, dass ich ziemlichen Schiss hatte. Ich kam durch die

Tür, sah, dass da einige Leute auf dem Boden lagen, keine Ahnung, ob tot oder lebendig, oder was da los war, bekam einen wahnsinnigen Schreck, wollte auf der Stelle raus-laufen – und konnte doch keinen Schritt tun. Ich sah, wie er seine Pistole auf mich richtete. Sie kennen das vielleicht, aber ich habe so etwas noch nie erlebt, habe noch nie in den Lauf einer Pistole geschaut. Ich dachte, und entschul-digen Sie bitte den Ausdruck, aber so war es nun mal, ich dachte, jetzt scheiß ich mir in die Hose. Man sagt ja, dass einem das Herz in die Hose rutscht. Das ist die eine Seite, denn in der Angst, in der Lebensangst, kann das Herz ei-nem auch mit so einer Gewalt in den Hals schlagen, dass ich dachte, alle in dem Bankraum würden meinen Puls hören müssen. Es ist verrückt, aber in dem Augenblick war meine größte Sorge, die würden meine Angst mit-kriegen.

Im Nachhinein betrachtet wäre das sogar besser gewe-sen, und noch besser, wenn ich mir in die Hose gemacht hätte, dann wäre ich vielleicht nicht als Geisel in Frage ge-kommen. Ich musste mich dann auch hinlegen, so wie die anderen, hörte den Bankräuber telefonieren, wohl mit der Polizei, Genaues konnte ich aber nicht hören. Er hatte auch irgend so einen Sprachverzerrer, das klang irgendwie zwi-schen heiser und elektronisch.«

»Und weiter?«

»Ja, irgendwann trat er mit seinem Fuß gegen meine Schulter, also eher leicht, sagte, ich solle das da anziehen, das Gesicht aber unten lassen. Mann, das dauerte. Ich hatte ziemlichen Schiss, hoffte, dass er nicht ungeduldig wird, dass er nicht glaubt, ich würde es absichtlich verzögern.

Dann musste ich aufstehen, und da standen die beiden schon mit ihren Masken vor mir. Ich dachte zuerst, dass das zwei Räuber waren, aber dann fing er an, uns zu erklären, wie wir uns verhalten sollten. Alles bis ins kleinste Detail. Er wolle sichergehen, dass wir keinen Fehler machen. Wir beide bekamen auch so ein Mikro umgehängt, wie er es hatte, und dann gab er uns die Pistolen. Ziemlich sicher Attrappen. Ich habe noch nie eine Pistole in der Hand gehabt, aber die kam mir doch zu leicht vor. Und dann sagte er, auf wen wir zielen sollten und dass er sofort schießen werde, wenn einer wegläuft.«

»Haben Sie das geglaubt?«

»Darüber habe ich überhaupt nicht nachgedacht. Ich hätte nie und nimmer weglaufen können. Meine Füße waren wie aus Blei.«

»Waren Sie der Fahrer?«

»Nein, der andere, ich war der rechts hinten.«

»Aber der hatte ja zwei Pistolen!«

»Richtig. Wie ich schon sagte, sicher Attrappen. Und eigentlich machte mir gerade das Angst. Falls die Polizei nun denken würde, der mit den zwei Pistolen muss der Geiselnehmer sein, und wenn sie auf einen geschossen hätten, dann wohl genau auf den, also auf mich.«

»So schnell schießen wir nicht.«

»Gut zu wissen, aber diese Angst hat mich total gelähmt. Wir sind dann nach dem Tunnel scharf nach rechts abgebogen, hinein ins Parkhaus und dann zum Fahrstuhl. Vor dem Fahrstuhl gab es so eine Nische, da sind wir rein, dann sagte er »Alles ablegen!«, und dann schmiss er die Sachen in eine Tasche. Das ging ziemlich schnell, also zumindest mein Monteur-Overall war ja ziemlich groß, aus dem war ich dann doch recht schnell draußen. Er hat auch nicht geschrien oder so. Der sprach ganz ruhig, so dass keiner von uns in Hektik geriet. Dann waren wir auch schon im Erdgeschoss.«

»Und die Tasche mit dem Geld?«

»Er zog auf einmal so eine ganz dünne Nylontasche hervor. Da passte die Geldtasche hinein. Die war rot, knallrot. Und plötzlich hatte er noch eine zweite Tasche, in Hellblau. Wieso die auf einmal auch so groß und dick war, weiß ich nicht. Hab drüber nachgedacht. Da muss so ein automatisches Aufblasdingsbums drin gewesen sein, wissen Sie, so wie man Schlafsackunterlagen aufbläst. Das geht ruck-zuck!«

»Und was war da drin?«

»Ja, nichts, glaube ich. Hinterher wurde mir klar, dass das alles von ihm vorher sehr genau ausgetüftelt worden sein muss. Die Polizei suchte ja einen Bankräuber mit einer schwarzen Tasche, nicht aber einen mit zwei Taschen, einer roten und einer hellblauen. Wir mussten noch jeder so eine Schiebermütze aufsetzen und vor ihm hergehen.«

»Schiebermütze?«

»Ja, nicht so ein modernes Baseball-Kapperl, sondern eher so ein gediegenes Modell. Obwohl wir mit dem Kapperl wohl auch nicht aufgefallen wären. Ich kenne mich bei K&Ö nicht aus, aber ich glaube, wir sind da durch eine Art Jugendabteilung gelaufen.«

»Gelaufen?«

»Oh, das sagen wir Deutschen so. Wohl etwas ungenau, also gegangen.«

»Augenblick, Augenblick. Wieso wissen Sie, dass es K&Ö ist, wo Sie das Geschäft doch gar nicht kannten?«

»Herr Kommissar, jetzt enttäuschen Sie mich aber. Das habe ich nicht gesagt. Aber die Tiefgarage kannte ich nicht, da ich die noch nie benutzt habe, denn ich komme immer mit dem Zug nach Graz. Ich war schon einmal bei K&Ö, und zwar oben auf der Dachterrasse. Außerdem leben wir ja nicht mehr im letzten Jahrhundert. Ich habe mir hinterher alles über Google Maps angeschaut.

Wir sind also auf der anderen Seite, also vorne, raus in die Sackstraße – schon witzig hier in Graz, da heißt eine Durchgangsstraße ›Sackstraße‹ – und nach rechts abgebogen, dann links die Sporgasse aufwärts und dann ziemlich schnell wieder links in so einen Innenhof, volles Mittelalter, Treppe hoch, eine Art Galerie entlang, und dann waren wir in einem Zimmer. Das war faktisch leer, nur zwei Stühle. Der andere musste mich dann an den einen Stuhl binden, den anderen hat der Räuber dann selbst festgebunden. Er warnte uns noch einmal davor, zur Polizei zu gehen, sagte, dass wir ruhig versuchen könnten, die Fesseln aufzukriegen, das würden wir schon schaffen, nur Geduld eben, aber falls uns das vor zwei Stunden gelingen sollte, sollten wir auf jeden Fall warten, bis die zwei Stunden vorbei sind. Dann könnten wir rausgehen. Wir würden beobachtet. Wenn wir zwei Stunden warten, passiert uns nichts. Ach ja, und wir sollten nicht miteinander reden. Je weniger jeder von uns von dem anderen wüsste, desto besser. Wir haben uns dann tatsächlich angeschwiegen. Ich weiß von dem anderen nicht mal den Namen, nicht, wo er wohnt, einfach nichts. Aber von den paar Brocken, die wir noch in der Bank gesprochen haben, glaube ich schon verstanden zu haben, dass der Österreicher ist.

Wir sind dann nach zwei Stunden auseinander, ich in mein Hotel, habe mich erst einmal hingelegt, und später hatten wir das Stafam-Dinner. Das war schon eigenartig. Ich saß da unter all den braven Ärzten, hatte ein Wahnsinnserlebnis gehabt, und niemand ahnte etwas. Und ich konnte niemandem davon erzählen. Aber wenn Sie mich heute fragen, was es zu essen gab oder welche Reden geschwungen wurden, totaler Blackout. Der arme Fiala, an dem Abend hat er für mich ganz umsonst geredet. Ich kann mich nur noch an die Musikkapelle erinnern. Irgendwas mit Eddie. Da spielte so ein junger Mann ganz fantastisch Klarinette. Irgendjemand sagte, ein Student von der Musikhochschule. Da wäre ich nicht gerne der Lehrer von dem. Besser geht's kaum.«

»Okay, weiter, Sie schweifen etwas ab.«

»Na ja, kommt eh nicht mehr viel. Am nächsten Tag bin ich dann zurückgefahren. Planmäßig.

Wissen Sie, was danach das Schwierigste war? Nicht darüber sprechen zu dürfen. Da ist mir eine Wahnsinnssache passiert, ich hätte ja auch zu Tode kommen können, aber niemand um mich herum wusste etwas.

Wissen Sie, was PTSD ist? Ja? Ich warte immer noch drauf, ob ich auch so einen posttraumatischen Stress kriege, vielleicht unbeherrschbare Angstzustände. Aber nichts. Ich war immer schon ein eigenartiger Typ. Bei Schwierigkeiten lege ich mich hin und schlafe – wie ein Stein. Das kann meine Frau so aufregen. Wir haben uns schon einige Male gestritten. Sie ist völlig aufgekratzt, und ich schlafe schon während des Streits ein.

So, wir sollten jetzt hier Schluss machen, ich habe noch zwei Patienten.«

»Würde es Ihnen was ausmachen, das alles zu Protokoll zu geben?«

»Was, hier?«

»Nein, in Graz.«

»Nein, keine gute Idee. Ich kenne die Polizei zwar nur aus dem Fernsehen, aber da findet sich immer eine undichte Stelle, und plötzlich weiß er es.«

»Wer er?«

»Na, der Bankräuber. Das will ich nicht riskieren.«

»Gut, Alternativvorschlag. Ich mache ein Gedächtnisprotokoll, und Sie müssen es mir unterschreiben.«

»Auch nicht viel besser.«

»Doch, das wird nicht verschickt. Ich komme persönlich wieder. Wir machen einen Code aus, den nur wir zwei kennen, also steht im Protokoll kein Name und kein Ort, und auch wenn das Ganze irgendwie bekannt werden sollte, was ich für unwahrscheinlich halte, da ich es geheim halte, wird doch niemand erkennen, dass Sie es sind. Vertrauen Sie mir.«

»Vertrauen ist so eine Sache. Und was soll das bedeuten, niemand wird feststellen, wer das Protokoll verfasst hat? Na, dann muss der Bankräuber sich ja vielleicht an beiden rächen, vielleicht gar umbringen?«

»Aber was haben Sie denn vorhin erzählt von Menschenliebe, Vertrauen, Zuversicht und so?«

»Ja schon, aber bei der Polizei?«

»Ich sag's Ihnen. Ich bin ganz und gar offen. Ihre Geschichte mag stimmen oder auch nicht. Als Kriminaler habe ich ein gewisses Maß an Skepsis internalisiert. Ich gehe aus professionellen Gründen davon aus, dass Sie vielleicht doch BR Müller sind.«

»BR Müller?«

»Ach so, das wissen Sie ja nicht. So haben wir ihn genannt, den Bankräuber, also BR Müller.«

»Aber trotzdem verstehe ich nicht, was das alles mit Vertrauen zu tun haben soll? Doch eher Misstrauen, ganz sicher sogar.«

»Nein, mein Vertrauensangebot an Sie besteht darin, dass ich Ihnen mein Misstrauen offen kundtue. Ich mache hier nicht auf Freundschaft und Verständnis oder gar Mitgefühl zu Ihnen, der armen Geisel. Ich bin skeptisch. Das ist meine Aufgabe. Ihre Aufgabe ist es, dieser Skepsis entgegenzuarbeiten.«

»Und wie?«

»Wir werden uns noch einige Male unterhalten müssen.«

»Und wenn ich nicht will?«

»Das wäre schlecht. Dann würde meine Skepsis verstärkt, und ich würde in Erwägung ziehen, um Amtshilfe bei der hiesigen Polizei anzufragen.«

»Bei den Rosenheimern? Oder gleich bei Hubert und Staller? Na dann viel Glück!«

»Nein, schon gleich bei den Münchnern. Da kenne ich einige Leute, gute Leute. Bevor ich es vergesse: Wieso haben Sie überhaupt einen Apfel gegessen?«

»Den hatte ich dabei, den gab es auf dem Kongress an irgendeinem Pharma-Stand. Und ich sagte Ihnen ja schon, wie mir das Herz bis in den Hals geklopft hat. Wissen Sie, was Angst mit dem Hals macht? Richtig, Angst schnürt einem den Hals zu, und außerdem trocknet es die Kehle aus. Ich hab wohl automatisch nach dem Apfel gegriffen. Außerdem musste ich irgendetwas mit meinen Händen anfangen. BR Müller, wie Sie ihn nennen, war irgendwie abgelenkt, telefonierte gerade mit der Polizei, hat das gar nicht bemerkt, aber dann schoss es mir durch den Kopf: Was machst du denn da? Da blieb mir der Bissen im Hals stecken, nein, stimmt auch wieder nicht, nicht mal im Mund, ich hab ja das Apfelstückchen nicht abgebissen, sondern den Apfel nur angebissen und dann gleich in die Hosentasche von dem Monteuranzug gesteckt.«

Geisel oder doch Täter?

Auf der Heimfahrt überraschte sich Mozart bei der Wahrnehmung, dass er schmunzelte. Er schaute in die glitzernde Oberfläche seines Laptops, ob es stimmte. Schwer zu sagen, das muss mehr so innerlich gewesen sein. Was für eine Geschichte!

Ein intellektueller Bankräuber. Hoppla, aufgepasst, Mozart! Das ist ja noch gar nicht bewiesen. Vielleicht war er ja wirklich die Geisel.

Beinahe hätte er noch vergessen zu fragen, wieso Georgis einen Apfel dabeigehabt hatte. Und Georgis hatte zugegeben, in Graz gewesen zu sein, obwohl er das auch hätte leugnen können. Nun ja, vielleicht auch nicht. Er hatte ja wohl in einem Hotel eingecheckt. Aber er hätte es auch unter einem falschen Namen machen können, und er hätte bar bezahlen können. Das geht meist schon. Einfach eine österreichische Adresse eintragen, dann wollen sie auch keine Papiere sehen. Also, das hätte er machen können, hat es aber nicht gemacht. Das spricht eher für seine Unschuld. Oder aber besonders raffiniert. Wenn man auf der sicheren Seite stehen will, muss man immer eine Ecke weiterdenken. Eine Ecke weiter als der Täter. Und der Täter eine Ecke weiter als die Polizei.

Das Abteil verdunkelte sich etwas. Mozart schaute auf, schaute durchs Fenster. Richtig, der Zug fuhr durch die tiefe Schlucht bei der Burg Werfen. Da kam sie auch schon in sein Blickfeld, da hoch oben, unerreichbar hoch oben, und er ganz unten, unten am Grunde der Schlucht. Wann immer Mozart hier hindurchgefahren war, hatte er das Bedürfnis gehabt, auf die Burg hinaufzukraxeln. Aber heute fühlte er sich nach unten auf den Boden gedrückt, weit entfernt von einem Höhenrausch. Ja, das war seine Lage. Irgendwie deprimierend!

Mozart wachte auf. Wie lange hatte er jetzt schon recht stumpfsinnig vor sich hin geschaut? Kopf völlig leer. Und natürlich hatte er den Faden verloren und musste das Ganze noch einmal durchdenken. Doch, es stimmte. Falls Georgis der Bankräuber war, ging er als Vorausschauender davon aus, eventuell gefunden zu werden, und dann wäre eine Nichtregistrierung auffällig. Nein, so ein Blödsinn. Er hätte ja nicht zum Kongress gemusst. Er wäre einfach nach Graz gefahren, hätte niemandem Bescheid gegeben, hätte die Bank überfallen und wäre wieder zurückgefahren. Seiner Frau hätte er sagen können, dass er etwas in München zu tun hatte. Niemand, aber auch niemand hätte einen Arzt aus dem Chiemgau mit dem Überfall in Graz in Verbindung gebracht. Das hat ja wahrscheinlich nicht mal in den deutschen Zeitungen gestanden. Also doch ziemlicher Blödsinn, auf den Kongress zu gehen, sich im Hotel zu registrieren, um dann eine Bank zu überfallen. Also doch wohl eher Geisel, ziemlich sicher sogar. Wenn er sich nicht registriert hätte, hätte er ja auch nicht sagen müssen, dass er in Graz war. Nein, Graz kenne ich nicht, und die Geschichte wäre aus gewesen.

Doch nicht, da ist ja noch dieser blöde Apfel. Aber den wird er ja nicht eingeplant haben. Der zurückgelassene Apfel war ja wohl ein Versehen, vielleicht gar der kleine Fehler, der das perfekte Verbrechen eben nicht zum perfekten macht. Ohne Apfel hätten wir ja überhaupt keinen Anhalt. Natürlich war der Apfel nicht geplant. Den hat er ja auf dem Kongress von einer Pharma-Firma bekommen. Sagt er zumindest.

Mozarts Vorderhirn glich einem Karussell. So wie er einen Punkt der Klarheit erreicht hatte, oder besser: erreicht zu haben glaubte, tauchte das allfällige Gegenargument auf. Da kam die Dame mit dem mobilen Bordservice gerade zur rechten Zeit. Auf dieser Strecke gab es kein Restaurant, das war also auch schon mal besser gewesen. Mozart kaufte ein Bier und ein Tuna-Sandwich. Letzteres schmeckte wie abgelaufen, aber das Bier half darüber hinweg. Immerhin: Ottakringer aus der Flasche. Mozart war es schon wichtig, aus einer Flasche zu trinken. Nix mit dem »16er-Blech«. (Für Nichtösterreicher: Das ist Wiener Würstelstand-Jargon für das Dosenbier aus Ottakring, dem 16. Wiener Bezirk.) Dass Mozart das Ottakringer besser schmeckte als die steirischen Biere, auch besser als das Puntigamer, wofür die Mannen von Sturm Graz auf dem Rasen herumliefen, hatte man ihm eh schon oft genug angekreidet. Zumindest in der Steiermark ist es Ehrensache, dass ein Wiener Bier nicht schmecken kann, nicht schmecken darf. Und dass Mozart gar einige burgenländische Weißweine den steirischen vorzog, brachte ihn bei seinen Kollegen total in Misskredit. Burgenländische Weine? Die sind ja nur siaß!, hatte ihm so eine Rotznase von Jungpolizist mal entgegengeschleudert. Das passe natürlich zu einem Sozart!

Alkohol wird eben auch patriotisch konsumiert – lokalpatriotisch. »Steirerbluat is koa Himbeersaft!« Ein Steirer trinkt eher was Resches. Nun gut. Dann dachte er daran, dass Georgis am besten daran tat, echt eine Geisel gewesen zu sein. Das machte es wahrscheinlicher, dass BR Müller Österreicher war. Vielleicht gar Grazer? Oder Graz-Umgebung? Aber so einen Profi hatte es in den letzten Jahren nicht gegeben, vor allem nicht so einen zivilisierten. Und für ein Erstlingswerk war das einfach zu gut. Vollprofi hatte der Polizeipräsident gesagt. Mozart fiel die Bankraub-Studie des Kuratoriums für Verkehrssicherheit ein. Die hatten mit Unterstützung von Banken 41 verurteilte Bankräuber in acht österreichischen Justizanstalten befragt. Und was war herausgekommen? Nur jeder siebte Bankräuber war ein »Profi«. Mehr als die Hälfte der Täter waren sogenannte »Intermediates« – Milieukriminelle ohne Spezialisierung auf Bankraub. 31 Prozent waren »Amateure« und hatten keine einschlägige Vorerfahrung. Die meisten Täter verübten den Überfall mehr oder weniger spontan. Davon konnte hier aber wirklich keine Rede sein. Na ja, wieder so eine Studie, dachte Mozart. Die wurde in der Polizeischulung zwar immer wieder erwähnt. Aber was für ein Unsinn: 2008 waren in Österreich 131 Raubüberfälle auf Bankfilialen und Postämter verübt worden, und wie viele hatten sie befragt? 41! Mozart musste lachen. Das fiel der Dame schräg gegenüber auf, die sich schon Gedanken gemacht hatte, was der Herr da so die ganze Zeit rumgrübelte und seine Stirn in tiefe Falten legte. Das einzig Verlässliche an der Studie erschien ihm die Aussage, dass Geiselnahmen in Österreich so gut wie nicht vorkamen.

Mozart rechnete: Nur jeder Siebte ein Profi. Von den 41 Einsitzenden also knappe sechs. Auf 131 hochgerechnet, knapp 20. Aber welcher Profi überfällt schon eine Postfiliale mit dem bisschen Geld? So ist das mit den Statistiken. Gab es deswegen so viele Spontanakteure unter den Einsitzern, weil sie die wirklichen Profis gar nicht geschnappt hatten? Die echten Profis wären ja wohl unter den nicht geschnappten 90 zu suchen. Die müsste man also befragen. Geht aber nicht, aus den bekannten Gründen. Also müsste man zumindest die Postüberfälle wieder rausrechnen. Nur die? In den letzten Jahren hatte sich das Bankraubprofil doch total geändert. Es wurden immer kleinere Banken überfallen, und vor allem in ländlichen Gebieten. In den Städten kaum noch. Wieso? Klar, es lohnte sich nicht mehr. Früher hatten die Banken den Keller voller Geld, echtes Geld, nicht wie heutzutage Zahlen auf dem Bildschirm. Als ich jung war, dachte sich Mozart, ja, da gab es noch viele Bankraubfilme. Das war spannend. Und zumeist waren ja die Ganoven die Hauptdarsteller. Am meisten in französischen Filmen. Der Zuschauer fieberte mit, ob sie es wohl schaffen würden. Solche Filme gibt es faktisch nicht mehr. Und heute? Was ist der heutige Kriminalfilm? Nichts als Mord und Totschlag und Psychopathen. Jeden Abend im Fernsehen, jeden Abend dasselbe. Andererseits: Irgendwie auch gar nicht schlecht, dass die Jugendlichen heutzutage kaum mehr fernsehen, nur noch auf ihr Handy glotzen.

Aber wenn … Nichts wenn! Das Gedankenkarussell begann sich schon wieder in Gang zu setzen. Reset! Wie soll das nur enden? Mozart sprang auf und folgte dem mobilen Bordservice. Das Karussell hatte sein Hirn benebelt, sich aber jetzt irgendwie aus seinem Gehirn hinauskatapultiert. Sein Kopf war leer, total leer, bis auf einen Gedanken, der immer größere Ausmaße annahm: Er brauchte jetzt noch ein Bier.

Vor dem Zubettgehen notierte Mozart in sein Notizbuch:
Was habe ich gelernt?
Bankräuber oder Geisel? Ich weiß es immer noch nicht.
Eigentlich ein netter Mensch.
Was hab ich über mich gelernt?
Ich möchte immer noch nicht, dass er der Bankräuber ist.
Hat es so was schon mal gegeben?
Darf sich ein Kommissar so etwas wünschen?

Frau Mozart lernt Yoga kennen

Natürlich hatte Mozart auch ein Privatleben, ein beschauliches. Irgendwann hatte er geheiratet – weil das so üblich war. Auch nicht ganz richtig, denn eigentlich war er geheiratet worden. Seine Frau war Professorin am Akademischen Gymnasium. Ein seltenes Exemplar von Gymnasium. Nicht weil über 440 Jahre alt, sondern weil mitten in der Stadt, direkt an einem Platz gelegen, ohne Mauer, ohne Abgrenzung. Obwohl: Hier verlief früher die alte Stadtmauer, da war das Akademische auch noch Dominikanerinnenkloster gewesen. Eine große schwere Tür, der eine Flügel zumeist offen. Du schaust einfach hinein und kannst dir die Auslagen anschauen: Gemaltes, Gebasteltes, Fotos von Schulevents …

Die hatten bis vor einigen Jahren einen berühmten Direktor, Prof. Wilhelm. Der hatte sage und schreibe während seiner gesamten Zeit als Direktor nur einen (1) Tag krankheitshalber gefehlt. So stand es in der Zeitung.

»Erstaunlich«, fand Mozart, »das schaffen die meisten Lehrerinnen und Lehrer lässig in einem Monat.«

»Du übertreibst mal wieder.«

»Ach wirklich? Es ist Dienstag, elf Uhr, und wo befindet sich Frau Mozart, etwa nicht zu Hause?«

»Aber ich habe Husten.«

Wobei hatten sie sich eigentlich getroffen? Eigentlich gar nicht. Ihre Mutter hatte Mozart kennengelernt, als er einmal in der Stadtbibliothek an einer Podiumsdiskussion über

Sicherheit teilgenommen hatte. Mütter schauen anders auf Männer als junge Frauen. Mütter halten nach potenziellen Schwiegersöhnen Ausschau. Da stehen Solidität und Zuverlässigkeit an erster Stelle, Männlichkeit, ganz zu schweigen Sexualität sind nicht so wichtig. Und ihr erschien der Name Mozart als interessant, gar erstrebenswert. Ein Studierter im besten Alter und auch pragmatisiert, was willst du mehr?, hatte sie ihre Tochter gefragt, die sie schon lange unter die Haube zu bringen versucht hatte. Die Mutter glaubte zu wissen, wie man verkuppelt, aber die Gegenwehr der Tochter hatte sie nie überwinden können. Bei Mozart wurde die Tochter dann erstmalig weich. Und irgendwie trafen sie sich dann in einem Kaffeehaus. Frau Mozart, also die zukünftige, fand ihn irgendwie nett, wenn auch etwas zu sehr mit seiner Kriminologie verheiratet. Er fand sie auch nett, und eine gemeinsame Zukunft erschien ihm besonders deswegen reizvoll, da er sich nun nicht mehr anzustrengen brauchte. Eine Frau fürs Leben zu finden ist ja nicht so ganz einfach. Das wusste er aus den Erzählungen der jungen Kollegen jeden Montag. Und auch nicht ganz billig.

Sie hatte schon mehr Erfahrung als er und führte ihn in die Sexualität ein, überwiegend durfte er Missionarsstellung, aber wenn er mal zu müde war, sie aber heiß, dann krabbelte sie schon mal auf ihn rauf. Das gefiel ihm, vor allem, da er sich nicht anzustrengen brauchte, eh schon gesagt. Wenn er gut drauf war, umfasste er ihren Popsch und half ihr ein wenig beim Auf und Ab.

Sie lebten ein unaufgeregtes Leben. Er war zwar bei der Mordkommission, aber er löste seine Fälle ja überwiegend am Schreibtisch bzw. schuf dort die Vorbedingungen für so manche Verhaftung. Er war kein Kommissar, der die Täter mit gezogener Waffe verfolgte. Ab und zu stand sein Name in der Zeitung, ab und zu auch mal ein Foto, aber doch nicht zu oft.

Aber unaufgeregtes Leben heißt nicht langweilig. Sie hatten einander zunächst immerhin nett gefunden. Nachdem sie sich etwas kennengelernt hatten, schätzten sie sich gegenseitig und irgendwann stellten sie fest, dass man es durchaus Liebe nennen könne. »Liebe auf den zweiten Blick«, sagte sie. »Bei mir auf den dritten«, entgegnete er, »ein Kommissar prüft etwas länger.« Aber eigentlich hatte er ihr Geheimnis nicht erkannt. Bei ihrem ersten und auch beim zweiten Treffen hatte sie sich um ein intelligentes Gespräch bemüht. Beiläufig kam sie auf Kafka und Camus zu sprechen. Die kannte er natürlich, da konnte er mithalten. Eine Liebeswallung hatte sie in ihm damit aber nicht erzeugen können. So machte sie ihren gedanklichen Mistkübel auf (so nennt man in Österreich den Abfalleimer), warf Kafka und Camus hinein, kaufte sich einen rosafarbenen Lippenstift, legte Rouge auf, ließ in einem Fachgeschäft ein rotes Negligé durch ihre Finger gleiten, verwarf diesen Gedanken dann wieder – nein, so weit waren sie noch nicht –, sondern betupfte ihren Hals an der bekannten Stelle für Parfümierungen ganz leicht mit einem schnell gekauften Parfüm mit Rosenduft. So leicht, dass er, nachdem einmal die Fährte aufgenommen, ganz nah an sie heranmusste, um es besser riechen zu können. Da hatte sie ihn dann.

Sie war auch sonst eine schlaue Frau, behielt ihren Mädchennamen, denn sie hatte a) inzwischen von seinem früheren Mobbing gehört und konnte sich b) ausmalen, was sie von ihren Schülern zu erwarten hatte, wenn sie plötzlich Frau Professor Mozart hieße. Das verstand er gut, es machte ihm nichts aus. Auswärts nannte er sie »meine Frau«, bei Freunden »Marianne«, aber zu Hause neckte er sie mit »Frau Mozart«. Aber das erst später. Zu Beginn ihrer Liebe hatte sie ihn »Hasi« gerufen. Das fand er nett und sagte »Du, mein Häschen« zu ihr. Was Besseres war ihm auf die Schnelle nicht eingefallen. »Häschen – Hasi. Passt doch, oder?« Fand sie nicht: »Kannst mich lieber Katzi nennen.«

»Okay, Frau Mozart, ich bleib bei Marianne.«

Warum sie noch keine Kinder bekommen hatten, blieb unklar. Noch war sie nicht besorgt, war sie doch einige Jahre jünger als er. Sie war deswegen aber schon bei einem Arzt gewesen, den ihr eine Freundin empfohlen hatte. Denn die war nach jahrelangem Warten schwanger geworden. Und was hatte der getan? Hatte sie akupunktiert. »Wie oft werde ich zu Ihnen kommen müssen?«, hatte ihre Freundin gefragt. Zwölfmal, hatte er geantwortet, das sei so eine Faustregel. Dreimal war sie bei ihm gewesen, dann hatte die Regel ausgesetzt. Und jetzt kann Ernst schon laufen. »Sie sind ein Wunderdoktor«, hatte sie ihn angehimmelt. »Nein, wunderbare Akupunktur«, hatte der Herr Doktor gelächelt.

Frau Mozart wurde auch akupunktiert. Sie solle außerdem Yoga machen, hatte ihr der Herr Doktor gesagt, sie sei zu viel in ihrem Kopf, sie müsse sich wieder einverleiben. Einverleiben? Ja, man sage zwar »zu sich finden«, aber eigentlich sei es ein »In-sich-Finden, noch besser: Sich-Spüren, so von innen her«. Und nicht Schattenboxen, Chinesische Medizin? Sie als Akupunkteur empfehlen Yoga? Ja,

Yoga sei intensiver, durchaus fordernd, auch schweißtreibend. Und es würde ihren Parasympathikus stärken. Aber sei der Parasympathikus nicht irgendwie … schlechter angesehen, hatte sie gefragt. Ja, aber nur in einer gehetzten Gesellschaft, hatte der Doktor geantwortet. Wenn sie an der Börse arbeiten möchte, dann helfe ihr das wohl nichts, aber wenn sie ein Kind bekommen wolle, dann sei die innere Ruhe genau das Richtige. Viele Paare seien nach jahrelangem angestrengtem Üben erst im Urlaub schwanger geworden, vor allem, nachdem sie die Hoffnung schon aufgegeben hatten. »Pures Para im Hier und Jetzt.«

»Pures was?«

»Na, Parasympathikus eben.«

Die Schulferien dauerten noch etwas, also ging Frau Professor zum Yoga.

»Und wie war's?«, fragte Mozart sie nach dem ersten Mal.

»Schon etwas eigenartig für mich. Auf einmal bin ich die Schülerin. Das bin ich ja nicht mehr gewohnt. Aber Angst gibt es keine. Die meiste Zeit haben wir die Augen zu, und die Anleiterin ermuntert uns, nur auf uns selbst zu achten, nicht nach links und rechts zu schielen. Anstrengung schon, aber kein Schämen. Und jederzeit kann ich eine Übung abbrechen oder vereinfachen.« Frau Mozart musste an ihren kurzen Tennisunterricht denken. Da hatte ihr Personal Trainer die ganze Zeit herumgebrüllt. Und als er ihr »Tiefer Schwerpunkt, nicht schwerer Tiefpunkt!« über das Netz zugebrüllt und über seinen Witz auch noch lauthals gelacht hatte, da hatte sie ihm gesagt, den Rest der Stunde könne er sich erholen.

»Und weißt du, wie unsere Anleiterin heute hieß? Marianne, genau wie ich. Eine hübsche Frau, und mit so einer angenehmen Stimme. Und sie sagte: ›Ich freue mich, heute bei euch sein zu dürfen.‹ Und dann sollten wir zu uns sagen: ›Ich bin einzigartig, ich bin ein Genie, ich bin wunderschön, und so, wie ich bin, genau so ist es recht.‹ Und dann haben wir geatmet, und dann ging es richtig los. Wann habe ich zuletzt so geschwitzt?«

Mit »einzigartig« konnte Mozart etwas anfangen. Na, das ist ja eh jeder Mensch. Aber seine Frau ein Genie? Gar wunderschön? Na ja, dachte er sich – leise, ganz leise.

»Und hast du beim Yoga intensiv an unseren Babywunsch gedacht?«

»Um Gottes willen, nein. Marianne sagte, wir sollten ganz bei uns sein, und wenn Gedanken auftauchen, so aus der Welt da draußen, dann sollen wir sie wegwischen, fallen lassen, wegatmen. Ganz im Hier und Jetzt.«

»Bisschen abgedroschen diese Phrase.«

»Das macht sie aber nicht falsch.«

»Und hast du es geschafft, ganz im Hier und Jetzt?«

»Schon, manchmal, aber Gedanken kommen und gehen, das weißt du ja. Außerdem musste ich ab und zu die Augen aufmachen, schauen, wie die Übung bei den anderen aussah. Aber das sollen wir ja eigentlich nicht. Marianne sagte, egal, ob die Nachbarin es schöner, toller, perfekter macht, nein, so wie ich es mache, mach ich es genau richtig – für mich, verstehst du? Na ja, war ja erst das erste Mal.«

Mozart hatte ein kleines Bäuchlein. Das ist in Österreich ja nichts Besonderes. Gute Küche hier. Schuld war natürlich auch, dass er beruflicherseits nicht zu sportlichen Aktivitäten kam (hinter den Mördern herlaufen taten ja seine jungen, ambitionierten Kollegen), und seine Marianne, sie kochte gutbürgerlich: verschiedenes Fleisch mit verschiedenen Beilagen und Saucen, gut und reichlich, vor allem reichlich. Außerdem: Was heißt Schuld? Ein gestandenes Mannsbild muss einen Bauch haben!

Vielleicht sollte er auch Yoga machen? Aber ist das was für Männer? Bei der Polizei kannte er keinen, der Yoga je erwähnt hätte. Aber natürlich auch keinen, der Akupunktur erhielt. Wenn schon, dann richtige Spritzen, mit was drin. Aber nicht so ein Getue!

Nach einigen Wochen Yoga wollte seine Marianne übrigens auch noch Vegetarierin werden. Na, das musste er vor seinen Kollegen unbedingt geheim halten!

Eines Vormittags packte Mozart dann Mariannes Yogamatte und ging heimlich hin. Seine Marianne war ja in der Schule. Er wollte auf keinen Fall zu spät kommen, so war er zehn Minuten vorher da. Einige Frauen lagen schon auf ihren Matten, andere sitzend, alle irgendwie andächtig, in Meditation, oder einfach nur still. Und alle sehr chic angezogen. Mozart fand, da passe er nicht so hinein mit seiner alten dunkelblauen Turnhose und dem gerippten Unterhemd. Er dachte schon daran zu gehen. Da kam Marianne, die Anleiterin, Guide, wie man sie hier nannte: »Ich freue mich, heute bei euch sein zu dürfen.« Und jetzt meinte er, dass seine Marianne die Yoga-Marianne missverstanden hatte. Ja, sie hatte sich wohl selbst gemeint mit Genie und wunderschön. Aber dieses Mal erzählte sie etwas anderes.

Er wollte seine Augen nicht von ihr lösen, war sehr angetan von ihr, aber sie sagte, dass sie alle die Augen geschlossen halten sollten. Etwas geblinzelt hat er dann schon. Und immer wieder auf den Atem achten. Der Atem sei der Lehrer. Darauf achten, was in uns passiert, welche Horizonte sich in uns eröffnen. Nicht daran denken, wie die anderen uns sehen.

Zum Schluss bedankte sich Marianne noch einmal, dass sie hatte dabei sein dürfen, und jeder verspüre Dank, sich diese Stunde für sich genommen zu haben, und jeder verspüre Dank gegenüber den anderen in diesem Raum, für diese Atmosphäre, die dies habe möglich werden lassen.

So viel Dankbarkeit und Wertschätzung! Da wehrte sich etwas in ihm, aber in einer kleinen Ecke eines seiner Herzohren begann sich Freude auszubreiten.

Nicht ganz unbemerkt – Mozart lächelte. Irgendwie fand er dies sehr bemerkenswert.

Mit Nietzsche und Kierkegaard auf den Berg

Als Mozart auf dem Grazer Bahnhof stand, freute er sich dann doch ein wenig, wieder nach Übersee zu fahren. Er hatte mit seinem Chef eine lange Diskussion gehabt, hatte ihm klarmachen können, dass er für notwendige Recherchen öfter mal außer Haus und sogar außer Landes sei. Man ließ ihn ziehen. Das junge Team, das ebenfalls mit diesem Überfall beschäftigt war, hatte eh modernere Methoden, operative Fallanalyse, Täter-Profiling, Profilabgleich etc. – »Bildschirmgeflackere«, wie Mozart es nannte.

Und wieder fand er in Georgis einen wundervollen Arzt. Er hatte Mozart das letzte Mal gesagt, dass sie Therapie und kriminologisches Gespräch trennen sollten. So war er nun der letzte Patient an diesem frühen Nachmittag.

»Kennen Sie Nietzsche? Haben Sie ›Ecce homo‹ gelesen?« Georgis sah Mozart etwas prüfend an.

»Nietzsche kennen, ja, eher vom Namen her, ›Ecce homo‹ gelesen, nein.«

»Macht nichts, ich schlage jetzt auch nicht vor, dass wir philosophische Diskussionen führen. Für mich als Arzt und Körpertherapeut der wichtigste Satz bei ›Ecce homo‹ ist der, wo sich Nietzsche über den Zusammenhang von Bewegung und Gedanken auslässt. Da heißt es etwa so: ›Traue keinem Gedanken, der im Sitzen geboren und nicht im Freien und bei freier Bewegung. Alle Vorurteile kommen aus den Eingeweiden. Das Sitzfleisch ist die Sünde wider den Heiligen Geist.‹

Der Antichrist Nietzsche und der Heilige Geist, das ist mir zwar nicht ganz klar, aber das mit der Bewegung ist extrem wichtig. Und Kierkegaard …«

»Wer?«

»Sören Kierkegaard, ein dänischer Philosoph, sicher haben Sie schon von ihm gehört, der hat was Ähnliches gesagt, ich glaube, er schrieb in einem Brief an seine Schwägerin, dass er sich nicht nur Gesundheit anlaufe, sondern eben auch viele gute Gedanken und dass kein Gedanke so schwer sei, dass man ihn beim Gehen nicht wieder loswürde. Das heißt, beim Laufen oder Gehen gibt es gute Gedanken, und was einen vorher belastet hat, Probleme eben, lösen sich. Eigentlich haben viele Philosophen Ähnliches gesagt. Das ist keine hohe Philosophie, kein gedankliches Gespinst, sondern einfach Erfahrung. In unserer Zeit sitzen die Menschen aber den ganzen Tag irgendwo. Und wenn sie sich dann doch bewegen, dann messen sie die Zeit oder haben so einen Schrittzähler dabei. Wie ich Ihnen schon gesagt habe: Zeitgeist der Messbarkeit. Gute Gedanken kann man aber nicht messen. Ich schlage also vor, dass wir auf den Berg gehen und uns unterhalten. Vielleicht fällt uns da etwas zu dem ganzen Fall ein.«

Mozart hatte keine Ahnung, wer der dänische Herr mit dem schwierigen Namen war, aber er sagte lieber nichts. Der Doktor hatte ja gesagt, dass er ihn sicher kenne. Er kannte zum Gehen eigentlich nur ein afrikanisches Sprichwort: ›Wenn du schnell gehen willst, geh alleine, wenn du weit gehen willst, geh mit mehreren.‹

Aber das passte hier nicht so richtig. Und vielleicht haben es die Afrikaner nicht so mit den Gedanken beim Gehen, dachte Mozart. Bestimmt nicht. Die bekommen ihre Gedanken beim Tanz. Mozart hatte noch nie gehört, dass Afrikaner spazieren gehen oder aus Lust wandern. Jetzt sowieso noch weniger, wo es immer heißer wird. Hoppla, stimmt nicht: Sind sie jetzt nicht zu Tausenden auf dem Marsch nach Norden, nach Europa? Aber Mozart, das machen sie doch nicht freiwillig! Wie groß müssen ihre Verzweiflung, ihr Hunger sein, dass sie das tun? Wie kommen sie eigentlich durch die Sahara?

Doch irgendwie war er auch zufrieden damit, dass Georgis das Kommando übernommen hatte. In einem Kriminalfilm hatte er das noch nicht gesehen. Aber Georgis war ja auch kein richtig Verdächtiger, eher ein Zeuge, der ihm helfen konnte. Und wollte? Das mit dem Gehen verstand er sofort. Sprang er nicht selbst immer auf, wenn er vor einem kniffligen Problem stand? Witzig, schoss es Mozart ein, dass es »vor einem Problem stehen« heißt. Eigentlich sitzt man ja vor einem Problem. Vielleicht ist dieses Idiom ja schon älter, aus einer Zeit, wo man noch nicht an den Bürostuhl gefesselt war. Andererseits kann Stehen ja schon den Beginn vom Gehen markieren. Vom Sitzen aufgestanden, kurz vorm Gehen. Mozart fand, dass der Tag sich jetzt schon gelohnt hatte.

Zwischenstopp im Haus des Doktors.

»Darf ich vorstellen? Meine Frau, mein jüngerer Sohn.« Sie waren nur fünf Minuten im Haus, aber dass der nette Herr Doktor eine ziemlich resolute Frau hatte, das war Mozart schnell klar. Wenn also einer der Bankräuber wäre, dann doch wohl eher die Frau als der Herr Doktor. Aber nein doch, alle beteiligten Polizisten waren sich sicher gewesen, dass es sich um drei Männer gehandelt hatte. Der Sohn mit freundlichen Augen, der wird ja wohl auch nicht dabei gewesen sein. Georgis streichelte noch seinen Hund, der sich schwanzwedelnd Mozart zuwandte. Ein Golden Retriever, da braucht man keine Angst zu haben, wusste Mozart. Hatte er sich nicht als Kind auch einen Hund gewünscht? Aber seine Eltern hatten gemeint, die Wohnung sei zu klein. Sein Jammern hatte keinen Erfolg. Schließlich hatten seine Eltern ihm zwei Meerschweinchen geschenkt. Immerhin, aber Mozart hatte das vor seinen Klassenkameraden verheimlicht. Meerschweinchen!

Und dann ging es den Berg hinauf, Wanderweg, zum Glück keine Klettersteige. Nadel-, ab und zu auch Laubbäume, dicht, Eindruck eines Hohlwegs, dunkel. Mozart besann sich darauf zu schweigen. Der Doktor allerdings auch. Nach einer Viertelstunde fragte der Doktor, ob Mozart schon einen guten Gedanken habe.

»Eigentlich nicht, eher Hunger. Nachher lade ich Sie zum Essen ein. Wenn ich in Bayern bin, muss ich einen Schweinsbraten essen. Warum sagt man eigentlich ›ofenfrischer Schweinsbraten?‹ Was denn sonst als ofenfrisch? Er muss ja eh durch den Ofen, auch wenn es sich um Hotel-Fertigware handelt, wissen Sie, diese vorgekochten Gerichte in Aluminiumhülle, die man nur noch aufzuwärmen braucht.«

»Sehen Sie, da haben Sie schon Ihren ersten guten Gedanken. Ich glaube, das hat was mit DR. OETKER zu tun. Da steht ja auf ganz vielen Noch-nicht-ganz-fertig-Produkten ›ofenfrisch‹ drauf. Der wirbt damit, dass es im

Ofen zum ersten Mal richtig hochbackt. Eigentlich sagt ›ofenfrisch‹ aus, dass es sich um vorverarbeiteten Schweinsbraten handelt. Also eigentlich total ehrlich, aber der Kunde hat ein ganz anderes Gefühl. Vielleicht sind wir da auch etwas vorgeprägt. Als ich klein war, gab es ein Waschmittel, das wurde mit dem Prädikat ›aprilfrisch‹ angepriesen. So richtig beliebt ist der April ja nicht, weil der eigentlich kalt und regnerisch, zumindest aber unbeständig ist, doch ›aprilfrisch‹ hat jeder sofort verstanden. Und frisch bedeutet gleichzeitig Sauberkeit.«

»Und wahrscheinlich die Farbe Blau oder Grün.«

»Ziemlich sicher. Spontan verständlicher Nonsens.«

»Aber wie kommen wir weiter?«

Sie kamen weiter, aber nur des Weges. Beide schwiegen. Nietzsche und Kierkegaard hielten sich noch etwas zurück.

Dann Ankunft bei der Schnappenkapelle. Herrlicher Ausblick hinunter auf den Chiemsee, es war wunderbar still, ab und an ganz leichte Geräusche, wenn der Wind durch die Blätter – mehr durch die Nadeln – strich. Die Herren Nietzsche und Kierkegaard beschlossen, diese Stille nicht zu stören. Vorerst. Da saßen sie also – zu viert, wenn man so will – und staunten hinunter in die Landschaft.

Die Sonne war unaufhaltsam beim Abstieg, der Doktor meinte, sie sollten sich auf den Rückweg machen. Wieder hinein in den dunklen Tunnel.

Wie war das 1968 in Berlin?

Natürlich schreitet man beim Abstieg flotter aus als beim Aufstieg. Mozart hatte gehofft, dass sich Nietzsche und Kierkegaard bei größerer Geschwindigkeit zu ihnen gesellen würden. Das war es aber wohl auch nicht. Die beiden Philosophen schwiegen beharrlich weiter. Irgendwie waren sie geradezu unerträglich stumm.

Da besann sich Mozart seiner eigenen Methode. »Herr Doktor Georgis, erzählen Sie mir etwas über Ihr Leben.«

»Wo soll ich anfangen?«

»Sie sagten, dass Sie in Berlin studiert haben. Fangen wir damit an.«

»Na gut. Ich ging nach Berlin, um der Bundeswehr zu entgehen. Berlin gehörte ja nicht richtig zu Deutschland, und die Berliner konnten nicht gezogen werden. Ich kam achtundsechzig nach Berlin. Das war eine irre Zeit. Eigentlich haben wir nicht so richtig studiert, mehr diskutiert, über unsere Eltern, über die Vergangenheit, die Nazis, die ganze bürgerliche Gesellschaft, die sich auf einmal überkorrekt zeigte. Mann, war das ein Spießertum. Und dann natürlich der Vietnamkrieg. Was hatten die Amis da zu suchen? Wir wussten nicht genau, was sich da abspielte, wie die Vietkong eigentlich waren. Aber natürlich waren wir für den Sieg im Volkskrieg, wir alle, auch die Pazifisten. In meinem Zimmer hing ein Bild von Mao und von Ho Chi Minh. Da half natürlich auch, dass Ho so sympathisch aussah. Dagegen waren die Amerikaner hässlich. Es gab ja auch ein Buch ›Der hässliche Amerikaner‹, aber das war eher politisch zu verstehen. Es gibt so Bücher, die braucht man nicht zu lesen, der Titel sagt schon alles. Zum Glück mussten wir nicht kämpfen. Unsere politische Aktivität bestand im Diskutieren, im Demonstrieren. Später dann haben wir in Stadtteilen, wo das von uns verehrte Proletariat wohnte, also in Kreuzberg und im Wedding, Gesundheitsläden aufgemacht, also wir Medizinstudenten. Wir waren voller Enthusiasmus, wir wollten Gutes tun. Ich kann nicht sagen, inwieweit ich Kommunist war, aber Kommunismus im Sinne der Gemeinschaft, der Freiheit und Gleichheit, gegen die Ausbeutung, das ja, also im Sinne des Urkommunismus, wie man es ja auch im frühen Christentum findet. Es gab den Spruch ›Kapitalismus führt zum Faschismus, Kapitalismus muss weg‹. Da haben wir lange drüber diskutiert, der Zweite Weltkrieg war ja erst zwanzig Jahre her. Inzwischen sind siebzig Jahre vergangen, aber der Faschismus ist nicht wiedergekommen, zumindest nicht hier. Aber die Schere zwischen Arm und Reich ist größer geworden. Bei uns zwar auch, aber im eigentlichen Sinne zwischen uns und der Dritten Welt, Afrika zum Beispiel. Wir leben in Luxus, und die Energie, die wir dafür brauchen und verpulvern, trägt zum Klimawandel bei. «

»Sie sagten: ›Wir waren voller Enthusiasmus, wir wollten Gutes tun.‹ Wer ist wir?« Mozart besann sich seiner Aufgabe als Polizist.

Und Georgis dachte sich, jetzt will er mich richtig aushorchen.

»Na ja, im weitesten Sinne die Studentenbewegung beziehungsweise die Außerparlamentarische Opposition, die

APO. Die APO war irgendwie links, in Opposition zu der als konservativ und reaktionär empfundenen Politik der Regierenden in Deutschland. Sie glauben nicht, bei wie vielen unserer Lehrer die Gehirnwindungen noch durch Nazi-Gedankengut verklebt waren. Bis in den letzten Winkel.

Die APO war noch relativ breit aufgestellt, ein Teil entwickelte sich dann weiter, in Richtung kommunistischer Bewegungen. Und mit einigen war man sich spinnefeind. Ja, historisch gesehen waren wir naiv. Es gibt so einen Satz von Marx, im ›Achtzehnten Brumaire des Louis Bonaparte‹, wo er Hegel kritisiert, der irgendwo geschrieben hatte, dass alle großen weltgeschichtlichen Tatsachen und Personen sich sozusagen zweimal ereignen. Marx merkte an, dass Hegel vergessen habe hinzuzufügen: das eine Mal als Tragödie, das zweite Mal als Farce.

Tja, ich glaube, wir waren da mindestens schon die dritte Wiederholung. Wir sind losgelaufen und haben erst während unseres Kampfes die Geschichte der Arbeiterbewegung studiert. Heute erscheint mir vieles als Superfarce, wir so bisschen Ritter der traurigen Gestalt. Aber das ist nicht das Entscheidende. Das ist das Objektive, aber es geht eigentlich um das Subjektive: Es ging um unseren Willen, darum, was wir anstrebten. In Berlin entstand die Rote-Zellen-Bewegung unter den Studenten. Können Sie sich das vorstellen? Samstagabend, achtzehn Uhr, Tagungssaal der Evangelischen Studentengemeinde, da treffen sich die kritischen Medizinstudenten und fangen an zu diskutieren. Und nicht selten dauerte das bis nach Mitternacht. Zum Glück war das Berlin, wo es nach Mitternacht noch offene Kneipen gab, um dann noch ein Bier trinken zu können. Da fuhren wir oft in die Innenstadt zum Savignyplatz, aßen eine Pizza, tranken Bier und rauchten.

Währenddessen waren die bürgerlichen Studenten schon in die Disco oder ins Kino gegangen. Und das sind die, die heute sagen, was für Idioten, ja was für Spinner wir damals gewesen waren. Sie hätten es immer schon gewusst, dass das alles falsch gewesen sei. Das kann man hinterher natürlich leicht behaupten. So kann man seine unpolitische Haltung, so kann man seinen Egoismus, möglichst wohlhabend zu werden und sich nicht um die Ungerechtigkeiten in der Welt zu kümmern, hinterher verbrämen. Da wird in den letzten Jahren in der Presse über die Achtundsechziger hergezogen, dass es nur so kracht. Häme ohne Ende.

Und was wir alles falsch gemacht haben sollen! Aber ich sage, hätte es die APO und dann die Achtundsechziger nicht gegeben, wären viele gute Dinge nicht passiert. Ohne die Achtundsechziger wäre die Vergangenheitsbewältigung nicht in Gang gekommen, ohne sie hätte es keine Grünen gegeben, dann wären jetzt unsere Flüsse von Atomkraftwerken eskortiert. Klimawandel wäre vielleicht immer noch ein Fremdwort.«

»Sie meinen also, dass die Linke damals der Gesellschaft neue Wege gezeigt hat?«

»Ja, das war so eine Aufbruchstimmung damals. In den Siebzigerjahren gab es noch Straßenfeste, da haben die Türken aufgekocht, und mit den Griechen haben wir getanzt. Vielleicht ein bisschen Ethnokult, aber immerhin freundlich gemeint. Und die Türken brachten uns den Knoblauch. Also entweder ist der heutige Knoblauch runtergezüchtet, oder aber es war das Neue, das Ungewohnte, das völlig Unbekannte. Hatte jemand Knoblauch gegessen, so roch man das Meilen gegen den Wind. Einmal gab es bei uns im OP einen Alarm. Der Oberarzt schrie entsetzt: >Vorsicht, da muss ein Narkosegerät leck sein.< Da lachte der Anästhesiepfleger: >Herr Oberarzt, der Patient heißt Kieromeroglu, Knoblauch halt.<

Leider ist dieser Bürgersinn schwer rückläufig. Ich bin natürlich auch nicht mehr so richtig politisch unterwegs. Das ist so ein Auf und Ab. Versuche ein guter Arzt zu sein, versuche durch meine Kurse das Bewusstsein der Menschen zu ändern. Freunde von mir sind bei >Ärzte ohne Grenzen<, aber das ist auch nur ein Tropfen auf dem heißen Stein. Letztlich ist es so: Wir vernichten durch unsere Lebensart die Lebensbedingungen der Menschen anderswo, vor allem in Afrika, und wenn die sich dann auf die Wanderschaft machen, um dem Hungertod zu entkommen, gewinnen bei uns die Politiker, die am lautesten darüber nachdenken, wie man die von den europäischen Grenzen fernhalten kann: Boote umdrehen und zurückschicken. Oder irgendwo in Afrika internieren. In Libyen zum Beispiel, wo sie faktisch versklavt werden. Ist Ihnen aufgefallen, dass es in der Presse, vor allem aber im Radio, und schon mal gar nicht in den Parlamenten, kaum eine Diskussion über Ursache und Wirkung gibt, darüber, inwieweit wir Westler für viele Fluchtursachen wie Klimawandel, ungerechte Handelsregeln, Hungersnöte verantwortlich sind? Die Schweine, die wir verzehren, werden mit Soja gefüttert. Und wegen Soja werden in Südamerika die Urwälder gerodet, nicht unwichtig für die Klimakatastrophe. Und wen trifft unser Lebensstil? Diejenigen, die eh schon zu wenig haben. Die Dürren in Afrika und damit der Hunger sind unser Werk. Und was machen wir? Wir sagen, wir wollen euch hier nicht. Und in den USA sollte sogar eine meterhohe Mauer gebaut werden. Und viele hielten das für richtig – die Angst der weißen unteren Mittelschicht vor Veränderung, vor dem Verlust der dominierenden Stellung als Weiße. Im Augenblick haben wir den Marsch von Süden nach Norden. In einigen Jahren kommt noch der Marsch von Nord nach Süd dazu ...«

»Von Nord nach Süd?«

»Ja, klingt noch nicht zeitgemäß. Aber wenn die Meere weiter steigen, werden die Holländer wohl vor der Überflutung fliehen müssen, zu uns.

Was haben wir uns vor Jahren darüber aufgeregt, welche Schwierigkeiten Länder wie die Schweiz und die USA Flüchtlingen vor Hitler in den Weg legten. Herr Kommissar, haben Sie von der Konferenz in Évian gehört, 1938? Da diskutierte die westliche Welt, was man tun solle angesichts der Judenverfolgung in Deutschland. Und was tat man? Nichts! Chaim Weizman, Vorsitzender der Zionistischen Weltorganisation, sagte damals, dass die Welt in zwei Teile zerfalle: die eine, in der Juden nicht leben können, und eine andere, die sie nicht hineinlasse. Und heute? Dasselbe! Es scheint mit wenigen Ausnahmen nur noch Rechtspopulisten zu geben, die sich darin überbieten, wer die beste Abschreckung hat. Vor Kurzem hat der ehemalige – zum Glück nur kurzfristige – Innenminister von Österreich davon gesprochen, dass man sich vor einem Angriff der Flüchtlinge – ja, ›Angriff‹ sagte er – schützen müsse und wenn nötig mit Waffengebrauch. Ist Ihnen aufgefallen, dass man auch immer seltener von Flüchtlingen spricht, sondern von illegaler Migration? Die Macht der Sprache! Na, gegen illegal sind wir natürlich. Wir weinen vor Rührung, wenn wir die Weihnachtsgeschichte lesen, wenn wir hören, wie Joseph und Maria mit dem Herzjesulein im Bauch vergebens an die Türen geklopft haben und niemand sie haben wollte, bis sie dann in einem Stall Unterschlupf fanden. Nach 2015, wo eine mutige Frau sagte: ›Wir schaffen das‹, und nachdem sie von den zweitklassigen männlichen Provinzpolitikern fasst geköpft wurde, schaffen es die Flüchtlinge jetzt nicht einmal mehr bis zum Stall. Es ist schlimm. Was soll man nur tun?«

»Banken überfallen?«

»Banken überfallen? Jetzt versuchen Sie mich aber reinzulegen, oder?«

»Na ja, die Baader-Meinhofs haben doch auch Banken überfallen.«

»Aber das war doch eine ganz andere Situation, eine andere Zeit bzw. eine andere geschichtliche Epoche. Die hatten sich für den bewaffneten Kampf entschlossen, eine etwas abstruse Idee, schon damals. Warum? Ihre Worte kamen nicht an. Das Proletariat hat schon damals nicht mitgemacht. Auch Che Guevara konnte das Beispiel Kuba in Afrika und noch später in Bolivien nicht wiederholen. In Kuba hatte eine kleine Gruppe angefangen, hatte immer mehr Leute begeistert, bis man mächtig genug war. Zuvor schon Mao mit der Revolution in China. Wissen Sie, wie viele Menschen, also die Kämpfer auf dem ›Langen Marsch‹, umgekommen sind? Ungefähr neunzig Prozent. Insgesamt nahmen neunzigtausend dran teil, knappe neuntausend kamen im Norden an, um sich in den Lösshöhlen von Shanxi zu erholen und neu zu formieren. Heute, bei uns hier in Europa, wäre das noch abstruser, bei der ganzen internationalen Vernetzung. Und schauen Sie sich das sogenannte Proletariat doch mal an. Allesamt unbeweglich und dick, um nicht zu sagen vollgefressen. Also unser Proletariat meine ich, nicht die Afrikaner. Heute ist der Begriff Proletariat nur noch global verständlich. Und meine ehemaligen Vorbilder, die Chinesen, was machen die? Laufen in der Welt herum und kaufen sich hier und dort ein, vor allem bei den Armen, also in Afrika. Doch die haben nichts davon, die Chinesen beuten die Bodenschätze aus, und wenn sie eine Fabrik aufbauen, arbeiten da nur Chinesen.«

»Und warum machen die Afrikaner mit?«

»Was heißt denn hier Afrikaner, Herr Kommissar? Afrikaner wer? In jedem Land gibt es eine Schicht oder Klasse, die korrupt ist und profitiert. Die schämen sich nicht, dass sie in Luxus leben, während ihre Landsleute hungern. Und sie schämen sich auch nicht vor den Ausländern, die ja wissen, dass sie die sogenannten Führer eines armen Volkes sind. Aber warum in die Ferne schweifen? Millionen von Türken mussten wegen der Armut im Land ins Ausland, aber die Führung führt sich auf, als ob sie der Segensbringer für Europa sei, beschimpft Politiker des Westens als Faschisten, hat dazu selbst im eigenen Land hunderttausend Leute aus ihren Berufen geschmissen, einige Zehntausende hinter Gitter gebracht. Oder nehmen Sie Russland. In der Politik der Egomanen spielt das Volk keine Rolle. Das Volk, die Menschen, sind allenfalls Figuren auf einem Schachbrett, die gerade noch froh sein dürfen, dass sie auf dem Brett hin und her geschoben werden, statt über den Rand gestoßen zu werden. Und in Afrika verhalten sich die meisten Politiker, ob gewählt oder an die Macht geputscht, wie unsere Landesfürsten vor hundertfünfzig Jahren. Jeder, der dort an der Macht ist, wird reich – und dick. Bei uns, also heutzutage, sind die Arbeiter dick, die Reichen eher schlank. Stellen Sie sich vor, Sie sehen ein Bild in der Zeitung von einer Lohnverhandlung zwischen Arbeitgebern und Arbeitnehmervertretern. Wer ist wer? Sie müssen gar nicht die Legende lesen, Sie müssen nur schauen, auf welcher Seite die Dicken sitzen, das sind die Gewerkschaftsbosse.«

Sie erreichten die Ordination. Es war bereits dunkel.

Mozart sah einige Sterne am Himmel, durchaus deutlicher als in Graz.

Georgis folgte seinem Blick: »Ohne die Lichtverschmutzung muss das früher alles noch besser zu sehen gewesen sein. Da kann ich fast verstehen, dass sich Menschen von den Sternen beobachtet gefühlt haben. Oder in den Sternen zu lesen versucht haben.«

»Heutzutage eignet es sich aber nicht mehr als kriminalistische Methode. Aber jetzt hat es sich auskriminalisiert. Wir gehen jetzt essen, das hatte ich Ihnen versprochen.«

Wieder in Graz, notierte Mozart in sein Notizbuch:

Also, Nietzsche und dieser Herr K. haben sich nicht wirklich als hilfreich erwiesen,

Oder waren Georgis und ich noch nicht genug in Bewegung?

Irgendwie stochere ich immer noch im Dunkeln herum.

Na ja, mein dynamisches Team ist auch nicht weiter, trotz aller modernen Methoden.

Ist aber auch kein Trost.

Was hab ich jetzt gelernt?

Bankräuber oder Geisel? Ich weiß es immer noch nicht.

Was hab ich über mich gelernt?

Ich möchte immer noch nicht, dass er der Bankräuber ist.

Wo stehe ich?

Oh, so sollte ich das nicht ausdrücken, das habe ich ja auch gelernt: An welcher Stelle meines Laufens befinde ich mich?

Hm, doch wohl noch ziemlich am Anfang.

Vielleicht einen Gang zulegen?

Und wohin?

Was er über unseren Anteil – unsere Schuld? – an der Flüchtlingsmisere gesagt hat, müssten sich alle Menschen klarmachen

Mozart, red nicht drum herum. Du hast dich festgefahren.

Falsch, du sitzt richtig fest. Nicht fest im Sattel, sondern richtig fest drin in der ...

Mozart, sei nicht so defäkatistisch!

Wie wäre es mit Weiterlaufen?

Was bleibt mir übrig?

Aber ein kleiner Silberstreif am Horizont wäre schon schön.

Alle drei? Wie Frau Mozart ihrem Mann auf die Sprünge hilft

Heute saß Mozart allein zu Hause vor seinem Teller. Marianne war zum Bowling eingeladen worden, von einer Frauenrunde, der sie sich auf Vorschlag einer guten Freundin angeschlossen hatte, einfach mal zu schauen, so aus Spaß, aber auch um zu erfahren, welche Tricks es vielleicht noch gäbe, doch noch schwanger zu werden. Kegeln konnte sie, aber Bowling war neu.

Eine Frauengruppe beim Bowling, dachte sich Mozart, das verspricht lustig zu werden. Und laut. Nicht so wie bei Männern, die bei einem misslungenen Wurf gerade noch »Na, dann eben beim nächsten Mal!« flüstern, einen tiefen Schluck aus dem Bierglas nehmen oder einen langen Zug an ihrer Zigarette.

Bei Frauen geht es um die Aktion, nicht um den Sieg. Wobei ein guter Wurf natürlich gefeiert wird, manchmal gar mit einer anzüglichen Geste, nicht unähnlich der Zeichensprache, wie wir sie von Fußballern kennen. Manche Menschen sagen sogar, dass Frauen in dieser Hinsicht noch eindeutiger werden können als Männer, quasi ordinärer. Das ist aber eher unsicher, denn die, die das behaupten, sind eben die Männer. Klingt nach Entschuldigung oder Wunschdenken. Diese vielen geilen, sexomanischen Weiber in den Filmen. Warum trifft man die im eigenen Leben eigentlich nicht? Weil die Filme und die Drehbücher meist von Männern gemacht werden. Alles Fantasien, Männerfantasien, genau wie die auffällig vielen Psychopathen in den Krimis.

»Du glaubst es nicht. Weißt du, was mir passiert ist? Beim ersten Wurf gleich alle Zehne! Bei meinem ersten Wurf! Da war auch eine andere Neue, die auch noch nie gebowlt hatte, und die hat sich beinahe den Mittelfinger dabei gebrochen, weil sie nicht schnell genug aus diesen Fingerlöchern herauskam.«

Von Mozart kam keine richtige Antwort, er lag schon im Bett.

»Hörst du mir eigentlich zu? Alle Zehne, gleich beim ersten Mal. Hörst du?«

»Ja, ich höre. Ich wiederhole: alle Zehne, gleich beim ersten Mal. Wieso eigentlich alle Zehne? Ich dachte, da stehen neun Kegel.«

»Schatzerl, ich war bowlen. Da gibt es nicht neun Kegel, sondern zehn Pins. Beim Kegeln hast du den Ball einfach so in der Hand. Beim Bowlen steckst du drei Finger in die Bohrungen. Daumen, Zeigefinger und Mittelfinger.«

Sie wartete. Keine Antwort.

»Kommissar Mozart, ich hab was gesagt. Was hab ich gesagt?«

»Ja, ja, alle drei.«

Plötzlich war Mozart wach, sehr wach, hellwach: »Alle drei?«

»Nein, ich red doch nicht von meinen Fingern. Alle Zehne, alle zehn Pins!«

»Nein, nein, nein, ich mein was anderes. Vielleicht doch alle drei?«

»Alle drei was?«

»Ja, das könnte es sein.«

Mozart sprang aus dem Bett. Frau Mozart verharrte in

Schockstarre. Mit diesem fragenden Gesichtsausdruck, zu dem weit geöffnete Augen und zusammengepresste Lippen gehören. Die Schockstarre wich nahezu Entsetzen, als diese Schlafmütze namens Mozart sie in die Arme nahm, nein, die Arme um sie schlang, fest, sehr fest, sie noch fester an sich zog, ihr einen dicken Kuss gab, der sich langsam zu einem tiefen und ausdauernden Zungenkuss weiterentwickelte. »Aber, Mozart!«, war ihre erste Reaktion, als er zum Luftholen mal kurz absetzen musste.

Der Abend war lustig gewesen, die Mädels auch (sie waren ja unter sich), das eine oder andere Glas Sekt hatten die Mädels auch getrunken, Marianne war da keine Ausnahme gewesen, so nahm sie diese Chance und ließ sich nach eleganter Drehung rücklings ins Bett fallen. Halb zog sie ihn, halb sank er hin, und bevor er noch damit fertig war, seine Pyjamahose auszuziehen, hatte sie sich ihres Rockes und des Höschens entledigt. Sie wusste immer noch nicht, was los war, aber sie nahm es mit Freude. »Never miss a chance!« Und er nahm sie. In diesem Augenblick männlicher Siegesfeier wurde es die Missionarsstellung. Und beide oben herum noch angezogen. Das war auch so eine Premiere.

»Ich glaub, ich werd verrückt! Ja, das könnte die Lösung sein. Alle drei!« Wilde Bewegung und Denken feierten ein Fest. Nietzsche und Kierkegaard waren rehabilitiert. Und überhaupt. Mozart verspürte keine Anstrengung, er flog dahin, und die Gedanken flogen ihm voraus, er sah den Doktor schon in Handschellen und sich auf der Titelseite. Dann stockte dieses Bild, so dass er es gleich noch einmal sah, und wieder und wieder, bis ihm klar wurde, was es war, warum das Bild doch nicht weiter floss. Da fehlten ihm ja noch zwei! Dieser Schock traf ihn im innersten Mark der Lende, ließ ihn beinahe innehalten. Doch die neue Lust behielt die Oberhand. Marianne schrie, sie war schon gekommen, jetzt heulte sie vor Glück, Mozart setzte noch etwas nach, dann war er auch da.

Nach so einem schönen, gelungenen Abend mit einem ihr fast unbekannten Mozart (von wegen so zart) hätte sie eigentlich gerne geschlafen, sich in die weichen Kissen hineingeschmust, wäre gern noch etwas gestreichelt worden. Eigentlich.

Aber er ließ sie nicht. Er, der sich sonst immer seitlich abrollte und zufrieden und satt zu schnarchen begann, setzte sich auf im Bett: »Weißt du, es geht um den Bankraub mit der Geiselnahme, BR Müller. Wenn es nun gar nicht ein Bankräuber mit zwei Geiseln war, sondern ein Trio. Das Ganze ein abgekartetes Spiel. Deswegen haben sich keine Geiseln gemeldet.«

Kommissar Mozart nahm seine Arbeit ernst. Er folgte dem hohen ethischen Standard: Dienst ist Dienst und Schnaps ist Schnaps. Das heißt, er hatte während der letzten Wochen Frau Mozart nichts von dem Arzt in der Nähe von Übersee erzählt. Aber jetzt musste er es tun, wo sie ja vielleicht zur Lösung des Falles beigetragen hatte. Also schloss er sie ins Vertrauen.

»Du bist jetzt meine Assistentin. Ich stelle dir Fragen, und du antwortest. Jetzt aber bitte nicht einschlafen. Kannst du dir vorstellen, dass ein Arzt einen Bankraub verübt?«

»Schwer, aber möglich ist alles.«

»Kannst du dir vorstellen, dass drei Männer einen Bankraub verüben, zumindest einer davon ist Arzt, vielleicht aber auch alle drei?

»Gemeinsam?«

»Ja.«

»Drei Ärzte zusammen, das ist schon sehr, sehr schwer vorstellbar.«

»Warum?«

»Na ja, die müssten ein wahnsinniges Vertrauen zueinander haben. Bei Ärzten ist das im Allgemeinen nicht so üblich. Da muss man sich schon ganz, ganz sicher sein. Eher Brüder oder zumindest nahe Verwandte, also eine Art Familie, oder wie bei der Mafia oder der Camorra.«

»Danke, Schatzerl, ich hätte dich schon früher fragen müssen. Du hast ja ein richtiges Talent für kriminologische Fragen. Jetzt darfst du schlafen.«

»Streichelst du mich noch a bisserl?«

»Aber sicher doch.«

Mozart war echt guter Laune.

Oder Freimaurer?

Beim morgendlichen Zähneputzen wich die gute Laune vom Vorabend. Der Georgis hatte keine zwei Brüder. Nur einen. Also der Bruder und seine Frau?

Mozart ließ von dem Video noch eine Ganganalyse anfertigen. Vielleicht hatten sich ja alle getäuscht. Bei einem Bankraub denkt man einfach nicht an eine Frau. Eine Frau als Bankräuberin? Die jungen Kollegen sahen mal wieder eine Möglichkeit, etwas über Mozart zu kichern, aber das machte ihm nichts aus. Dennoch behielten sie recht. Alle Experten waren sich einig: So kurz das Video auch war, alle unter den Monteursdressen und dem Affengesicht Versteckten hatten eine männliche Figur, stapften männlich daher. Wir haben es ja gleich gewusst. Armer Mozart!

Dennoch: Der Grazer Ganganalyst hatte etwas gezögert: »Ich weiß, es klingt eigenartig und fast nicht glaubhaft – das sind, sagen wir mal, eher etwas ältere Herren.«

»Was heißt ältere Herren? Wie alt?«

»Na ja, zumindest sechzig, vielleicht so um die siebzig.«

»Alle drei?«

»Na ja, zumindest zwei. Der eine hat so einen etwas tänzelnden Gang. Aber schwer zu beurteilen, denn der humpelt auch etwas. So wie mit einem etwas kürzeren Bein oder Hüftproblem.«

»Welche Seite?«

»Rechts. Alles schwer zu beurteilen. Er wirkt irgendwie gelöster, die anderen beiden eher steif, sagen wir mal fast starr. Denen war die Angst deutlich in die Nieren gefahren.«

»In die Nieren? Was haben die Nieren damit zu tun?«

»Na ja, sagt man so. Und doch: reine Physiologie. Die Angst läuft immer kalt über den Rücken, nicht warm über den Bauch. Und immer von oben nach unten. Und in der Nierengegend bleibt sie stehen.«

»Interessant. Und was macht die Angst dann, wenn sie in den Nieren angekommen ist?«

»Ich drück es mal ganz umgangssprachlich aus: Dann pisst man sich vor Angst in die Hosen.«

Na gut, tröstete sich Mozart, die Frau vom Georgis also nicht, die war ja auch deutlich kleiner, und beim Raub waren sie alle etwa gleich groß gewesen. Auch der Tänzelnde.

Aber wenn auch keine Frau, Mozart blieb trotzdem dabei: alle drei! Wie aus einer Familie oder so. Oder so? Ein Schreck durchfuhr seine Glieder. Und wenn sie nun Freimaurer waren? Wieso fällt mir das denn jetzt ein?

Hier muss ein Geheimnis gelüftet werden für die Leser und Leserinnen dieses Buches, denn diejenigen, die Mozart kannten, wussten davon: Mozart war Freimaurer. Die sind ja so eine Art Geheimbund, eigentlich den Idealen Freiheit, Gleichheit, Brüderlichkeit, Toleranz und Humanität verpflichtet, aber doch – wegen ihrer Geheimniskrämerei – über die Jahrhunderte allerlei Verdächtigungen ausgesetzt gewesen, von Verschwörungstheorien umrankt, oft verfolgt, zuletzt in großem Stil von den Nazis. Kein Freimaurer darf von einem anderen sagen, er sei Freimaurer, sich selbst zu erklären ist aber erlaubt.

Warum war Mozart überhaupt Freimaurer geworden? Vielleicht nicht der edelste Beweggrund, aber Mozart hatte sich erhofft, dass er dadurch etwas interessanter werde. Außerdem: Mozart, der echte, der berühmte, der Komponist, sein Vorfahr, war auch Freimaurer gewesen, und der hatte sogar Haydn dazu gebracht beizutreten. Und in Wien gab es eine Mozartloge. In die wäre er gerne eingetreten bzw. aufgenommen worden, aber das war ihm dann doch zu affig: ein Mozart in der Mozartloge. Eigentlich aber war ihm Wien dann doch zu weit entfernt.

Mein Gott, wenn sie nun wirklich Freimaurer waren! Konnte, durfte er sie des Raubes überführen? Was, wenn sie schon Meister waren? Verhaftet und hinter Gitter gebracht von einem, der gerade mal ein Novize war? Nicht auszudenken. Nein, das durfte nicht sein, das sollte nicht sein.

Kommissar Zufall

In Mozarts Hinterkopf bezogen Nietzsche und Kierkegaard wieder ein kleines Zimmer. Laufen! Aber war mit Laufen das eigentliche Laufen gemeint? Die Deutschen sprechen ja vom Laufen, auch wenn sie »Gehen« meinen. Nun, der Marsch zur Schnappenkapelle hatte keine Erleuchtung gebracht, aber er könnte es ja ruhig noch einmal versuchen und vereinbarte mit Georgis noch einen Termin.

Er fuhr zwei Stunden früher nach Übersee, ging in Richtung Praxis, bog aber vorher bei dem kleinen Seitenweg ab, den sie genommen hatten, um zum Haus von Georgis' Familie zu gelangen. Und schon wieder drängelte sich Kommissar Zufall ins Bild. Fritz, der jüngere Sohn vom Doktor, kam ihm entgegen. Mozart hatte eine Idee. »Hallo, Fritz, geht's gut, ja? Ich bin etwas früher dran, dachte, ich könnte mich bei euch etwas ausruhen, will dich aber jetzt fragen, ob ihr Besuch habt. Will ja nicht stören.«

»Nein, wir haben keinen Besuch.«

»Aber ihr habt doch im Allgemeinen viel Besuch, nicht wahr? Das ist ganz schön wichtig, wenn man hier draußen auf dem Land wohnt, abseits der Stadt.«

»O ja, wir kriegen viel Besuch. Papa hat viele Freunde. In der letzten Zeit etwas weniger.«

Wieso?

»Weil eine Freundin vom Papa aus Berlin in der letzten Zeit nicht mehr gekommen ist.«

»Ach ja, hat er mir ja gesagt, wie heißt sie denn noch gleich, habs vergessen?«

»Paula.«

»Ach ja, die Paula. Und warum kommt sie nicht mehr?«

»Weiß nicht, hat irgendwie zu tun.«

»Die Paula ist doch auch Ärztin, oder?«

»Ja.«

An diese Sitzung mit Georgis konnte sich Mozart später nicht mehr so recht erinnern. Seine Gedanken waren schon in Graz und bei den nächsten Nachforschungen.

Vor dem Zubettgehen notierte Mozart in sein Notizbuch:

Was habe ich jetzt gelernt?

Bankräuber oder Geisel? Ich weiß es immer noch nicht.

Warum besuche ich Georgis eigentlich so häufig?

Klar, ich hoffe, dass er irgendetwas preisgibt, was mich weiterbringt, sich vielleicht gar verplappert. Methode Mozart eben.

Steter Tropfen höhlt den Stein.

Er plappert unaufhörlich, aber er hat sich nicht verraten. Noch nicht.

Jedoch: Sein Sohn hat geplaudert.

Beharrlichkeit ist keine Tugend, aber hilfreich.

Wie heißt es doch? Wenn du nicht weißt, wo es längs geht, geh weiter. Oder habe ich das jetzt erfunden?

Also: Ich habe jetzt einen potenziell Zweiten, diese Berlinerin, und das wäre bei einem Trio schon die Mehrheit.

Eine Frau!

Die Ganganalyse sagte aber doch klar Mann.

Ich schätze, es ist einfacher, als Frau wie ein Mann zu gehen als umgekehrt.

Aber wenn Frau wie ein Mann geht, dann soll hier etwas verschleiert werden.

Wer verschleiert? Eine Geisel? Nein, also doch Bankräuberin!

Mozart, langsam, langsam! Du hast sie ja noch gar nicht gesehen.

Verurteilst sie schon als Bankräuberin.

Und was hab ich über mich gelernt? Und Georgis?

Ich wünsche mir immer noch, dass er nicht der Bankräuber ist,

ich, der Mensch Mozart,

und doch ist Kommissar Mozart hinter ihm her.

Irgendwie verrückt, oder?

Durchaus.

Armer Mozart, ich.

Das Mosaik – oder wie Mozart erkennt, dass es ein langer Weg wird

Am nächsten Morgen setzte Mozart einiges in Gang. Bald wusste er, dass eine Ärztin namens Köhler aus Berlin mit Vornamen Paula auf der Konferenz der Stafam gewesen war. Das war doch was! Aber es kam noch besser! Das ihm zugesandte politische Portfolio von Frau Dr. Köhler wies sie als Österreicherin aus, und zwar aus keiner anderen Stadt als Graz. Sie war 1967 zum Studium nach Berlin gegangen und dort geblieben.

Warum war sie längere Zeit nicht mehr zu Besuch bei Georgis gewesen? Wieso überhaupt hatte sie ihn zuvor besucht? Ein Liebesverhältnis wird es nicht gewesen sein, dafür war die Frau von Georgis zu resolut. Klar, die hatten ein Ding vorbereitet, von langer Hand. Es sollte heimlich sein, so heimlich, dass es nun schon wieder auffällig war.

Wenn sie aber ein Trio waren, dann musste es eine Person vor Ort gegeben haben. Denn warum überfällt man eine Bank irgendwo weit weg, ohne Ahnung von den Örtlichkeiten? Schätzungsweise muss der auch Kunde der BANK FÜR GRAZ UND UMLAND sein, war oft in der Filiale gewesen, hatte sich zumindest die Überwachungskameras merken müssen. Und was war der gemeinsame Nenner?

Mozart fragte noch einmal seine Marianne.

»Was kann noch ähnlich wie eine Familie sein?«

»Freimaurer.«

O mein Gott, schluckte Mozart leise in sich hinein, nicht

schon wieder; was hat das zu bedeuten, dass erst ich und jetzt auch sie an Freimaurer denkt!

»Oder religiöse Fanatiker, oder Genossen, also echte Genossen, nicht Sozialdemokraten im Nadelstreif, die sich mit ›Genosse‹ anreden. Was sie alle verbindet, ist ein Ideal, für das sie kämpfen oder gekämpft haben. Dabei haben sie sich so gut kennengelernt, dass sie einander vertrauen können.«

Oh, das wäre auch eine Lösung! Natürlich, Leute, die sich von früher her kennen, die einmal für gemeinsame Ziele gestanden hatten. Mozart blätterte die Unterlagen durch. Gemeinsam studiert? Das ist nicht genug. Gemeinsam gekämpft? Wo hat Georgis studiert? In Berlin. Wann hat er studiert? Ab 1968, ein Achtundsechziger. Paula hat auch in Berlin studiert und wohnt noch dort. Wann studiert? Ab 1967. Die nächste Frage ergab sich von selbst. Wenn es ein Trio von Alt-68ern war, wenn das das Gemeinsame war, dann könnte der Mann vor Ort ebenfalls zu der Zeit in Berlin studiert haben, eventuell Österreicher, aber in Berlin studiert, oder ein zugezogener Piefke. Sollte der auch ein Arzt sein? Schon möglich, aber nicht zwingend.

Einige Tage und mehrere Anfragen bei verschiedenen Diensten später wusste Mozart Bescheid. Da gab es drei, die jetzt in Graz lebten und in Berlin studiert hatten. Welcher von ihnen war ein Genosse gewesen, wer passte vom Alter her? Also Überprüfung durch das Bundesamt für Verfassungsschutz und Terrorismusbekämpfung. Letztlich blieb nur einer übrig. Dieser, auch Arzt, namens Ende war Deutscher, hatte in Berlin studiert und war kurz vor der Jahrtausendwende nach Graz gezogen. Und jetzt kommt's! Ende und

Köhler waren in derselben politischen Studentengruppe gewesen. Hurra! Da haben wir ja das Trio!

Doch dann der Schock. Georgis hatte einer anderen politischen Gruppe angehört als Paula und Ende. Zwar Linke und Antikapitalisten, aber die hätten sich ziemlich bekämpft, sagte das Dossier des Geheimdienstes. Man wisse, dass Georgis einmal von zwei Genossen der Gruppe von Köhler und Ende regelrecht verdroschen worden war.

Also doch kein enges Trio!

Und es kam noch schlimmer. Nach Überprüfung der Stafam-Listen stand fest: Ende hatte ein Alibi, ein perfektes Alibi. Er hatte zur Zeit des Banküberfalls auf dem Stafam-Kongress einen Weiterbildungskurs gegeben: Achtzehn Ärzte und Ärztinnen hatten zu der entsprechenden Zeit seinen Ausführungen gelauscht. Das stand außer Zweifel. Und Paula? Die hatte auch ein Alibi, hatte zur angegebenen Zeit einen Kurs besucht. Augenblick mal! Und wenn sie den Kurs nicht besucht hat, sondern beim Bankraub dabei war? Aber dann müsste sie fürs Alibi eine Teilnahmebescheinigung haben. Was zu überprüfen wäre!

Mozart ging durch den Stadtpark. Mozart war verwirrt. Mozart war niedergeschlagen. Natürlich: Das Leben ist ein ewiges Auf und Ab. Das weiß man. Das kennt man. Aber es ändert sich nichts. Ist man auf, dann ist man fröhlich, ist man ab, dann ist man depressiv, na ja, zumindest blue. Ein Gospel seiner Jugend fiel ihm ein: »Sometimes I'm up, sometimes I'm down, oh yes Lord, sometimes I'm almost to the ground, Oh yes Lord«.

Und wie weiter? Mozart summte die Melodie, das hilft

ja manchmal, dann kommt der Text wie von allein zurück. Mozart wusste, dass in dem Text irgendeine Tröstung versteckt war. Doch der fehlende Text, zumindest die Stelle mit der Tröstung, wollte sich ihm nicht offenbaren. Gerade jetzt, wo er den Trost dringender denn je gebraucht hätte.

Er kam am PARKHOUSE vorbei, dieser herrlichen Bieroase am Fuße des Forums Stadtpark. Hatten im Forum nicht vor 50 Jahren die Auftritte von Größen wie Peter Handke, Wolfi Bauer, Alfred Kolleritsch und Barbara Frischmuth auf ihre Weise Graz berühmt gemacht? Aber das Forum lag da in einem etwas seltsamen, ja selbstgenügsamen Schlummer. Da ging er manchmal vorbei, schaute sich die Veranstaltungsplakate an, doch die waren bewusst so »künstlerisch schräg« gehalten, dass er nie ganz schlau daraus wurde. Als Kommissar war er auf Informationen angewiesen, doch diese Plakate gaben kaum welche. Das schien cool zu sein, so zu tun, als ob jedermann diese oder jene Musikgruppe, diesen oder jenen Vortragenden kennen müsste. Irgendwie Insidertalk. Eigentlich kam ihm das Forum immer wie geschlossen vor. Einmal hatte Mozart auf die Türklinke gedrückt – die Tür ging auf. Das Unverhoffte erschreckte ihn. Da machte er die Tür ganz leise wieder zu – niemand sollte ihn bemerken. Ein Kommissar auf der Flucht – vor einer offenen Tür? Mozart staunte nicht schlecht über sich, blinzelte nach links und rechts, ob ihn jemand gesehen haben könnte. Da hatte Marianne laut gelacht: »Kommissar Mozart, Sie haben wohl schlecht recherchiert? Im Forum hat sich viel verändert. Schau noch mal genau hin.« Das tat er denn auch. Am nächsten Abend fand im Forum eine Diskussion über Flucht und Zivilcourage statt. Und wer war unter den Zuhörern? Eben: Mozart und Marianne.

Ja, jetzt ein Bier. Nein, sich jetzt setzen, das ging nicht, auch nicht draußen im lustigen Gastgarten des PARK-HOUSE. Sollte, wollte er nicht gehen, seinen Gedanken freien Lauf lassen? Den Gedanken freien Lauf lassen, über diese Redewendung hatte er noch nie nachgedacht. Interessant, die Sprache! Oder hatte er jemals davon gehört, dass man seinen Gedanken »freien Sitz« lassen könne? Komisch, da habe ich erst vor Kurzem von Nietzsche und diesem Kierkegaard gehört, und mit ihnen von der Kraft des Gehens, und jetzt entdecke ich, dass es mir die Sprache die ganze Zeit über schon mitgeteilt hat. Aber ich habe wohl einfach nicht zugehört.

Okay, das hätten wir wohl gelöst, aber woher kenne ich diesen Gospel? Richtig, das Golden Gate Quartett. Sogar an das Cover der Single meiner Jugend kann ich mich noch erinnern. Single? Ja, Doppel-Single mit vier Liedern.

Nichts half. Als er weitersummte, klang die übernächste Folgestrophe wie »Down by the Riverside«. Nicht auch das noch! Der Ohrwurm seiner Jugend. Das Lied, das jeder, der gerade eine Gitarre halten konnte, zu spielen begann. Natürlich war er auch mal kurz bei den Pfadfindern gewesen. Nirgendwo gibt es mehr Gitarren als bei den Pfadfindern. Nicht finger picking, sondern schramm, schramm. Die Flammen der Lagerfeuer schienen »Down by the Riverside« sozusagen hervorzulodern.

Wie kam es, dass ihm dieser Gospel eingefallen war? Gut, ihm ging es schlecht, aber warum fiel ihm nur diese eine Zeile ein, die das bestätigte, warum nicht die Tröstung?

Oder sollte »Oh yes, Lord« schon die ganze Tröstung gewesen sein? Bedeutete das irgendwas? Aber was? Musste es überhaupt etwas bedeuten? Oder bedeutete es ganz einfach, dass er weitersuchen müsse, dass er noch nicht alles gefunden habe? Das war eh klar. Dann urplötzlich: »the trouble I've seen«. Aber wo gehörte dieser Fetzen hin? Ah, das war jetzt die übernächste Zeile, wo sich kurz vorher noch das Flussufer in seine Gedanken geschoben hatte. Also noch einmal: »Sometimes I'm up, sometimes I'm down, oh yes Lord, sometimes I'm almost to the ground, Oh yes Lord« … ein oder zwei Takte ohne Text, dann: »the trouble I've seen.« Und dann: »my sorrow.« Und Schluss. Keine weitere Erleuchtung.

[Nachzuhören unter: https://t1p.de/apcm]

Aha, viele Einzelteile! Das sah Mozart als ein Zeichen, mithin als bedeutsam für seinen Fall an. Dieser würde sich nicht geradlinig lösen, Geduld war gefragt, es würde sich schon wie ein Mosaik zusammenfügen.

»Na ja, so auch wieder nicht. Ich glaube, ich muss es zusammenfügen.«

Melancholie

Mozarts Kollegen sahen einen leicht abwesenden, vor sich hin summenden Kommissar.

»Oh, jetzt hat Sozart vergessen, dass er ja gar nicht singen kann.«

»Sozart, haben wir von dir demnächst eine Komposition zu erwarten?«

»Wartet's ab.«

»Jetzt ist er völlig gaga.«

Im Kommissariat verbreitete sich eine gute, wohlwollende, ja schon fröhliche Stimmung.

Mozart genoss die Verbindung von Herumlaufen, also Gehen, Singen und über neue Erkenntnisse stolpern. Schade, dass Nietzsche und Kierkegaard nicht mehr lebten. Er hätte sich gerne mit ihnen unterhalten und ihnen noch das singende Gehen vorgeschlagen. Oder gab es das vielleicht schon? Oder zumindest ihre Meinung dazu gehört. Denn noch hatte es sich nicht als erfolgreich erwiesen. Hatte das singende Gehen ihm denn neue, kluge Gedanken gebracht? Mozart verzog das Gesicht. Nein, nicht wirklich, das Singen hatte sich nicht als produktiv erwiesen. Vielleicht gar hinderlich? Er suchte ja immer noch nach dem Text. Mozart entschied sich für noch nicht produktiv. Warten wir's ab!

Wie passte das alles zusammen? Der Sommer neigte sich dem Ende zu. Die Kastanien färbten ihre Blätter braun, die Tage wurden kürzer, die Wolken weißer, der Himmel blauer, die Luft klarer. Der Herbst kündigte sich an. Eine doppelte Melancholie erfasste Mozart. Er erinnerte sich an einen Tag Mitte August, als er noch Schüler war. Da hatte er auf dem Freiheitsplatz gesessen, auf den Stufen der Statue für Kaiser Franz den Ersten, der Mann von der dicken Maria Theresia. Und plötzlich hatte ihn eine tiefe Traurigkeit ergriffen. Mit einem Schlag war ihm klar geworden, dass dieser Sommer vorbei war, uneinholbar vorbei. Das kannte er, aber so intensiv hatte er das noch nie zuvor gespürt. Dieses Gefühl war direkt und gleichsam indirekt vom Datum abhängig, indirekt dadurch, dass Luft und Wetter im August eine bestimmte Qualität haben.

Als er diese Atmosphäre zum ersten Mal gespürt hatte, war er viel jünger gewesen. Das war das Jahr, wo seine Eltern es sich nicht leisten konnten, mit den Kindern in Urlaub zu fahren. Und dann war dieser Sommer, fast die gesamten Schulferien also, auch noch total verregnet gewesen. Doch an einem Samstag, die Schule sollte bald beginnen, war das Wetter schön, die Sonne schien, aber sie stand nicht mehr so hoch, sie war nicht mehr so kräftig. Seine Schwester und er waren mit ihren Rädern zu einem Kiesteich in die Südsteiermark hinausgefahren. Sie schwammen, saßen da, fühlten, wie sie dieser Tag für all die verregneten und vergeudeten Tage entschädigte, und inmitten dieses schönen Wetters hatte er dennoch das erste Mal diese tiefe Traurigkeit empfunden. Eine Ahnung der Vergänglichkeit? Das Gefühl vom Verstreichen der Zeit, von etwas, das für immer verloren ist, des Nichtwiedereinholbaren? Gar des Todes? Diese beiden Momente fielen ihm nahezu jedes Jahr wieder ein, am gefühlten Ende des Sommers.

Doch jetzt erlebte er dieses Gefühl sehr real, nicht als Retrospektive. Wieso jetzt, schon Ende Juli? War es das Braun der Kastanien, die begonnen hatten, ihre Blätter abzuwerfen? Aber nicht, weil es Herbst war, es waren die Miniermotten, die den Kastanien zusetzten und den Zeitlauf beschleunigten. Mozart wertete auch dies als Zeichen. Er würde sich beeilen müssen.

»Mozart, Melancholie abschütteln!« Er würde sich aufmachen müssen, Ende zu befragen. Sollte der die beiden anderen kennen, aber nichts mit dem Überfall zu tun haben? Paula würde er später aufsuchen, Berlin lag ja nicht direkt ums Eck.

Heute Abend würde er erst einmal ins Theater gehen. Das hatte er Marianne versprochen. Ein Boulevardstück der Komödie Graz. Da war er vor Jahren zuletzt gewesen. Das war noch der Vorläufer der Komödie, die Kleine Komödie. Die Stücke hatten Mozart eigentlich nie so besonders interessiert. Egal, welcher Name, viele hatten ein ähnliches Strickmuster, so eine Art Liebesschlamassel – mit Seitensprung als Grundidee. Eigentlich mit Seitensprüngen, denn zumeist betrog ja jeder jeden. Seitensprunggleichgewicht eben. Was Mozart an den Stücken aber am meisten faszinierte, waren die Schauspieler, war die Geschwindigkeit, mit der sie spielten. Da hätte er auch gern etwas davon.

Das heutige Stück war ein absoluter Quantensprung. Das Publikum grölte, die neue Compagnie wurde gefeiert, obwohl es hier um keinen Seitensprung ging, sondern um Geld, erschlichenes, vom Sozialamt erschlichenes. Am Ende fliegt alles auf, aber der Betrüger wird nicht verurteilt, sondern von der Behörde, die er betrogen hatte, als Fahnder angestellt.

Mozart grübelte, doch dann drängte sich der Gedanke in den Vordergrund, dass er ja auch hinter Cash her war. Eine Million. Nur hatte er bislang keine Ahnung, wo das Cash des Bankraubs geblieben war. Schlimmer noch, er hatte ja nicht nur von dem Geld, sondern auch von den Geiseln oder dem Bankräuber noch keine sichere Spur.

Und just in diesem Augenblick beugte sich Frau Mozart zu ihm rüber, und auch sie schwärmte von dem wahnsinnigen Tempo der Schauspieler. Das fand er ja auch, aber bei ihr klang es fast wie ein Vorwurf. An ihn. Die Wirklichkeit hatte ihn wieder.

»Schneller, Mozart, schneller!«

Das war sein heimlicher Schwur.

Vor dem Zubettgehen notierte Mozart in sein Notizbuch:

An welcher Stelle meines Laufens befinde ich mich?

Drei Bankräuber oder doch einer mit zwei Geiseln? Oder zwei mit einer Geisel? Ich weiß es immer noch nicht.

Was hab ich über mich gelernt?

Ich möchte immer noch nicht, dass der Georgis ein Bankräuber ist.

Warum kommen einem bestimmte Gedanken in den Sinn? Will ich sie wollen? Oder denkt es sich einfach so? Oder sind es die Bilder, die Farben, die Gerüche, also die Stimmungen?

Wieso so viele Zeichen, so viel Bedeutsames?

Aber Mosaik ist schon wichtig. Das Leben ist nicht geradlinig. Ein bitzerl hier, ein bitzerl dort, also Zeichen beachten, und irgendwann leuchtet die ganze Gestalt hervor. Hoffentlich!

Gehen ist wichtig – und vielleicht Singen. Gehen und Singen. Und Spüren. Gehen, Singen und Spüren.

Oder was Neues?

Ich sollte öfter Yoga machen.

Alle vier – wie bei den Marx Brothers?

Das wird ja immer schöner, dachte sich Mozart. Draußen war es schon lange dunkel, Mozart saß an seinem kleinen Sekretär im Schlafzimmer und schrieb eine weitere Anforderung an das Deutsche Bundesamt für Verfassungsschutz, Abteilung 5 – Ausländer- und Linksextremismus. Irgendwie müssen diese Typen doch enger zusammenhängen, als es scheint. Mal seh'n, was über sie bekannt ist.

Frau Mozart fragte ihn nicht, warum er da so lange an seinem Sekretär herumgrübelte – das zeichnete sie aus. Sie kam aus dem Bad und fragte ihn stattdessen hoffnungsfroh, ob er wieder »Alle drei« machen wolle. Da seufzte er nur. Sie dann auch.

Vielleicht doch nur »Alle zwei?« fragte sie auffordernd, ohne dass sie recht wusste, was es bedeuten könnte. Aber eines weniger könnte vielleicht die Last seiner Gedanken minimieren, dachte sie. Tat es aber nicht. Mozart grübelte, und er ließ sich zu nichts bewegen. Dann klappte er den Sekretär zu, gedankenschwer folgte er ihr ins Bett. Nichts an ihm regte sich, auch nicht, als sie probeweise zu ihm rüber gerückt und halb auf ihn raufgekrabbelt war. Da sie schon mal oben war, sah sie ihn verliebt an und strich ihm übers Haar, dann kitzelte sie ihn hinter den Ohren. Aber nur kurz. Dann begab sie sich wieder auf ihre Seite des Bettes.

Nur zwei? Und die dritte Person eine echte Geisel? Möglich, aber wenig wahrscheinlich. Ende kam ja als Bankräuber nicht in Frage, zumindest nicht als aktiver. Einer weniger nicht gut. Warum nicht? Das Gedankenkarussell drehte sich mal wieder. Falls Georgis wirklich auch eine Geisel gewesen ist, kommen mir langsam die Räuber abhanden.

Ich habe jetzt drei Verdächtige, aber einer kann nicht dabei gewesen sein, also nur zwei plus eins. Nein, das klingt zu positiv. Eher drei minus eins. Also brauche ich noch einen mehr. Ich brauche ja drei, drei Affengesichter, also mit Ende drei plus eins.

Macht vier.

Macht vier?

Alle vier?

Alle vier!

Vielleicht wie bei den Marx Brothers?

Wie der, wie der … ja, Zeppo? Man kennt nur drei, aber eigentlich sind sie vier. Doch der Vierte fällt nie auf. Ende ist der Vierte, und zwei hab ich schon, also wenn ich Paula, also Frau Köhler, in Berlin dazurechne.

Alle vier, das beflügelte Mozart.

Zwei Lippen robbten sich zart an Mariannes Nacken empor. Dann knabberten zwei Eckzähne an Mariannes linkem Ohr. Das gefiel ihr. Sie hätte gerne »Sozart« gesagt, vielleicht auch nur gehaucht. Zu lange gezögert, Marianne. Jetzt, mit einer fremden Zunge im Mund ging es nicht mehr.

Eine Stunde später wusste sie, diese »Alle vier« waren nicht so wild wie »Alle drei«, aber immerhin.

Am nächsten Morgen notierte Mozart in sein Notizbuch:
Wie weit bin ich jetzt gelaufen?
Nein, dieses Mal war es nicht das Laufen.

Was habe ich jetzt gelernt?

Man soll das Geplauder von Frauen nicht verachten!
So Dahingeworfenes kann eine große Wirkung haben.
Vielleicht ist meine Marianne ja auch eine besondere Frau?

Es sind vielleicht 4, also 3 plus 1.

Den Ersten habe ich schon, die Zweite in Berlin muss ich
mir noch vorknöpfen, den Vierten (mit Alibi) hab ich auch
schon, kenne ihn aber noch nicht, fehlt mir noch der
Dritte. Stimmt das so? In Rechnen war ich noch nie gut.

Aber wenn es die Köhler in Berlin nicht ist, brauche ich
doch noch zwei.

Wien, du schönes Wien –
und dann so ein Zyniker

Die Zeit heilt Wunden, sagt man. Manchmal bringt die Zeit Überraschungen. Mozart fand auf seinem Schreibtisch einen zweiten Brief vom deutschen Verfassungsschutz. Sie hätten das zunächst übersehen, aber auf Grund ihrer nachträglichen gründlichen Recherche bezüglich seines weiteren Schreibens teile man ihm heute mit, dass es noch eine Person gebe, die eventuell etwas mit der besagten Angelegenheit zu tun haben könne. Ein Dr. Hart, ebenso Arzt, österreichischer Staatsbürger aus Altaussee, aber in Wien ordinierend, der in Berlin studiert hatte, sei mit Dr. Ende gemeinsam organisiert gewesen.

Mozart frohlockte. Das dynamische Team stellte schnell fest, dass er auch auf dem Stafam-Kongress angemeldet gewesen sei, als Hörer, nicht als Vortragender, also ein gewisses Alibi, aber kein handfestes. Also eventuell einer von den dreien?

Der automatische Anrufbeantworter verriet, dass Dr. Ende einige Tage Urlaub mache. So vereinbarte Mozart erst einmal einen Termin mit dem Doktor in Wien.

Mozart liebte Wien. Wien hatte irgendwie Klasse. Den Verkehrsstau rund um Wien hatte er fast nie mitbekommen, denn er genoss es, mit der Bahn zu fahren, weil der schönste Blick auf den Semmering, das sagte er sich immer wieder, das ist der Blick aus dieser quietschig-rumpelnden Bahn. Zumeist las Mozart während der Fahrt, aber wenn sich der

20-Schilling-Blick oder die Polereswand näherten, stand er voller Spannung hinter dem Abteilfenster. Doch Fotos wurden immer schwieriger, denn die Bäume entlang der Trasse stellten seinetwegen ihr Wachstum nicht ein. So hatte er letztes Jahr mit Marianne dort einige Tage verbracht. Sie bedauerten das stillgelegte SÜDBAHNHOTEL, das ebenfalls dahindösende GRANDHOTEL PANHANS, und sie trauerten der Zeit nach, als sich hier noch die Wiener Gesellschaft aufhielt und Sigmund Freud mit Gefolge die Sommermonate nicht unweit verbrachte. Zu ihrem Leidwesen regnete es, aber wenn dann doch mal die Sonne durchbrach, Nebelschwaden aufstiegen, dann spürten sie dieses Mystisch-Vergängliche dieses Zipfels von Österreich, der durch den Zeitenrost gefallen schien. Sie staunten und konnten sich nicht satt genug sehen, und ihre Herzen frohlockten.

Wann immer er Wien besuchte, liebte er es, durch die inneren Bezirke zu flanieren. Wie hatte man nur vor mehr als hundert Jahren schon so majestätische Gebäude bauen können! Nein, nicht nur die des k.u.k. Wiens, die »Burg«, das Kunstgeschichtliche und Naturhistorische Museum, den Karlsplatz, das Belvedere, das Bellevue, das Parlament, das Rathaus, den Musikverein. Die hatten ihn schon als Jugendlichen beeindruckt. Aber erst nachdem er Stefan Zweig gelesen hatte, erkannte er die von Zweig so benannte deutlich geschichtete und orchestrierte Stadt. Die Kaiserliche Burg war natürlich das Zentrum, drum herum die Paläste und Palais des Hochadels, nicht nur des österreichischen, sondern auch der dieses Reich tragenden anderen Völker, dann die Diplomatie im 3. Bezirk, gefolgt vom kleinen Adel, den Industriellen und der Kaufmannschaft in der Nähe der

Ringstraße, dann das Kleinbürgertum im 2. bis 9. Bezirk, eingezwängt zwischen zuletzt Genannten und dem Proletariat in den Außenbezirken.

Nun, so war es mal gewesen, der Adel, groß oder klein, war verschwunden, viele Palais umgewandelt in Konferenzhallen, Galerien oder aufgeteilt in teure Wohnungen und Einkaufspassagen. Aber von außen sah man das alles nicht so genau.

Zumeist waren Mozarts Spaziergänge vorgegeben von seinen Ermittlungen, aber wenn er es konnte, dann schlenderte er gerne durch den 8. Bezirk, und wenn er gar über Nacht bleiben musste, dann sah man ihn nicht nur im Burgtheater, sondern noch häufiger im Theater in der Josefstadt. Dort sogar besonders gerne, er war selten, sehr selten enttäuscht worden. Und einmal schaffte er es gerade noch kurz vor der letzten Klingel, erstand noch ein Restticket mit schlechter Sicht, nur um festzustellen, dass er das Stück ja schon mal gesehen hatte. Pech? Fragte er sich. Nur zu Beginn des Stücks. Dann stellte er wieder und wieder fest, dass es doch erstaunlich sei, was man beim zweiten Mal alles bemerkt, von dem man beim ersten Mal nichts mitbekommen hatte – oder nichts mehr wusste. Auch das sah er als bedeutungsvoll an und baute es in seine kriminalistische Arbeit ein, sei es ein erneuter Lokalaugenschein oder die erneute Sichtung eines Beweisstücks oder ganz einfach die Überprüfung eines zuvor gefassten Gedankens oder Verdachts.

Und wenn er am frühen Abend doch zurückfahren musste, dann endeten seine Spaziergänge immer im Zentrum, und dort, im Museumsquartier, oder durch die Burg hindurch oder sie umrundend am Burgtheater vorbei, da spürte er diese Weite, die sich hier mit ehemaliger Größe maß. Und es war diese Weite, die ihn am meisten beeindruckte und die ihm jedes Mal wieder denselben Streich spielte. Die Gebäude waren so groß, dass er meinte, gleich da, dahinten, zu sein, und doch musste er – gefühlt – schier endlos lange gehen. Doch die langen Wege gaben ihm Zeit, sich beeindrucken zu lassen, und jedes Mal wieder kam er zurück zu derselben Feststellung: »Da bin ich ein moderner Mensch des 21. Jahrhunderts, ein Demokrat, und was liebe ich, was bewundere ich? Die Monumente der Monarchie. Die Zeugnisse der Unterdrückung. Die Zeugnisse der Ausbeutung der östlichen Völker Europas. Oh, ich habe Norditalien vergessen. Da waren wir ja auch! Und auch in Schlesien. Aber ist es nicht überall so, dass das, was übrig bleibt, immer mit Blut gebaut wurde? Und doch ist es irgendwie schön, dass es das alles gibt.«

Und wieder war Stefan Zweig verantwortlich für die passende Entschuldigung. Österreich war ja im letzten Jahrhundert militärisch und politisch nicht besonders erfolgreich gewesen, längst waren wichtige Provinzen abgefallen. Aber die Hauptstadt, dieser schon vor hundert Jahren Zwei-Millionen-Moloch, war geblieben, und seine Bürger hatten sich dem Künstlerischen zugewandt, dem Genießerischen, den subtilen Genüssen der Musik, des Theaters, der geschmackvollen Kleidung, der Mehlspeise, dem Kaffee, dem guten Wein und der Plauderei, und das oft alles zusammen im Kaffeehaus. Ja, die Wiener Kaffeehäuser, da staunten sogar die Pariser nicht schlecht. Wien, das war »leben und leben lassen«. Irgendwie auch eine Welt ohne Hast, etwas argwöhnisch beäugt von den fleißigen nördlichen Nachbarn.

So war Mozart auch dieses Mal mit der Bahn angereist, hatte wie immer bei der Überquerung des Semmering sein Buch weggelegt und schwelgte in Vorfreuden auf sein Wien.

Doch wie sah er sich getäuscht. Er hatte einen dieser ex-linken Gutmenschen erwartet, so einen wie Georgis. Doch Dr. Hart schien so gar nicht zu ihm zu passen. Vielleicht lag es auch daran, dass er sich gleich als Kommissar in Sachen BR Müller angekündigt hatte. Auf des Doktors Schreibtisch lag eine Zeitung mit dem Titelbild von Menschen nach einem Attentat. Dr. Hart wirkte irgendwie hektisch, irgendwie verkniffen.

Unaufgefordert wies er auf die Zeitung: »Verzeihen Sie mir diesen wahrscheinlich politisch inkorrekten Aufschrei. Ich kann es nicht mehr sehen, ich kann es nicht mehr hören. Ja, es gibt Terror. Es hatte ihn gegeben, es hat ihn gegeben, es gab ihn, und es gibt ihn auch heute, und wahrscheinlich wird es ihn auch noch morgen geben und übermorgen gegeben haben. Aber wenn heute durch eine Terrorattacke jemand zu Tode kommt, dann laufen Hunderte Nichtbetroffene – aber dennoch zutiefst innerlich Erschütterte – an die Stelle des Terrorakts, entzünden in kollektiver Trauer ihre Kerzen, liegen sich tröstend in den Armen, verrichten »Trauerarbeit« und benetzen sich gegenseitig mit ihren Tränen. Die konkurrieren richtig darum, wer die größten, die besten Ängste hat. Diese Betroffenheit, diese Güte des Herzens muss der restlichen Menschheit mitgeteilt werden, und schon halten Hunderte Handys im Selfie-Modus die Szene fest und verbreiten den Sieg des Mitgefühls in alle Welt. Unsere Gedanken sind bei den Opfern und ihren Angehörigen. Ist das nicht zum Kotzen?

Aber Mitgefühl ist nur der Anfang. Geteiltes Leid ist halbes Leid. So hieß es einmal. Aber heutzutage potenziert sich das Leid. Und es wächst die Angst. Ja, es ist modern, Angst zu haben. Angst zu haben und sie zu zeigen ist ein Zeichen, dass man ein sensibler Mensch ist. Und es ist modern unter Politkern zu sagen, dass man >die wachsende Angst der Bevölkerung ernst nehmen< müsse. Und schüren damit überhaupt erst die Angst. Viele, die überhaupt noch keinen Kontakt zu Flüchtlingen hatten, werden jetzt von der Furcht gepackt. Und wer schützt dann die braven Bürger vor den Fremden, vor den Bösen? Das hat rechtsaußen begonnen, und jetzt ist es schon mittendrin bei den Schwarzen. Entschuldigen Sie, jetzt sind sie ja türkis, also blau ähnlich. Früher waren es die Juden, heute sind es die Moslems. Es wird nicht lange dauern, und die ersten Moscheen werden – nein, nicht brennen, das geht heute nicht mehr – sie werden ganz einfach rechtsstaatlich geschlossen.«

»Herr Doktor, jetzt übertreiben Sie aber. Moslems, vor allem aus dem jetzigen Bosnien, dienten doch schon unter dem Kaiser und wurden als Bürger Österreichs angesehen.«

»Tja, Sie haben vollkommen recht. Unter dem Kaiser, ja. Aber nicht mehr heute in der modernen Zeit. Wissen Sie, wie viele Parlamentarier der ÖVP oder der FPÖ Migrationshintergrund haben? Ha, Sie schweigen. Null! Und wie viele der in Österreich lebenden Menschen haben Migrationshintergrund? Also sie selbst oder die Eltern?«

»Ein Viertel.«

»Richtig. Aber die werden von den Xenophobikern an der Macht nicht als richtige Österreicher angesehen. Das Tragische der jetzigen Politik: Viele unserer einfachen Bürger haben Angst vor denen, die wiederum aus Angst um ihr Leben geflüchtet sind. Natürlich sind nicht alle um ihr Leben gelaufen, viele hatten nicht genug zu essen, und manche wussten einfach die Chance zu nutzen. Doch bei uns werden jetzt aus Angst Waffen gekauft. Und in Texas – wie schon zuvor in acht anderen US-amerikanischen Bundesstaaten – darf man jetzt als Student in den Hochschulen Waffen tragen, um sich vor Terroristen zu schützen. Der Risikoforscher Gerd Gigerenzer brachte es vor Kurzem auf den Punkt: In den USA ist die Chance, von einem unter Dreizehnjährigen mit der heimlich entwendeten Waffe des Vaters erschossen zu werden, mehrfach größer, als auf einen Terroristen zu treffen. Und in Deutschland wird man eher von einem Blitz erschlagen als von einem Terroristen niedergestreckt. Psychiater fordern, gegen die Angst den Verstand einzuschalten. Ob das hilft?

Und es stört diese Leute auch nicht, wenn der Papst zu Unterstützung, Hilfe und Toleranz auffordert. Vor fünfzwanzig Jahren haben wir die Berliner Mauer abgerissen, und jetzt bauen wir überall neue. Skurril, nicht wahr?

Oder liegt das Problem tiefer?

Augenblicklich weiß ich die Lösung auch nicht. Also lassen Sie mich noch ein wenig assoziieren.

Was mir auch missfällt – und das kann ich im wahrsten Sinne des Wortes nicht mehr sehen, möchte am liebsten gar nicht mehr auf die Straße gehen: Diese neue Uniformierung der Gesellschaft. Da kommen mir ganze Heerscharen von gleichgeschalteten Tattoo-Trägern, gepiercten, getunnelten jugendlichen Vollbartträgern mit glatt geschorenem Seitenkopf und so einem Vogelnest auf dem Kopf entgegen.

Was hast du gegen Tattoos? Werde ich gefragt. Lass ihnen doch ihren Geschmack, so wird mir entgegengehalten. Nein, es ist nicht eine Frage des Geschmacks. Es geht doch darum, dass die Tattoos gezeigt, der Menschheit demonstriert werden müssen. Bei der ersten Gelegenheit, es ist faktisch noch Winter, tragen die Tattoo-Manen nur ein T-Shirt, und wetten, dass es ein ärmelloses ist? Und es werden immer mehr, in atemberaubendem Tempo. Die globale Erwärmung kommt kaum mit.«

»Was hat die denn mit den Tattoos zu tun?«

»Ist doch klar: Je wärmer, desto nackter kann man herumlaufen, desto mehr Tattoos kann man zeigen. Erstaunt stellte ein Journal vor Kurzem fest, dass Ronaldo kein Tattoo trage, anders als die Heere der als Fußballspieler verkleideten Gladiatoren und Strafgefangen. Er musste sich gar für den fehlenden Körperschmuck entschuldigen: Nach einem Tattoo dürfe man ja einige Wochen nicht Blut spenden, und er halte sich bereit für einen Freund, der jederzeit eine Bluttransfusion nötig haben könne. Für diesen heldenhaften Verzicht müsse man ihn doch wirklich loben, befand das Journal. Sagen Sie mir, was sind das für Zeiten? Da wird jemand gelobt, weil er sich nicht tätowieren lässt. Was steckt denn dahinter, wenn ich allen mein Tattoo zeigen muss? Das ist doch nichts anderes als ein Minderwertigkeitskomplex. Das Tattoo als Aufwertung der eigenen Mickrigkeit. Ja, hat denn hier niemand mehr Ahnung von Psychologie?«

»Herr Doktor, ich finde, Sie ereifern sich zu sehr. Als tolerant kann ich Ihre Haltung nicht gerade bezeichnen. Und wenn die auch schwach sind, wenn ihnen das Tattoo hilft, ist das nicht in Ordnung? Ich glaube, Sie sind so aggressiv, weil das Tattoo Sie zwingt hinzuschauen. Sagt man nicht, dass der Aggressive in so einem Fall eben deswegen so aggressiv ist, weil er sich heimlich ertappt fühlt? Vielleicht hätten sie ja auch gerne ein Tattoo, trauen sich aber nicht, schickt sich ja nicht für einen Arzt. Heraus mit der Sprache!«

Hart lachte. »Jaja, etwas recht haben Sie schon. Ich ärgere mich ja selbst, dass ich mich so sehr darüber aufrege. Aber zu meiner Verteidigung: Manchmal habe ich mit den Tattoo-Trägern auch Mitleid. Was die sich da auf ihren Körper stechen lassen – und zwar unwiderruflich. Kennen Sie jemanden, der sein Tattoo als Bild an die Wand hängen würde? Und um täglich drauf zu glotzen? Die meisten würden das nach einigen Tagen entnervt abhängen. Aber auf der Haut?

Hm, krieg ich noch die Kurve? Wo war ich stehen geblieben?

Ach ja, das wollte ich noch sagen, vor geraumer Zeit dieser Kult ums Pokemon go. Da liefen sie zu Tausenden durch die Straßen, sahen aber nichts, schauten nur wie gebannt auf ihren Flachbrettkasten. Ja, sahen sie denn nicht, wie banal, wie blödsinnig das ist, dass sie alle dasselbe machten, wie in einer Massenhypnose, wo sich doch jeder für einen großen Individualisten hält? Dumme Frage, sie konnten ja nicht sehen, keiner wandte seinen Blick ab von seinem Taschenflachbrett. Wahrscheinlich hat keiner wahrgenommen, dass er nicht der Einzige war. Ja, diese Flachbrettdinger sind die Scheuklappen der Gegenwart. Seitlich sieht man nichts mehr. Und nach oben? Auch nichts. All diese Individualisten tragen ja ein Käppi, also zumindest die Männer, und dazu möglichst einen Vollbart. Ach, das hatten wir schon. Männlichkeit auf Pump. Und vielleicht noch auf einem Skateboard daher gerauscht.«

»Darf ich Sie unterbrechen?«

»Nein, ja, gleich, ich bin mit dem Flachkastenkult noch nicht fertig. Jeden Tag hört man, dass die Regierung etwas gegen Hass im Netz tun müsse. Wozu? Warum? Stell dir vor, da ist Hass im Netz – und du schaust einfach nicht hin. Wenn's die meisten täten, gäbe es dann den Hass überhaupt?«

»Sicher, nur abseits. Aber die Hasser würden sich gegenseitig aufstacheln. Das darf uns Polizisten nicht gefallen.«

»Oder ermüden. Die wissen doch schon, was die anderen sagen.«

»Das ermüdet die wenigsten. Der Mensch hat Bestätigungen gern. Denken Sie mal an Musiker. Da gibt's welche, die spielen dieselbe Musik seit einem halben Jahrhundert, und dass sie sie nicht schon länger spielen, liegt an ihrem zarten Alter. Also wird der Hass bei den Wutbürgern im Netz zunehmen.«

»Na gut, aber was soll's?

»Was soll's? Höre ich recht, Herr Doktor? Hass kann überkochen. Irgendwann sagt einer ›Genug geredet!‹ und schreitet zur Tat. Und dann bin ich gefragt, der Kriminalkommissar.«

»Wissen Sie, wie viele unserer Individualisten zerrissene Jeans tragen? Nein, keine alte, die man noch nicht wegwerfen möchte, nein, eine zerrissen gemachte neue Jeans und dafür etwas teurere – Mehrwert eben. Denkt einer von diesen Blödmännern, was sich die Textilarbeiter in

Bangladesch denken, die für einige Euros am Tag unsere Kleider herstellen und sie dann zerreißen dürfen? Ich kann es nicht beschwören, aber ich würde drauf wetten, dass niemand von den armen Menschen in Bangladesch zerrissengemachte Jeans trägt.«

»Also, das Tempo, mit dem Sie die Themen wechseln, ist schon gewaltig. Können wir vielleicht darüber reden, weswegen ich hier bin? Es geht mir um den Fall mit der Geiselnahme.«

»Ja ja, ich weiß, geben Sie mir noch etwas Zeit. Irgendwie, finde ich, hängen die Sachen schon miteinander zusammen. Und gleich ist die Kurve zu Ende und ich habe Angst, sie nicht zu kriegen. Zu schnell gefahren, aus der Kurve getragen, verschwunden im Nirwana des Gedankenwirrwarrs. Aber gut, etwas politischer.«

»Ja, bitte, schon etwas besser!«

»Durch den Zusammenbruch der Sowjetunion und des Eisernen Vorhangs dachten viele, dass nun die gefährlichen Zeiten vorbei seien, die Gefahr des Atomkrieges gebannt sei, dass nun die ›Sonn' ohn' Unterlass‹ schiene. Und dann kamen die ganzen Segnungen der Zivilisation – vom iPod zum iPhone, über die iCloud zur Ich-AG, zum Ich auch ohne AG, zum Ich, Ich, Ich.

Was sind heute unsere Ziele, unsere Ideale? Gibt es noch welche? Die Gemeinschaft? Die Nachbarschaft? Das Gemeinwesen? Das Soziale? Alles weg! Wir armen Menschen des einundzwanzigsten Jahrhunderts sind auf uns selbst gestellt. Der Wegfall der Ideologien hat uns einsam gemacht.

Aber zum Glück gibt's ja noch die Segnungen der modernen Technik. Die modernen Kommunikationsmöglichkeiten haben dazu geführt, dass wir alle und jeder für sich auf unsere Smartphones glotzen und nach Witzigem suchen. Wissen Sie, ich fahre viel Zug. Und da steigen vier Lehrlinge in den Zug ein, jeder hat schon seinen Energy Drink intus – auch so eine moderne Pest –, jeder hat schon sein Smartphone von zu Hause bis zum Zug vor sich hergetragen, alle paar Sekunden verstört nach unten geschaut, warum er denn gerade keine neue Message erhalten hat, die er auch liken könnte, ununterbrochen wisch-wisch gemacht. Und jetzt haben sie einen freien Vierertisch gefunden, und ein jeder glotzt und wischt weiter. Nein, da! Einer lacht auf, zeigt sein Phone den anderen: ›Da, schaut's, geil, wie witzig, suuuper!‹ Das tote Leben ist eine Abfolge von Gags geworden, es gewinnt, wer am schnellsten surft, wer die meisten Gags präsentieren kann. Das Leben verstanden als Ich- und Spaßgesellschaft. Aber doch geliehene Identität – diese wird dann genauso flach wie der Bildschirm. Und wenn dann etwas irgendwie in der Nähe, sagen wir mal im eigenen Land, passiert, tatsächlich passiert, nicht nur in dem kleinen Flachkasten in der Hand, dann hat man keine Ahnung, wie man damit umgehen kann. Tja, und das macht den einen dann Angst! Und die anderen mit etwas Resthirn im Kopf stellen eine Kerze auf den Boden, machen ein Selfie, pflanzen es ins Netz der sogenannten social (wieso eigentlich social?) media, eher doch asocial media, und warten darauf, geliked zu werden.«

Mozart war in seinem Sitz immer kleiner geworden. Nun erkannte er seine Chance: »Herr Doktor, da waren wir schon. Der Kreis hat sich sozusagen geschlossen. Sie haben die Kurve gekriegt. Glückwunsch. Aber können wir jetzt zum Thema kommen? Vielleicht darf ich Ihr Unbehagen an der Zivilisation namentlich benennen. Die Menschheit hat keine Ideale mehr, kein sich daraus ergebendes Ziel, jeder moralischer Maßstab zerfällt. Da werden sogar Ärzte zu Bankräubern.«

»Hach, Herr Kommissar, jetzt wollten Sie mich aber reinlegen. Aber so einfach gehe ich Ihnen nicht auf den Leim. Vergessen Sie's. Ja, ich bin frustriert, aber deswegen kein Bankräuber. Aber ich danke Ihnen trotzdem. Das mit den fehlenden Idealen ist ja nicht falsch, eigentlich ungewöhnlich schlau für einen Polizisten.«

»Entschuldigen Sie, ich bin Jurist, Polizist gewordener Jurist.«

»Entschuldigung akzeptiert. Gestatten Sie mir, dass ich das etwas umformuliere? Ich sagte es schon. Wir leben in einer ideologiefreien Zeit. Nein, stimmt auch nicht ganz. Wir leben in einer Etappe mit fehlender positiver Ideologie. Ja, so ist es besser, mit fehlender positiver Identifikation, positiv im Sinne von Zusammenleben, Menschlichkeit, Akzeptanz, Toleranz. Superkonzernen gehört das große Geld. Und sie ›beschenken‹ die einfachen Leute mit kleinen Maschinen, mit denen sie ihre Online-Bestellungen erledigen können. Die Menschen fühlen sich cool und frei und merken nicht, wie die Konzerne mit ihnen spielen. Alle glauben, dass es das eigene Bedürfnis ist, das gerade von den Konzernen in ihnen geweckt wurde. Ihre Macht, ihr Gebaren, ihre Ausnutzung der persönlichen Daten von Milliarden von Menschen werden nicht angezweifelt und werden ihnen nicht angelastet. Ihnen wird vertraut, nicht aber den Regierenden, nicht der Presse, nicht dem öffentlichen Rundfunk, aber dann irgendjemand Unbekanntem, der irgendetwas ins Netz stellt. Wir sind Sklaven geworden, Sklaven technischer Überlegenheit. Aber alle Welt folgt begeistert diesen modernen Technologien, und doch leiden die Menschen gleichzeitig an Orientierungslosigkeit, am Mangel von Selbstverständnis und Gemeinschaftsgefühl. Und dann ist da plötzlich die tief empfundene Leere der Machtlosigkeit, und hieraus entsteht irgendwie Wut. Das ist die andere Seite der Spaßgesellschaft. Und diese Wut bezieht sich nicht auf irgendetwas Konkretes. Nein, die ist einfach da. Und dann hängt sie sich an irgendein Thema, das gerade daherspaziert kommt. Und dann kann es ordentlich knallen.

»Jetzt sind wir aber etwas weit vom Thema abgekommen. Sitzen wir hier nicht in Wien, Stadt des Schmähs und der Schrammeln, Stadt der Bühnen, des Gesangs?«

»Sie meinen, ich sehe zu schwarz? Na ja, vielleicht, hängt vielleicht mit meinem Hintergrund zusammen. Ich komme ja aus dem Ausseer Land. Da hinter den Bergen kann man als Rebell nur verrückt werden. Berlin erschien mir wie die große weite Welt. Ich glaube auch, dass Berlin eine Stadt ist, die Thomas Bernhard in seinen Städtebeschimpfungen bewusst ausgelassen hat. Aber wie er über Altaussee hergezogen ist: Eine Stadt, die ihm den Hals zugeschnürt hat, und er wusste genau, warum er dort keine Luft bekam. Nicht nur wegen der Berge, es war wegen der vielen Nazis, die dort ansässig waren. Er sagte auch noch, dass die schönsten Gegenden immer die meisten Nazis angezogen haben. Das ist so was wie Blut und Boden.«

Mozart hatte aufgegeben, ihn unterbrechen zu wollen. Auch wenn er es gewollt hätte. Er hörte nur noch mit einem halben Ohr zu. Insgeheim fragte er sich, nein, er war sich nahezu sicher: Dieser Mann ist ein Bankräuber. Bei dem Hass auf die Gesellschaft!

»Aber was mich quält, Herr Kommissar: Wo ist denn der berühmte Silberstreif am Horizont – in dieser ideologiefreien Zeit? Wie soll es weitergehen?

Ich sehe für uns eine absolut schwarze Zukunft voraus. Wissen Sie, was der Welterschöpfungstag ist? Nein? Das ist der Tag, an dem in dem betreffenden Jahr die nachwachsenden Ressourcen erschöpft sind. Der lag das letzte Mal bereits im Juli. Ein Viertel der Menschheit verbraucht drei Viertel der materiellen Ressourcen dieser Erde. Entgegen allen Hoffnungen: Die Klimakatastrophe ist nicht aufzuhalten. Wir werden voll gegen die Wand fahren. Es ist der Kapitalismus, der nicht anders kann. Der ist ja auf Wachstum, Fortschritt und damit Ausbeutung der Ressourcen aufgebaut. Wenn ich stoppe, überholt mich der andere. Das führt zu einem unausweichlichen Kampf jeder gegen jeden. Ich glaube, ein amerikanischer Ex-General war es, wie hieß der noch mal, auch egal, der den ›Clash of Cultures‹ beschrieb.«

Und da sah Mozart doch wieder seine Chance.

»Oh, Sie bringen da was durcheinander, Herr Doktor. Das war Samuel Huntington. Der war kein General, der war Politikwissenschaftler, der sich hauptsächlich mit Militärthemen beschäftigte. Der lehrte an der Harvard-Uni. Und das Buch hieß ›Clash of Civilisations‹«.

»Hochachtung. Ich beginne langsam die Polizei zu schätzen.«

»Wie schon erwähnt, ich habe auch studiert.«

»Ach ja, das hatte ich vergessen. Also das mit dem ›clash‹ wollen viele nicht glauben. Ha, das kommt noch schlimmer. Der Kampf der Zivilisationen, also zum Beispiel wir gegen die Moslems, die Moslems gegen uns und die Juden, dann noch die Chinesen gegen, gegen ... sagen wir mal den Rest, ist nur ein kleiner Zwischenschritt. In nicht allzu ferner Zeit heißt es wieder ›Arm gegen Reich‹. Der Kampf wird ums Überleben gehen. Und irgendwann jeder gegen jeden. Die Reichen werden sich verbarrikadieren, aber jetzt können auch die Armen schon Waffen mit dem 3-D-Drucker herstellen. Für den Straßenkampf brauchen sie keine Panzer und Jets, allenfalls noch gepanzerte Fahrzeuge, darin fahren dann die Leute von den Konzernen. Die Staatsgebilde werden sich auflösen, oder zumindest werden sie unwichtig und machtlos. Immer mehr verhungernde Neger werden ...«

»Aber, Herr Doktor, man sagt nicht mehr ›Neger‹, das heißt ›Schwarze‹.«

»Wollen Sie jetzt auch noch damit anfangen? Dadurch geht es denen auch nicht besser! Soll ich vielleicht noch gendern? Der Grünen neuester Lebensinhalt? Vielleicht noch gendern, wo es kein klares Gender gibt, so ein Sternchen mitten im Wort? Bald zwei, dann drei Sternchen?

Also. Immer mehr verhungernde Schwarze und Schwarzinnen werden dorthin laufen, wo es Wasser gibt, also zu uns. Ja, und die Holländer und natürlich die Holländerinnen werden vor dem Wasser weglaufen, also dem salzigen, wenn ihre Dämme nicht mehr halten, also auch zu uns. Die globale Erwärmung, die Schmelze der Polkappen, so kam es kürzlich im Radio, kommt noch schneller und stärker auf uns zu als von den Wissenschaftlern angenommen. 2035 soll die Arktis eisfrei sein. Das führt alles zu einem Zerfall der Werte, Kampf ohne Ende, irgendwie so, wie es schon in einigen apokalyptischen amerikanischen Filmen zu sehen war. Früher habe ich über diese maßlose Übertreibung gelacht. Der totale soziale und moralische Zerfall. Ich befürchte, es hat sich ausgelacht. Apokalypse forever.«

Die Erwähnung der Holländer ließ Mozart aufhorchen. Habe ich das nicht schon bei Georgis gehört, als wir auf den Berg gewandert sind? Die Burschen hängen sicherlich zusammen. Mozart trug ein Lächeln im Gesicht. Doch nicht lange. Mist, dass die sich kennen, weiß ich ja eh.

Die Sprechstundenhilfe wies über das Haustelefon ihren Doktor darauf hin, dass die vereinbarte Zeit abgelaufen war, ein Patient schon etwas länger warte – nicht gut für eine Privatordination.

»Herr Doktor, abschließend doch noch die Frage: Wieso haben Sie bei dem Bankraub mitgemacht? War das notwendig? Sie haben doch eine gut gehende Ordination.«

»Aber, Her Kommissar, Sie haben doch studiert. Haben Sie keine elegantere Methode gelernt, mich reinzulegen?«

Mozart hatte genug. Plötzlich konnte er kaum mehr atmen und sehnte sich nach Freiheit. Als er die Sprechzimmertür hinter sich schloss, hätte er die Sprechstundenhilfe beinahe übersehen, so klein, gebückt und grau, wie sie da hinter dem Tresen saß. Besser als der dasitzende Patient sah sie auch nicht aus. Was musste die unter diesem Kerl gelitten haben? Und täglich leiden. Und wer wollte sich hier Hilfe holen?

Eine Welle der Sympathie für diese Frau – wie konnte sie nur diesen Schwarzseher aushalten? – wollte ihn durchströmen. Aber es blieb beim Versuch. So zusammengedrückt, so eingedrückt, so zerknautscht wie Mozart in diesem Augenblick war, konnte sich keine Welle ausbreiten. Er holte tief Luft, atmete tief aus. Nichts. Noch einmal. Immer noch nichts. Noch einmal, noch tiefer.

Yoga-Marianne fiel ihm ein. Über die Nase einatmen, die Luft anhalten und dann über den offenen Mund ungebremst rauslassen. Fühlte er sich jetzt besser oder war es Selbstbetrug? Die gestockte Welle der Sympathie drehte sich um und floss in die andere Richtung – mit neuem Logo: Selbstmitleid und Verzweiflung.

Mozart schloss die Tür der Ordination und ging gedankenverloren die Treppe hinunter.

Da meldete sich Marianne persönlich: Schließt die Augen und dankt euch, dass ihr euch an diesem Vormittag Zeit für euch selbst genommen habt. Den wichtigsten Schritt habt ihr schon hinter euch, nämlich, dass ihr hierhergekommen seid. Ich lade euch ein, die Schultern fallen zu lassen. Jetzt spürt ihr die Matte unter euch, spürt euer Becken auf der Matte, und lasst euch tief in die Matte hineinsinken. Alle unnützen Gedanken, alle Gedanken, die ihr im Augenblick nicht braucht, und alle Fragen, die ihr zurzeit nicht lösen könnt, sie alle sinken in die Matte.

Mozart hörte Marianne laut und deutlich, und er sah sie vor sich, wie sie mit dem Wiegeschritt eines Kamels durch den Raum ging. Und er fühlte sich hineinsinken, fühlte, wie seine Schwere nach unten Raum griff – und plötzlich das Gegenteil: ja, da fühlte er sich leicht, quasi schwebend. Da war so eine Süße in ihm und um ihn herum, wie es Marianne manchmal ausdrückte.

Atmet tief durch die Nase ein, und verfolgt euren Atem, genießt die Atemfülle in eurer Brust, und dann atmet aus, lasst gehen. Vielleicht faltet ihr die Hände vor eurer Brust zur Achtsamkeitshaltung, und vielleicht und ganz behutsam entsteht in eurer Brust ein Licht, und mit jedem Atemzug wird es etwas heller. Erlaubt euch, an nichts anderes zu denken als an euer Jetzt.

Einigen Passanten fiel nichts auf. Anderen schon. Und noch andere drehten sich um und staunten über diesen adrett gekleideten mittelalten Mann, der da auf dem Gehsteig stand, die Augen geschlossen, die Hände vor der Brust vermeintlich zum Beten aneinandergelegt, und laut und immer lauter ausatmete.

Mozart machte die Augen auf. Es hatte Klick gemacht. Vor ihm stand eine Chinesin oder Japanerin und hatte ihn fotografiert. So einen typischen Einheimischen hatte sie noch nicht in ihrer Sammlung. Mozart fletschte die Zähne. Es machte noch mal Klick. Die Chinesin verschwand. Wieso weiß ich, dass sie Chinesin ist und nicht Japanerin? Klare Sache: keine tiefe Verbeugung, kein Lächeln, kein Dankeschön. Hier spricht der Kommissar.

Mozart durchschauerte ein tiefes innerliches Lächeln.

Doch war er wieder in Wien, im schönen Wien, im kulturellen Wien, im Wien der Klasse und der Eleganz? Die rüpelhaft vorbeischwankenden Gestalten in ihren Fallschirmseidenblousons und den Käppis auf dem geschorenen Schädel ließen ihn daran zweifeln. Aber Mozart ließ sich durch das moderne Leben seine Liebe zum alten Wien nicht zerstören. Die Jetztzeit, was bedeutete sie schon!

Aber war das früher wirklich und immer anders gewesen? »Das Böse ist immer und überall« hatte mal die Erste Allgemeine Verunsicherung gesungen. Das Banale und Hässliche vielleicht auch, dachte Mozart. Es wird doch auch schon vor hundert Jahren grantelnde Hausbesorger (für Nichtösterreicher: Hausmeister) und neidische Nachbarn gegeben haben. Was Zweig weiterhin nicht beschrieben hat: der primitiv-obszöne Schmäh, die offene Xenophobie, das Verheimlichen des eigenen slawischen Namens, der irgendwann seinen Hatschek verloren hatte: aus »vič« wurde ein »witsch«.

Ja, das hat er wohl vergessen zu erwähnen, und trotzdem wäre ich jetzt lieber ihm begegnet als diesem Zyniker.

Und die DNA-Probe habe ich auch noch vergessen. Werde die Wiener Kollegen noch mal hinschicken müssen.«

Rast auf dem Zentralfriedhof

Mozart fühlte sich niedergeschlagen. Er wusste, dass es in so einer Situation für ihn das Beste wäre, etwas Lustiges zu unternehmen, etwas, dass ihn aufheitern, dass seine Gedanken wieder zum Fliegen bringen würde. Ja, jetzt fliegen wäre schön: die Welt von oben betrachten. Hallo, ihr kleinen Probleme da unten! Doch er konnte nicht. Wie sollte er auch mit Füßen wie Blei! Aber in dieser Situation verharren? Sich irgendwo in der Rumpelkammer seiner Gefühle verkriechen? Nein! Er sehnte sich nach Ruhe und Tröstung.

Mozart winkte ein Taxi heran: »Zum Zentralfriedhof bitte.« Kurz hatte er überlegt mit der historischen 71er Straßenbahn zu fahren, mit der früher auch schon mal Särge transportiert worden waren. Es war nicht einmal wegen der bleiernen Füße, denn bis zur Station waren es nur noch 500 Meter. Er wollte einfach eine Zeit lang zurückfallen können und allein sein. Der Taxifahrer warf einen Blick in den Rückspiegel. Nachdem er Mozarts Miene gesehen hatte, zog er es vor, kein Gespräch anzufangen. Mozart wusste das zu würdigen und genoss es.

Der Wiener Zentralfriedhof hatte es ihm angetan. Schon lange. Wem nicht? Nicht nur wegen seiner enormen Ausmaße, nein, wegen seiner immensen Schönheit und natürlich wegen der Berühmtheiten, die hier schlummerten. Der Ohlsdorfer Friedhof in Hamburg, so hatte er gehört, sei noch einmal die Hälfte größer, gar der größte Parkfriedhof Europas, aber berühmte Namen? Fehlanzeige. Wie denn auch. Wien war die Weltstadt. Hatten nicht gar die großen Deutschen ihr Land verlassen und waren nach Wien gezogen! Und wo lagen sie jetzt, etwa Beethoven, gar der Hamburger Brahms? Eben: auf dem Zentralfriedhof. Na ja, Händel war die Ausnahme, den hatte es nach London gezogen.

Natürlich hatte Mozart schon vor Jahren das Grabdenkmal seines Namensgebers aufgesucht. Man hatte es sich nicht nehmen lassen, dem berühmtesten Komponisten österreichischer Lande hier ein Denkmal zu setzen. Aber beigesetzt war er auf dem St. Marxer Friedhof. Der Zentralfriedhof kam ja erst später.

Mozart erinnerte sich daran, wie er das erste Mal etwas uninformiert hierhergekommen war und sich hoffnungslos verlaufen hatte. Dann hatte er sich den Wiener Friedhofsführer zugelegt, und so hatte er alle Gräber berühmter Menschen aufgesucht – und Jahre dafür gebraucht: Komponisten, Musiker, Dichter, Maler, Ärzte, Architekten, Ingenieure. Aber Kriminologen? Zumindest nicht unter den Ehrengräbern. Das empfand er als ungerecht. Aber gab es nicht noch mehr Ungerechtigkeiten? Alles nur Männer! Frauen in den Ehrengräbern? Auch eine Rarität. Und die paar, die er fand, kannte er nicht. In den letzten Jahrzehnten hatte es sich etwas gewandelt, aber nach wie vor waren es überwiegend Schauspielerinnen, eine berühmte Malerin wie Maria Lassnig schon die Ausnahme. Und dennoch, so hatte Mozart einst sinniert, hier atmet Geschichte.

Heute hatte Mozart kein bestimmtes Ziel, wollte die Atmosphäre auf sich wirken lassen, bestaunte die Vielfalt und Schönheit vieler Grabmäler. Eine Gruppe junger Männer überholte ihn, und einer flüsterte leise »Amadeus, Amadeus«. Nein, sie hatten nicht ihn ärgern wollen, wieso auch. Sie waren auf dem Weg zu Falcos Grab. Doch dann nahm er wegen seiner immer noch schweren Füße den Friedhofsbus, stieg irgendwo aus und fand sich plötzlich im etwas verwilderten jüdischen Friedhof wieder. Und da vor dem Grab von Viktor Frankl. Der hatte ihm immer schon imponiert, jemand, der nicht aufgegeben hatte. Und wie es manchmal so kommt, fiel ihm hier der Name eines bis kurz vor seinem Tode nahezu unbekannten Mannes ein: Friedrich Zawrel, der Überlebende vom »Spiegelgrund«, der Stätte der Nazi-Kindereuthanasie. Das Multitalent Nikolaus Habjan hatte ihm mit einem Puppenspieldrama ein Denkmal gesetzt. Und er hatte einen Scheinwerfer auf die Nazi-Medizin geworfen. Und wie hatte der Oberschinder und spätere Gerichtspsychiater der fast 800 ermordeten Kinder geheißen? Gross, Dr. Heinrich Gross. Mozart war geschockt zusammengezuckt, als er im Grazer Schauspielhaus diesen Namen erstmals hörte. Er wird doch nicht mit meinem Hans Gross, dem Kriminologen, verwandt sein? Nein, war er nicht.

Und nun war Zawrel vor Kurzem gestorben, kurz nachdem er Habjan sein Leben erzählt und der das Theaterstück daraus geformt hatte. Und wo war er beerdigt worden? Auf dem Zentralfriedhof. Das Blei aus Mozarts Füßen war schlagartig verschwunden, und so stand er bald vor Zawrels Grab. Mozart hatte das Theaterstück gar zwei Mal gesehen, und jedes Mal hatte er geweint. Und dann hatte er eine Wut im Bauch gehabt und bedauert, so spät geboren zu sein. Wie gern hätte er sich an die Fersen von diesem Heinrich Gross geheftet und ihn zur Strecke gebracht.

Ach, Mozart, was träume ich denn! Das war ja nicht das

Problem. Alle Welt wusste, dass er ein Mörder war, nur die Gerichte sahen zur Seite, bis Totschlag verjährt war, für Mord wollte man ihn nicht anklagen, und später sei er nicht mehr verhandlungsfähig gewesen, behauptete dement zu sein – das aber mit großer Entschiedenheit. Wie war das alles möglich gewesen, in dieser modernen Zeit? Da fiel ihm der resignierte Satz des Dr. Vogt ein, der, nachdem er Zawrel kennengelernt hatte, sich darangemacht hatte, Gross vor ein Gericht zu bringen: »Unser unschuldiges Land will keine schuldigen Täter«.

Da stand auf dem Grabstein, dass Zawrel Träger des Goldenen Verdienstzeichens der Stadt Wien und des Goldenen Ehrenzeichens der Republik Österreich geworden war. Wie schön! Mozart war gerührt. Aber dann dachte er sich, wäre es nicht noch schöner gewesen, etwas vom Leid und Kampf dieses Mannes gegen die Nazi-Medizin auf den Stein zu schreiben? Und oben auf dem Grabstein sah er das Foto dieses kleinen Mannes, und jetzt wusste er, warum ihm Zawrel just bei Frankl eingefallen war: beide waren verfolgt worden, und beide hatten nicht aufgegeben. Beide hatten überlebt.

Die Friedhofsbesucher sahen einen mittelalterlichen Mann, der forsch und immer forscher und voller Zuversicht einem Tor des Zentralfriedhofs entgegenstrebte. Ja, ich Mozart, werde auch nicht aufgeben! Und als gar ein Flugzeug tief fliegend Schwechat ansteuerte und die Friedhofsruhe störte, wagte Mozart ein kleines Liedchen zu pfeifen. Einer Dame entging das nicht. Pfiff der da »Es lebe der Zentralfriedhof«? Sie wollte ihn schelten, aber da war er schon

[Nachzuhören unter: https://youtu.be/GShSDyrJ2x0]

um die Ecke gerauscht. Sie schaute ihm vorwurfsvoll hinterher. Dass Mozart nicht allein war, dass er von zwei Männern begleitet wurde, hatte sie nicht gesehen, und so auch nicht, dass Nietzsche und Kierkegaard kaum mit Mozart hatten Schritt halten können.

Als Mozart abends sein Notizbuch hervorzog, war von dieser Zuversicht leider nicht mehr viel geblieben. Eher haderte er jetzt mit seinem Schicksal, denn da hatte sich der Hart wieder nach vorne gedrängelt.

Dr. Hart.

Vielleicht hätte ich zu Fuß nach Hause kommen sollen.

Jetzt bin ich mir nicht mehr so sicher.

Bankräuber oder Geisel? Niemals Geisel, da hätte der Bankräuber nach kurzer Zeit aufgegeben und sich freiwillig der Polizei gestellt. Ja, die süße Stille der Zelle.

Gemeinsame Vergangenheit?

Was bedeutet das? Hier habe ich einen verzweifelten Zyniker getroffen. Einen Defätisten mit Unbehagen an der Kultur, teils gefangen in Kleinigkeiten (Piercing, Tattoo …), dann wieder mit einem Rundumschlag, der seinesgleichen sucht.

Auch viel Wahres dabei, aber ich mag es ihm einfach nicht glauben.

Stopp! Ein Wiener.

Wie heißt doch dieser Spruch, der niemandem zuzuordnen ist, aber doch wohl von Tucholsky stammt? Die Deutschen und die Österreicher unterscheiden sich durch die gemeinsame Sprache. Die Wiener und Grazer wohl auch.

Das war aber auch kein richtiger Wiener Schmäh. Das war schon zu nekrophil. Aus Altaussee kann er das nicht mitgebracht haben.

Wohl zu lange in Berlin studiert?

Also eher Bankräuber.

Aber:

Kann so einer an einem kollektiven Banküberfall teilnehmen, gemeinsam mit Georgis?

Kaum.

Kann der sich an irgendeinen Plan halten, bei dem Defätismus?

Kaum.

Ist das hier alles vertane Liebesmüh?

Wann geht es endlich mal voran?

Der Doktor von der Terrassenhaussiedlung

Dr. Ende hatte seine Ordination in der bekannten Terrassenhaussiedlung in Graz-St. Peter. Das waren vier mo-
numentale, lang gestreckte graue Betonklötze, der erste
Großwohnkomplex dieser Art in Österreich, jeder Block
in sich selbst unterschiedlich hoch, hoffnungsfroh in den
1970er-Jahren erbaut. Auf den ersten Blick hatten sie für
Mozart schon vor Jahren abstoßend gewirkt, aber Menschen, die hier wohnten, liebten die Siedlung. Es waren auch
Eigentumswohnungen unterschiedlicher Größe, in den unteren Etagen mit großen Terrassen versehen, die ihre An-
wohner mehr oder weniger grün oder geschmackvoll hielten, die meisten mit einer Liebe zu Blumen, Sträuchern
und Bäumen. Auf den Dächern, also auf den Terrassen der
Penthäuser, wuchsen ebenfalls richtig große Bäume. Als die
Siedlung erbaut wurde, waren ringsherum fast nur Felder.
Sie war dem jungen Mozart damals wie ein Felskap erschie-
nen. Er nannte die Siedlung »Klein-Gibraltar«. Das Einzige, was Mozart so richtig störte, waren die orangefarbe-
nen Balkoneinfassungen der oberen Stockwerke. Das war
vielleicht der Geschmack der Siebzigerjahre gewesen, sah
heute aber billig aus. Nicht umsonst haben Billigketten oft
die Farbe Orange in ihrem Logo oder in der um das Gebäude herumlaufenden Banderole.

Es bestand für Mozart kein Zweifel, dass Ende wie auch
Hart von Georgis informiert worden war. Also brauchte er
sich nicht zu verstellen. Er hatte sich als Kriminalkommis-

sar vorgestellt und Ende gesagt, dass er ihn zum Bankraub befragen wolle. Er hätte ihn einfach in sein Büro bestellen können, aber er wollte sich wie bei den anderen ein Bild von der Ordination und damit auch von Ende machen. Mozart hatte einen Arzt-Freund, der manchmal als Notarzt im Einsatz war. Und der hatte ihm erzählt, dass es drei verschiedene Patienten gibt: den Patienten in der Klinik, den Patienten in der Ordination und den Patienten zu Hause. Alle drei würden sich unterscheiden. Wieso?, hatte Mozart gefragt. Ganz einfach: Wie fühlen Sie sich, wenn Sie in der Klinik in einem hinten geschlitzten hellgrünen Nachthemdchen bei der Visite einem Primar und vielleicht noch einem Rattenschwanz von einem Oberarzt, einigen Assistenten und Krankenschwestern gegenüberstehen, äh, zumeist gegenüberliegen? Etwa gleichwertig? Nein, unterlegen. Und in der Ordination spürt der Patient sofort den Zeitdruck, unter dem der Doktor steht. Nein, nur zu Hause oder in seinen privaten Gemächern ist der Patient er selbst, der Mensch.

Das hatte Mozart eingeleuchtet. Er hatte Hausbesuche zu seiner Devise gemacht, wenn er Leute interviewte, sooft es ging.

Er klingelte, öffnete die Tür und stand in einem hellen, großzügigen Warteraum, nur dass dort niemand wartete. Hier schienen nie viele Menschen zu warten, denn es gab nur einen Stuhl und ein elegantes, dunkelgrünes Ledersofa. Über dem Sofa drei Fotografien von verschiedenen Bambuspflanzen, dann einige wilde Acrylbilder. Mozart war sofort klar, dass Georgis und Ende sich gut kannten, als er auf einem Bild die Insignie »Hammerl Karl« las. Ein Bild gefiel ihm besonders. Da ratterte ein Zug aus einem Tunnel heraus und in einen anderen hinein, und über den Berggipfel schaute so eine Art grimmiger Geist. Der Semmering fiel ihm ein. Berggeist vom Semmering? Hoffentlich kam der Zug wieder heraus aus dem Tunnel. Hoffentlich komme ich, Mozart, je wieder heraus aus diesem Schlamassel!

Nun saß er Dr. Ende im Sprechzimmer gegenüber. Das Zimmer hell, weil zwei große Fenster sich zu zwei Terrassen öffneten. Die Terrassen zwar kein Blumenmeer, aber doch einige blühende Hibiskusstauden; viel Grün, kleine Bäume, Zypergras, Bambus. Der Doktor vor einer großen Bücherwand in einem roten Hemd und mit heller Hose. Ein Arzt mit einem roten Hemd? Erstaunlich. An der Wand ein Rollbild mit chinesischen Zeichen. Was das Bild darstellte, konnte er nicht genau entziffern.

»Was führt Sie zu mir?« Das war Endes Einstiegsfrage, Patient oder nicht.

»Sie kennen Dr. Georgis?«

»Sicher.«

»Woher kennen Sie ihn?«

»Wir haben zur selben Zeit in Berlin studiert.«

»Zusammen?«

»Nein, ich war zwei Semester über ihm.«

»Da haben Sie sich also nicht viel gesehen.«

»Doch.«

»Doch?«

»Ja, außerhalb der Uni.«

»Wieso?«

»Wir haben eh kaum studiert, also zumindest nach dem Physikum nicht mehr.«

»Wieso?« Mozart dachte sich, warum er ihm alles aus der Nase ziehen musste. Und dabei lächelt der noch die ganze Zeit. Es kommt noch so weit, dass er mich nervös macht.

»Es klingt für Sie vielleicht etwas witzig. Aber wir haben Revolution gemacht. Oder sagen wir mal, wir hatten das Gefühl, bei einer Revolution dabei zu sein.«

»Und wieso vor dem Physikum studiert?«

»Das ist die eigentliche Hürde im Medizinstudium. Da müssen Sie den ganzen Quatsch lernen, den sie hinterher nie mehr brauchen und eh zu neunzig Prozent vergessen. Anatomie und Physiologie sind die Ausnahme, die braucht man wirklich.«

»Wenn Sie Revolution machten, waren Sie sicherlich organisiert.«

»Das versteht sich, unser ganzes Denken kreiste um den Begriff des Kollektivs.«

»In der Roten Zelle Medizin?«

»Oh, ich sehe, Sie sind gut informiert. Mein Kompliment! Aber jetzt frage ich Sie, ob Sie wissen, was die Roten Zellen waren? Nicht, dass Sie das mit den Roten Brigaden in Italien, den Brigate Rosse, oder sonstigen militanten Kommandos verwechseln. Nein, wir haben diskutiert, Flugblätter geschrieben, Demonstrationen gemacht, aber keine Waffen. Vielleicht ab und zu was an die Wand der Physiologie gesprüht, aber dabei schon ein schlechtes Gewissen gehabt, nicht wie die Sprayer heute.«

»Ihnen liegt viel daran, dass Sie in einem bestimmten Licht dastehen.«

»Ja, in dem Licht, in dem ich stand, in dem wir standen.«

»Und das wäre?«

»Eine jugendliche Begeisterung, der Wunsch nach einem besseren Leben. Nicht unbedingt besser im Sinne von Wohlstand, sondern von Offenheit, Menschlichkeit, Freiheit, Gleichheit, Frieden, Nie wieder Krieg.«

»Und das Proletariat?«

»Sie sind noch besser informiert als ich dachte. Ja, unsere Emanzipationsbewegung, die Studentenbewegung, entsann sich zu einem bestimmten Zeitpunkt, dass wir das ja eigentlich gar nicht dürften, wir, die Kinder des Bürgertums. Das eigentliche revolutionäre Potenzial sei ja das Proletariat. Einige von uns gingen in die Fabriken. Ehrlich gesagt kamen die meisten nach kurzer Zeit desillusioniert zurück.«

»Dieselbe Desillusion wie die Sache mit den Gesundheitsläden?«

»Oh, schon wieder gut informiert. Aber Sie haben recht, ja, dieselbe Desillusion.«

»Haben Sie da mit Dr. Georgis zusammengearbeitet?«

»Nein, ich war an keinem Gesundheitsladen beteiligt. Außerdem war Georgis nur kurze Zeit bei der Roten Zelle. Die Linke begann sich ja bald aufzuspalten, er gehörte dann einer anderen Fraktion an. Dann habe ich ihn nur noch bei gemeinsamen Aktionen oder bei Teach-ins gesehen. Und wenn wir uns zufällig in der Kneipe trafen, z.B. bei HERTA, der berühmten linken Kneipe Schlüter-, Ecke Goethestraße, dann wussten wir nicht so recht, wie wir miteinander umgehen sollten. Die einzige Lösung war, mit- oder gegeneinander zu kickern, also wutzeln, wie es hier heißt. Aber irgendwann haben wir uns völlig aus den Augen verloren.«

»Wieso nennen Sie diese Kneipe und wissen die Adresse so genau?«

»Ich wohnte in der Goethestraße, zweihundert Meter entfernt. Wir wohnten ja fast alle in der Gegend, in Charlottenburg. Diese großen alten gutbürgerlichen Berliner Wohnungen, ja, die hatten was. Wir Revolutionäre wollten nicht in modernen, gesichtslosen Siedlungshäusern wohnen.«

»Nur so nebenbei: Wer wutzelte besser von Ihnen beiden?«

»Oh, das weiß ich echt nicht mehr. Aber spielt auch keine Rolle. Da gab es Leute, die steckten uns alle in die Tasche. Besonders der Wirt von HERTA. Hab seinen Namen vergessen. Eine echte Berliner Schnauze mit Haaren wie Jimmy Hendrix und schon damals mit so einem Zuzelbart, nur in Rot, also Naturrot, ein echter Meister. Aber der spielte nur selten, nur gegen den Gewinner des Abends.

Apropos Meister. Hören Sie das, die Musik da draußen, das Vibraphon? Nein?«

Ende ging zum Fenster, öffnete es und zeigte bedeutungsvoll nach draußen.

»Das ist doch nicht Bernd Luef?«

»Ja! Ich staune schon wieder. Sie sind wohl doch ein echter Mozart. Der Luef wohnt da drüben, und immer, wenn er spielt oder übt, mache ich das Fenster auf und lass meine Patienten zuhören. Das ist einer der weltbesten Vibraphon-Spieler, dazu absolut witzig und mit dem Herz auf dem richtigen Fleck.«

»Das was genau bedeutet?«

»Ein Herz für die Leute auf der Schattenseite des Lebens, die Unterdrückten, Entwurzelten, Flüchtlinge. Konzerte mit ihm sind immer sensationell. Zu jeder seiner Kompositionen erzählt er eine kleine Geschichte. Der kann sich dermaßen an der Musik begeistern, dass er wie ein junges Schäfchen auf und ab springt.«

Trotz des Lobes über sein Gehör war Mozart etwas unruhig geworden.

»Können wir jetzt über etwas Wichtigeres sprechen?«

»Oh, verzeihen Sie, Herr Kommissar, ja, ich lasse mich schon sehr leicht ablenken, vor allem von Musik, vergesslich dazu, bin ja auch keine sechzig mehr.«

Mozart lachte.

»Den Spruch hab ich von meinem Freund Ralph aus Hamburg, nicht auf meinem Mist gewachsen. Bin ein ehrlicher Mensch, ziere mich nicht mit fremden Federn.« Ende lächelte verschmitzt.

»Sie wissen, warum ich hier bin?«

»Sie erzählen es mir.«

Was für ein gewiefter Kerl, dachte sich Mozart.

»Okay. Sie haben von dem Bankraub bei der BANK FÜR GRAZ UND UMLAND gehört?«

»Sie meinen letzten November? Ja. Oder gibt es schon wieder einen?«

»Nein, eben den.«

»Sie wissen, dass Dr. Georgis daran beteiligt war?«

»Sie machen Witze.«

»Nein?«

»Nein.«

»Haben Sie denn in der letzten Zeit nicht mit Dr. Georgis gesprochen?«

»Doch.«

»Dann hat er Ihnen doch sicher erzählt, dass er da beteiligt war.«

»Entschuldigen Sie, Herr Inspektor.«

»Inspektor gibt's kan.«

»Ah, darauf hab ich gewartet. Wollte wissen, ob Sie auf den Kottan-Schmäh anspringen. Danke! Also, Herr Kommissar, wir haben telefoniert, und er hat mir gesagt, dass er bei dem Bankraub als Geisel genommen worden war, wenn Sie das unter ›beteiligt‹ verstehen.«

»Was noch?«

»Er hat mir erzählt, wie das war, dass er sich vor Schiss beinahe in die Hosen gemacht hat.«

»Sonst nichts?«

»Doch, dass Sie aufgekreuzt sind, und dass er dadurch richtig erleichtert war. Er hatte eine ziemliche Angst vor BR Müller, wie Sie ihn nennen.«

»Und wie nennen Sie ihn?«

»Nun, BR Müller, das ist ja wohl die Bezeichnung der Polizei.«

»Woher wissen Sie das? Dieser Name stand in keiner Zeitung, kam nicht im Radio, ist polizeiintern.«

»Na, hoffentlich haben Sie da nicht ein Amtsgeheimnis ausgeplaudert, Herr Kommissar. Sie haben gegenüber meinem Freund Georgis von BR Müller gesprochen. Leugnen sinnlos.«

»Scheiße!«

»Ich bitte Sie. So spricht doch kein Kommissar. Haben Sie nicht gelernt, Ihre Enttäuschung zu verheimlichen? Okay, ich möchte Sie um noch etwas bitten. Hören

Sie mit den Versuchen auf, mich reinzulegen. Sie können mich nicht reinlegen, weil nichts reinzulegen ist. Ich kenne eine Geisel des Bankraubs, basta, Schluss, aus, niente, finito.«

»Und Sie haben keine Ahnung, wer der Bankräuber gewesen ist?«

»Jetzt machen Sie schon wieder weiter. Verraten Sie mir bitte: Wie – soll – ich – davon – eine – Ahnung – haben? Da Sie vorhin schon den Begriff der Beteiligung etwas eigenartig definiert haben: Ich bin der Bekannte, nein, der Freund einer Geisel. So weit also meine Beteiligung.«

»Aber Sie haben Georgis doch nach Graz auf den Kongress geholt.«

»Wieder so eine Behauptung. a) war es nicht sein erstes Mal und b) ist er von selbst drauf gekommen, weil ihn der psychiatrische und psychosomatische Teil besonders interessierte, zuletzt, glaube ich, vor drei Jahren. Die letzten zwei Jahre fand er das Programm nicht so toll, oder er hatte andere Gründe, und da kam er nicht.«

»Und am Samstag, also am Tag danach, ist Ihnen da nichts an ihm aufgefallen?«

»Herr Kommissar, jetzt enttäuschen Sie mich aber wirklich. Alles Lob von vorhin zurückgenommen. Langsam werde ich ungeduldig mit Ihnen. Wer hat denn bei Ihnen recherchiert? Oder machen Sie das vielleicht selbst? Oder basteln Sie da an einer Finte? Wir haben uns schon Freitag mittags verabschiedet, ich hatte meinen Kurs und bin abends nach Wien gefahren, wo ich für unsere Gesellschaft, die NADA, unterrichte. Ich sag Ihnen das, damit Sie nicht erst noch recherchieren müssen.

»Was haben Sie denn mit der Nationalen Anti-Doping Agentur zu tun?«

»Ja, der typische Fehler. NADA steht für National Acupuncture Detoxification Association, eine Akupunktur für abhängige und immer mehr auch für psychisch kranke oder auch nur gestresste Menschen. Unsere NADA ist älter, wurde 1985 in New York gegründet, aber man hat wohl vergessen, den Namen zu schützen. Jetzt besetzt die Doping-NADA die ersten Seiten im Netz.«

»Und gegen welche Süchte oder Krankheiten geht es?«

»Wieder falsch. Es geht nicht gegen, sondern für. Fünf kleine Nadeln im Ohr und ein bestimmter Umgang mit den Betroffenen – vor allem wertschätzend – und die Menschen fühlen sich gestärkt, kriegen Kraft, um ihr Leben zu verändern. Ich würde Ihnen gerne mehr darüber erzählen, aber unsere vereinbarte Zeit ist vorbei, tut mir echt leid. Sie können ja mit meiner Sprechstundenhilfe noch einen Termin ausmachen. Aber ich warne Sie, ich quatsche gerne.«

Mozart dachte sich: Das war jetzt der überflüssigste Satz des Tages. Die leiden doch alle unter Logorrhö. Der hier allerdings etwas weniger als Hart in Wien. Ich komme ja immerhin ab und zu zu Wort.

»Herr Kommissar, Sie kennen doch sicherlich den ›Spiegel‹, das Nachrichtenmagazin. Wissen Sie, was der berühmteste Satz des Spiegels ist? Nein? ›Wir danken Ihnen für dieses Gespräch.‹«

»Ich danke auch. Ich brauche von Ihnen noch eine DNA-Probe.«

»Bitte, bedienen Sie sich, nehmen Sie mein Häferl, von dem ich gerade getrunken habe.«

Mozart notierte in sein Notizbuch:

Eigentlich kann ich ja Gutmenschen nicht ausstehen. Aber nach dem Wiener Zyniker war das doch recht wohltuend.

Endlich keine »Oder«-Fragestellung mehr. Weder Geisel noch Bankräuber, war ja nicht dabei. Die unauffällige Nummer vier?

Möglich.

Reden die bewusst so viel? Wollen mich nicht zu Wort kommen lassen? Damit ich keine guten Fragen kreiere? Komisch. Sie reden zu lassen ist ja eigentlich meine Methode. Aber so habe ich mir das nicht vorgestellt. Na ja, irgendwann wird sich schon einer verplappern.

Logorrhö hin oder her: Ich werde ihn noch einmal besuchen müssen.

Am Wochenende werde ich auf den Schöckl gehen. Und dann Yoga bei Marianne.

Erst Kommunist, jetzt Gutmensch und auch noch Veganer!

»Dr. Ende, was mich heute interessiert: Wie haben Sie Dr. Georgis eigentlich wiedergetroffen? Wie ich weiß, gehörten Sie ja zu unterschiedlichen Gruppen.«

»Ich muss kurz ausholen. In den Siebzigerjahren kamen die K-Gruppen in eine existenzielle Krise. Am meisten aus dem Fenster gehängt hatte sich die KPD, zuvor KPD-Aufbauorganisation, KPD/AO. Alle anderen Gruppen hatten sich gescheut, den alten Namen der KPD anzunehmen. Der Name KPD, das war irgendwie sakrosankt. Wer das tat, erhob also den Anspruch, die, ich betone: die Nachfolgeorganisation der alten, verbotenen KPD zu sein. Das machte die neue KPD bei den anderen Gruppen nicht wirklich beliebt. Das war nicht nur anmaßend, das kam irgendwie blasphemisch daher. Die KPD gab dann die ›Rote Fahne‹ heraus. Fortsetzung der Blasphemie. Zu Anfang wurde sie verteilt, aber irgendwann hieß es, jetzt werde sie verkauft. Ich wurde im Wedding eingesetzt, alter Arbeiterbezirk, Badstraße, Ecke Pankstraße. Gegenüber auf der anderen Seite – ich wollte es kaum glauben – Christian Semler, die Lichtgestalt, der sollte hinterher der Vorsitzende werden. Das war eine ziemlich frustrierende Erfahrung. Nach zwei Stunden hatte ich zwei Exemplare verkauft, schämte mich, aber Christian Semler – nur ein einziges. Das durfte nicht sein, also sagte ich ihm, dass ich auch nur eine Rote Fahne verkauft hätte.

Manchmal kam ich mir schon wie ein Zeuge Jehovas vor. Das Schlimmste aber war Jahre später in Hamburg, wo ich vor der Gummifabrik Phoenix verkaufte. Zwei Exemplare in einem Jahr, und die kaufte ein Betriebsrat, der einfach mal wissen wollte, was wir da so schrieben.«

»Waren Sie denn Mitglied der KPD?«

»Nein, das ging ja auch nicht so einfach. Die KPD war eine Kaderpartei alten Stils. Man wurde kooptiert. Das war eine Ehre. Man unterschied zwischen Kadern und Sympathisanten.

Es ist heute auch für mich kaum mehr vorstellbar. Aber der Begriff ›die Partei‹ hatte so etwas von einer Verehrung, nahezu von einem Heiligenschein. Wer sollte der Vorsitzende der KPD sein? Das durfte nicht einfach jemand sein, der der Beste war. Vom Vorsitzenden wurde eine gewisse Unfehlbarkeit erwartet, die Spitze der Erkenntnisspirale. Der dialektische Materialismus galt uns ja als die höchste Form der Erkenntnis. Ein Vorsitzender sollte weise die Richtung vorgeben, auf alle Schwierigkeiten der Welt eine Antwort parat haben. Ich muss das heute mit der Stellung des Papstes vergleichen, also nur, was das ›heilige‹ Wissen betrifft. Irgendwie skurril: Der dialektische Materialismus sollte die Welt erklären, galt uns als die höchste Erkenntnisstufe, und wir schufen aus einer Theorie ein Dogma.

Und dann wurde eines Tages verkündet, dass das Parteiprogramm bald erscheinen werde. Das Parteiprogramm war auch so ein Mythos. Wenn man das erst einmal hatte, dann besaß man den Schlüssel zur Gewinnung der Massen.

Die Genossen fieberten dem Parteiprogramm entgegen.

Und dann war es da!

Ich las es und wollte meinen Augen nicht trauen: aber so etwas von banal! Da hatten wohl die führenden Genossen so lange an dem Programm gefeilt, bis jede Lebendigkeit aus ihm rausgeprügelt worden war. Hölzerner ging es nicht mehr. Nur Allgemeinplätze, ungefährdete Allgemeinplätze. Damals waren wir schon so weit, dass man keine falschen Aussagen riskieren durfte. Da war man dann schnell abgestempelt. Ich hatte dann die Frechheit, gegenüber einigen Genossen zu sagen, dass ich das für eine trotzkistische Fälschung halte. Die Trotzkisten waren ja auch so ein Feindbild von uns. Ich hatte eigentlich keine Ahnung, was der Trotzkismus wollte, wofür er stand, aber egal. Und als ich diese Vermutung geäußert hatte, war es auch schon um mich geschehen. Ich war damals als Sympathisant in der Liga gegen den Imperialismus, einer von der KPD initiierten Massenorganisation, wo man sich als Sympathisant bewähren konnte, Hauptstichwort Vietnamkrieg. Ich merkte, wie ich plötzlich geschnitten wurde, und nicht viel später war ich ausgeschlossen, gemeinsam mit einigen anderen Genossen, mit denen ich in derselben WG wohnte. Sippenhaft! Das ging ruckzuck! Es gab zwar so eine Art Verhandlung, aber wir kamen eigentlich nicht mehr zu Wort. Wissen Sie, mit welchem Vorwurf wir aus der Liga geschmissen wurden? Als Arbeiterverräter!

Heute kann ich darüber lachen, damals allerdings nicht. Das ist ja doppelte Ironie. Da werden wir aus einer Massenorganisation als ›Arbeiterverräter‹ entfernt, einer Massenorganisation, die ja nichts mit dem Proletariat zu tun hat, und zweitens rausgeschmissen von Leuten, die alle studierten oder damit schon fertig waren. Das war schon der Beginn des Sektierertums, der endgültige Übergang zum Sektenhaften. Zweifel wurden als Blasphemie empfunden. Und wenn Sie nicht mehr zweifeln dürfen, nicht mehr Gewagtes aussprechen dürfen, wenn Sie sofort mit Liebesverlust rechnen müssen, dann geht's auch schon den Berg hinunter.«

»Liebesverlust? Sex, oder wie soll ich das verstehen?«

»Nein, freie Liebe und so, das war die Studentenbewegung. Ich meine Liebesverlust im übertragenen Sinne. Die Partei war ja wie eine Familie, und die da oben waren die Eltern. Und wenn die einen als böses Kind brandmarkten, dann schnitt das tief ins Herz. Dann hatte man Angst, allein dazustehen.

»Sind Sie heute noch Kommunist?«

»Nein, so würde ich das nicht sagen. Ich verstehe mich in gewisser Weise als Marxist, aber nur in gewisser Weise: Ich finde die gesellschaftliche Analyse von Marx und Engels grundsätzlich richtig. Aber Marx und Engels waren ja keine Arbeiterführer, sie haben nicht vorgegeben, wie die von ihnen beschriebenen Ziele umgesetzt werden sollten. Kommunismus im Sinne von Lenin oder gar Stalin? Gott behüte!

Mein Kommunismus stand für Freiheit und nicht für Bespitzelung und letztlich Unterdrückung. Die Kaderpartei, die Vorhut des Proletariats, ist ein Systemfehler. Sie haben sich alle zu Diktaturen entwickelt. Alle! Sie haben alle eine Sicherheits- oder Geheimpolizei aufgebaut, die in westlichen Ländern ihresgleichen sucht. Das Dilemma: Nach dem Sieg der Revolution sagt die Partei, die Massen sind noch nicht so weit. Wir können die Massen nur in Form ihrer am ›weitesten entwickelten Köpfe‹ wählen lassen. Also die Partei, und da das ZK, und da das Politbüro. Mit dieser Aussage ist das Ende vorgegeben. Das weiß ich heute, nicht aber damals. Wir waren ja nicht Anhänger der Sowjetunion, sondern Chinas. Ja, ich war Maoist. Ich weiß noch genau, wann und wo ich die ersten Texte von Mao gelesen habe: ›Über den Widerspruch‹, ›Dem Volke dienen‹, ›In Erinnerung an Norman Bethune‹ …«

Ende schwieg, legte den Kopf etwas zurück und schaute auf die Terrasse hinaus.

»Ich weiß auch noch genau, wie gerührt ich da war. Ich war fasziniert. Ich ging sofort los und kaufte mir Maos Ausgewählte Werke. Das waren vier dicke, elfenbeinfarbene Bände mit seinem Konterfei vorne drauf. Ich glaub, ich habe fast alles gelesen, ja verschlungen. In meinem Zimmer in der Goethestraße hing ein großes Plakat von Mao, wie er da mit wehendem Mantel an einem Strand steht. Wir nannten es aus Spaß ›Mao auf Sylt‹.«

»Darf ich unterbrechen? Wie sehen Sie das heute? Mao wird doch auch als Massenmörder bezeichnet, verantwortlich für den Tod von Millionen.«

»Was ich Ihnen jetzt sage, dafür hätte ich mich vor Jahren in den Arsch gebissen. Bitte entschuldigen Sie diesen eines Arztes wahrscheinlich unziemlichen Ausdruck. Meine entscheidende Erkenntnis ist, dass es keine ideale Gesellschaft gibt. Jeder Versuch, so etwas herzustellen, führt zur Diktatur – und zur Verarmung. Die Texte von Mao sind eine Sache. Seine reale Politik eine andere. ›Der Große Sprung nach vorn‹ endete in einer Hungerkatastrophe, die Kulturrevolution in einem großen Desaster, auch vielen Toten, ökonomischem, sozialem und kulturellem Stillstand. Das ist nun auch schon fünfzig Jahre her.

Und heute? Schauen Sie sich Nordkorea an. Unfassbar! Es kann keine Gesellschaft der Gleichen geben. Die Menschen sind aus verschiedenen Gründen unterschiedlich. Versucht man sie gleich zu machen, geht die Spirale immer weiter nach unten, die schon erwähnte Unfreiheit verbunden mit Armut. Also gibt es nur eine Lösung: den Kompromiss, den Versuch, schlimme Auswüchse der Gesellschaft durch einen einigermaßen organisierten und zivilisierten Umgang miteinander zu vermeiden. Ich habe tatsächlich für den westlichen Kapitalismus derzeit keine Alternative. Allerdings ist unser Kapitalismus nach innen hin erträglich, nach außen brutal, wenn man das im globalen Maßstab sieht. Also unsere Welt gegen die sogenannte Dritte Welt. Da haben bislang die Mechanismen versagt, die bei uns intern einigermaßen funktionieren. Ich meine die Sozialpartnerschaft. Aber die hat auch zusehends einen schwereren Stand.«

»Was ist das mit dem globalen Maßstab?«

»Nehmen wir den Klimawandel. Es zahlen die Menschen dafür, die am wenigsten zu ihr beigetragen haben, grob gesagt, die Menschen der Dritten Welt. Das Fatale ist, dass die globale Marktwirtschaft sich aus inneren Zwängen heraus selber den Ast absägt, auf dem sie sitzt. Das ist faktisch nicht zu stoppen. Die Konkurrenz erfordert ein Mehr, ein Schneller, der Wettlauf um den Profit ist der dauerbrennende Ofen für die ökologische Katastrophe. Wir gehen offenen Auges auf sie zu. Die Katastrophe ist ja viel breiter, als wir sie wahrnehmen. Da ist das Insektensterben, von dem das Bienensterben auch nur ein Teil ist. Den Chemiefirmen ist das völlig egal, also als Firma. Wenn Sie mit einem Menschen reden, der so eine Firma leitet, dann ist man vielleicht derselben Meinung. Der findet das auch alles sehr schrecklich. Aber als Boss kann er nicht anders. Also wird die giftige Wirkung der Chemikalien für die Umwelt einfach geleugnet, genau wie jahrzehntelang die Wirkungen des Nikotins. Ein Beispiel nach dem anderen. Alle wissen es, aber als Teil der Ökonomie handelt man gegen sein eigenes Wissen – und auch Gewissen. Keine Insekten, weniger Vögel. Mehr Konsum von Schweinefleisch bedeutet mehr Sojaanbau. Mehr Sojaanbau weniger tropische Wälder. Mehr Palmölbedarf weniger Urwald in Indonesien. Und damit verschwinden auch all die Tiere, die dort über Tausende von Jahren ihr Zuhause hatten. Vor Jahren war ich aus moralischen Gründen gegen die Tierhaltung im Zoo. Aber in dreißig, fünfzig Jahren wird es viele Tiere überhaupt nur noch im Zoo geben.

Ich habe sozial bewusste Freunde, doch die kaufen sich immer größere Autos. Vor dreißig Jahren gab es noch Kleinwagen, heute möchte jeder so einen ›Suff‹.«

»Einen was?«

»Ja, das ist meine Bezeichnung für SUV. Es gibt nur eine Begründung für diese Ungetüme: Angeberei. Größer, dicker, kräftiger. Da höre ich: ›Ja, ich möchte meine Kinder sicher zum Kindergarten bringen. Und ich sitze gerne hoch.‹ Aha, antworte ich, und die Unfallgegner werden gleich zermalmt, oder wie? Warum nicht gleich einen Panzer? Dieser amerikanische Hummer war ja letztlich schon so einem US-Panzerwagen nachgebildet. Und wenn jemand hört, dass ich Veganer bin, werde ich mitleidig angeschaut, so als ob ich nicht ganz richtig im Kopf wäre. Ich dreh dann den Spieß um und sage: ›Ich habe keine Schwierigkeiten zu erklären, warum ich keine Tiere töte.‹ Die meisten haben darüber noch gar nicht nachgedacht. Ist das nicht pervers? Da sehen sie Sendungen mit Biobauern, die von ihrem innigen Verhältnis zu ihren Tieren schwärmen, die sie beim Namen nennen und vor der Kamera hinter den Ohren kraulen, damit sie sich wohlfühlen und glücklich sind – und dann schlachten die ihre Lieblinge. Und schwärmen vom schönen Tod.«

»Sie sind also aus moralischen Gründen gegen den Genuss von Tierfleisch?«

»Ja, aber es gibt auch noch die ökologische Seite. Wissen Sie, dass der wachsende Fleischkonsum zu einer immer größeren Umweltbelastung wird, zu einem immer größeren Teil der Treibgasproduktion? Kürzlich schrieben die Zeitungen, dass die Schweizer Kühe immer größer und schwerer werden – gezielte Züchtung, damit sie mehr Milch produzieren. Na wunderbar, denkt man sich. Aber die ungeheure Menge an Methangas, die die Kühe ausstoßen! Und Methan ist fünfundzwanzigmal umweltschädlicher als Kohlendioxid.«

»Herr Doktor, Sie haben mich jetzt ziemlich gut über ihre sozialen und politischen Ansichten informiert. Kommen wir zur Frage: Was tun?«

»Auf der politischen Ebene heißt das, miteinander zu reden. Wie oft bin ich mit einer ganz festen Meinung in eine Diskussion gegangen und kam nachdenklich – nachdenklich über meine eigenen Positionen – wieder heraus, hab mich geärgert, dass ich nicht überzeugend war. Meistens gibt es an der gegenteiligen Position Anteile, die begründet sind oder gegen die ich nichts einwenden kann. Also ist Maos Formel Widerspruch zwischen Volk und

Feind auch wieder keine absolute Leitlinie, denn die Grenzlinien werden von unterschiedlichen Leuten unterschiedlich interpretiert. Wenn ich meine Position ungefährdet behalten möchte, dann rede ich nicht mit meinen ›Gegnern‹. Dann fällt es mir leicht, die anderen zu verteufeln. Miteinander leben heißt miteinander sprechen, sich verändern können.«

»Würden Sie auch mit den Rechtspopulisten und zum Beispiel den Identitären reden?«

»Natürlich. Obwohl die Kiste schon ziemlich festgefahren ist, nicht nur rechts, auch links. Die einen lehnen aus ihren kleinbürgerlichen Ängsten heraus das Fremde ab, und die anderen? Nur um den Rechten kein Futter zu geben, tun sie so, als ob die Fremden hinten und vorne bedient werden müssen. Als Fremder, der hier Asyl sucht, habe ich auch eine gewisse Bringschuld, bin in dieses Land hier geflüchtet, muss mich irgendwie umschauen, wie die Dinge hier laufen. Welche Stellung hat hier bei uns die Frau? Da hat vor Kurzem ein irakischer Vater der Lehrerin seines Sohnes den Handschlag verweigert. Er wolle nur mit einem Mann reden! Und dass sie seinem Sohn eine Fünf gegeben hat, sei reiner Rassismus. Nein, er ist der Rassist, er ist der Unaufgeklärte, der unaufgeklärte Patriarch, der seine Frau zwingt, ein Kopftuch zu tragen. Warum trägt er denn kein Kopftuch? Das wäre doch mal was. Aber stattdessen verpacken sie ihre Frauen in einen Sack. Wissen Sie, dass es im neunzehnten Jahrhundert große Ansätze einer Aufklärung in den islamischen Ländern gegeben hat? Das kann man heute kaum glauben. Aber wieso kam es dann zu diesem Rückschritt, fragt man sich? Na ja, bevor wir hochmütig werden, eine Gegenfrage: Wie war denn der Nationalsozialismus möglich, zweihundertfünfzig Jahre nach der europäischen Aufklärung?

Die Linke bei uns muss endlich begreifen, dass die Zeit der Selbstgeißelung wegen unserer Geschichte ein Ende haben muss. Nur wer sich liebt, kann auch andere lieben. Und wenn ich mich laufend selbst kritisiere, dann kommt es eben zur Überhöhung der anderen. Das ist dann die andere Seite der Medaille. Und damit erstarken die Rechten und Fremdenfeindlichen. Ich las vor Kurzem von einem Buchtitel oder so. Oder war es der Klappentext? ›Warum Populisten die richtigen Fragen stellen, ihre Antworten aber nichts taugen.‹ Das trifft den Nagel auf den Kopf. Wir Linken wagen manchmal nicht die Probleme anzusprechen, weil wir Angst haben, damit den Populisten und Menschenfeinden Munition zu liefern.«

Ende hielt plötzlich inne, sah von einer Sekunde auf die andere alt und niedergeschlagen aus. »Ich muss mal wieder Selbstkritik üben: Ich habe in den letzten Minuten meine Ansichten einfach so herausposaunt. Als Kind wollte ich Missionar werden. Das war kein richtiges Gespräch, oder? Es ist schon etwas komisch: Ich kritisiere meine alten Positionen und verhalte mich dabei doch wieder wie so einer aus einer religiösen Erweckungsbewegung, also fast wie damals. Das wird noch böse enden.«

Ende hob fragend die Brauen, aber Mozart kannte den Satz nicht, der diesen deutschen Film bekannt gemacht hatte.

»Beantworten Sie bitte noch meine Eingangsfrage.«

»Ach ja, also eines Tages trafen Georgis und ich uns zufällig auf der Straße. Da haben wir uns beide angelächelt.

Und da wussten wir, dass wir beide aus unseren Organisationen rausgeflogen waren. Jetzt konnten wir wieder von Mensch zu Mensch sprechen.«

An diesem Abend notierte Mozart:

Ein Exkommunist und jetzt Kompromissler.

Oder Geläuterter? Eher nicht.

Was dann?

Immer noch Antikapitalist? Wohl.

Und was ich alles über Gott und die Welt gelernt habe!

Eigentlich ganz sympathisch.

Ein Bankräuber?

Oder zumindest der Organisator?

Um selber reich zu werden? Wohl kaum.

Ein Robin Hood?

Möglich?

Möglich.

Bankraub aus Gewissensbissen, weil er sich selbst für zu inaktiv hält?

Möglich.

Mozart, werd jetzt nicht psychologisch.

Er und der Wiener sagen, dass der Kapitalismus unweigerlich gegen die Wand fährt.

Der Wiener sieht schon die apokalyptischen Reiter galoppieren.

Aber Ende sieht zum Kapitalismus keine Alternative.

Wie passt das alles zusammen?

Passen die beiden zusammen?

Da glaube ich »alle vier« zu haben und mit jedem Gespräch ist es einer weniger.

Jetzt fehlt mir noch der Dritte, falls der Wiener der Zweite ist. Das auch nicht sicher.

Also auf nach Berlin.

Auch keine tolle Aussicht. Ist ja eine Frau.

Wird die mir was verraten?

Wie lang werden die Abteilungen noch mitmachen? Die müssten doch langsam ungeduldig werden.

Mozambo

Hier irrte Mozart. Sie waren längst ungeduldig, ja, sehr, sehr ungeduldig – wegen der Anfragen von oben, wegen der Anfragen ungeduldiger Politiker, die doch keine Ahnung hatten von der Kriminalarbeit. Aber wann immer sein Chef Mozart bei früheren Fällen herbeizitiert hatte, ihm mal ordentlich auf die Füße hatte treten wollen, war Mozart lammfromm dagesessen, hatte genickt, so als ob er allem zustimmte, auch den Zweifeln an ihm selbst. Und einmal hatte er gesagt: »Ich fasse zusammen: Dann werde ich wohl Gas geben müssen, aber im Prinzip liege ich doch richtig? Das sehen Sie doch auch so, oder?« Es blieb ihnen allen nichts übrig, als ihre Ungeduld in unnütze Muskelaktivitäten umzusetzen, unhübsch anzuschauen als auf dem Schreibtisch trommelnde Finger, als gleichmäßig auf und nieder wippende Beine, der sogenannte Ungedulds-Klonus, als nervöses Lippenzucken oder einfach nur abgrundtiefes Seufzen: »Ach, Mozart!«

Aber was sonst tun? Ja, hätte man doch nur einen besseren Vorschlag gehabt als die paar Verdachtsmomente von Mozart.

Einmal hatte sich sein Chef gedacht, dass Mozart doch irgendwie wie Columbo sei. Was er nicht wusste: Kommissar Mozart liebte Kommissar Columbo. Er hätte es nie zugegeben, denn er hielt seine Liebe geheim, gar sich selbst gegenüber so geheim, dass er es selbst kaum wusste, bis er aus Versehen hin und wieder darüber stolperte. Er hatte viel von Columbo gelernt, diesem gänzlich unamerikanischen Anti-Kommissar der bedächtigen Langsamkeit und scheinbaren Zerstreutheit. Columbo war langsam, sogar aufreizend langsam und umständlich, und er hatte noch eine Eigenart. Er glaubte an das zutiefst Menschliche: die Unvollkommenheit. Er glaubte nicht an das perfekte Verbrechen, konnte nicht daran glauben, da er ja jeden Fall löste. Und wenn er nicht weiterwusste, und er wusste oft nicht weiter – oder tat Columbo nur so? –, schaute er sich die Dokumente der Tat wieder und wieder an.

Mozart hatte auch so einen Fall gehabt, quasi der Fall, der den Grundstein für seine Verrücktheit, aber auch für die große Achtung seiner Kollegen vor diesem Sonderling legte. Da wurde ein Mann im besten Alter verdächtigt, seine Geliebte erstochen zu haben. Das Pech für ihn: Einige Nachbarn der Geliebten hatten ihn schon einige Male etwas verschämt hinein- und herausgehen sehen, hatten einen Tag zuvor einen wilden Streit aus der Wohnung der Geliebten vernommen, und als sich mitten in der übernächsten Nacht wieder ein Streit entspann, dann ein spitzer Schrei, gefolgt von einem dumpfen Schlag, gefolgt wiederum von reiner Stille, dann das Geräusch eines anfahrenden und sich entfernenden Autos – darüber waren sich die Nachbarn nicht einig – dann wieder Stille, nahezu beängstigende Stille, umso beängstigender, je mehr man hinhörte – hierüber waren sich alle einig –, bis ein Nachbar aus der sicheren Position der eigenen Wohnung die Polizei verständigte. Die fanden die Tote, der Verdächtige war schnell ausgemacht, die Polizei raste zu seinem Haus, holte den Schlaftrunkenen aus dem Bett – nicht dem Ehebett, denn er schlief schon seit Längerem von seiner Ehefrau getrennt im eigenen Zimmer – eben deswegen auch die heimliche Geliebte –, aber nachzuweisen war ihm nichts: keine Blutspuren an Körper oder Kleidung oder im Auto, keine Tatwaffe auffindbar. Ein wachsamer junger Polizist hatte inzwischen Kühlerhaube und Reifen des Autos überprüft. Allesamt kalt. Dieses Auto war zumindest seit Stunden nicht bewegt worden. Schnell noch einige Fotos vom Auto und fertig.

Der Fall schien unlösbar. Der Verdächtige leugnete natürlich alles, auch, der Geliebte der Erstochenen gewesen zu sein – natürlich nur so lange, wie seine ebenfalls geweckte Frau dabeigestanden hatte. Letzteres gab er dann später zu (das flehentliche »Aber bitte nichts meiner Frau sagen!« kennt man nicht nur aus den Filmen), aber für das anfängliche Leugnen und die vorangegangenen Seitensprünge konnte er nicht festgenommen werden.

Mozart schaute sich die Fotos vom Tatort und das Garagen-Foto immer wieder und wieder an, sehr zum Vergnügen seiner Kollegen. »Sozart, hoffst du, dass das Auto zu reden beginnt?« Mozart ließ sich nicht beirren. Er war diesen besonderen Spott gewöhnt. Spott auf dem Boden von Neid, gemischt mit Bewunderung. Das Foto war in Farbe, natürlich, aber wegen der Nachtsituation fast schwarz-weiß. Als sich Mozart dann noch eine Vergrößerung anschaute, erkannte er auf einer Stelle des hinteren linken Kotflügels einen kleinen fahlen Schimmer – fast unmerklich, aber eben doch.

Was soll's! Irgendeine Reflexion eben. Mozart, irgendeine?

Mozart überlegte, aber es fiel ihm nichts ein. Da kam ihm sein Fahrradunfall vom letzten November in den Sinn. An den dachte er öfter. Vor allem immer dann, wenn er sich einen Helm aufsetzte. Zuvor hatte er keinen getragen.

Mozart, lass dich jetzt nicht ablenken. Zurück zum Auto! Aber das Fahrrad ging ihm nicht aus dem Kopf. Wieso nur? Ja, der Schimmer. Und nun schien es ihm, als ob dieser Schimmer in diesem schwarz-weißen Bild doch nicht ganz fahl war, sondern eine leichte, ganz zarte orangene Tönung besaß. Fahrradlicht? Ja, Fahrradlicht!, schoss es durch sein Gehirn.

War das nicht bei meinem Faststurz genauso gewesen? Das Licht hat mich ja gerettet.

Mozart war spät in der Nacht – eigentlich war es schon fast morgens gewesen, als er das Büro verlassen hatte – auf dem Radweg längs des Glacis gen Wohnung im Burgring gefahren.

Graz ist nicht gerade für seine Radwege bekannt. An manchen Stellen gibt es Radwege, und die enden abrupt, einfach so. Und am Glacis, mitten in einer engen Kurve – die Kurve aus unerfindlichen Gründen und sehr zum »Vergnügen« der Radfahrer mit holprigen Pflastersteinen bestückt, davor und dahinter wieder Asphalt – steht ein Baum, mitten auf dem Radweg. Der trennt beide Fahrspuren, aber manchmal auch einen Radler von seinem Rad.

Es war also spät in der Nacht, es war November, es war dunkel, es war regnerisch, der Radweg voller Blätter, voller glitschiger Blätter, Mozarts Haare nass, ebenso seine Stirn, Wasser lief in seine Augen, Mozart radelte mit seinem Kopf gesenkt. Da sah er vor sich diesen orangenen Schimmer.

Und Mozart bremste, er bremste so heftig, dass es ihm das Rad verriss. Mozart krachte mit seinem Rad seitwärts gegen ein Irgendetwas. Aber er fiel nicht. Das war sein Glück. Das Irgendetwas war ein Rad, dass da auf dem Weg lag. Und den Schimmer hatte ein Rücklicht abgegeben, eines dieser neuen, die noch eine Zeitlang nachglühen, zum Schutze vor den von hinten kommenden Autos, wenn man beim Abbiegen anhalten muss. Die früheren Dynamolichter sind ja einfach ausgegangen. Ein sogenanntes Standlicht, wie ihm der Herr von »Bicycle« später sagte.

Es muss schon lange da gelegen haben, denn das Licht war kurz vor dem Verglühen. Zu einem Rad, so schlussfolgerte Mozart, vor allem einem mitten auf dem Radweg, gehört ein Mensch. Die Frau lag nicht einmal zwei Meter entfernt in der Dunkelheit eines Busches des Stadtparks – bewusstlos. Zehn Tage später wurde sie aus der Klinik entlassen, und einige Tage später stand ein riesengroßer Blumenstrauß in Mozarts Büro. »Ah, Sozart hat eine neue Verehrerin.« Das waren natürlich seine jungen und eifersüchtigen Kollegen. Denn Mozart hatte es mit der Rettung der Frau in die Erlebnisspalten der »Kleine Zeitung« geschafft. Die Kurve mit den holprigen Pflastersteinen gibt es übrigens immer noch, den mittigen Baum auch. Wieso fiel ihm das jetzt wieder ein? Zum soundsovielten Mal. Einfach so? Nein, nein, nein! Dieser fahle, fast orangene Schimmer, der konnte doch von einem Fahrradrücklicht stammen. Ziemlich sicher sogar.

Ein erneuter Lokalaugenschein ergab, dass der Verdächtige ein Fahrrad besaß, ja, eines mit diesem modernen Standlicht. Mozart erbat sich, zur selben Nachtzeit in der Garage des Verdächtigen ein neues Foto machen zu dürfen. Stirnrunzeln beim Vorgesetzten, aber er ließ ihn gewähren. Das Auto wurde anhand des alten Fotos in genau dieselbe Position geparkt, die Kamera war auch dieselbe, das Rad dort, wo es, wie der Verdächtige verdutzt zugab, immer stand. Es zeigte sich kein Schimmer. Natürlich nicht, denn das Rad war ja nicht bewegt worden.

Mozart studierte den Stadtplan. Ja, mit dem Rad könnte man einige Abkürzungen und kleine Wege fahren. Vielleicht wäre man mit dem Rad gar nicht langsamer als mit dem Auto unterwegs? Also erneuter Lokalaugenschein mit Handlung: Ein Polizist fuhr des Nachts mit dem Auto vom Haus des Verdächtigen zum Haus der Toten, ein anderer, etwa gleich sportlicher wie der Verdächtige, nahm das Rad. Erstaunlich, der Radler war nur eine knappe Minute langsamer. Beide Polizisten verbrachten dort genügend Zeit zum Streiten und Erstechen, dann ging es zurück, jetzt gewann das Rad sogar, eben wegen so einiger in dieser Richtung ungünstiger Einbahnstraßen, aber »ausgenommen für Radfahrer«.

Das Rad wurde an die übliche Stelle in der Garage platziert, man schoss so lange Fotos, bis das Rücklicht erloschen war. Erstaunlich, wie lange so ein Licht brennt. Am hinteren Kotflügel spiegelte sich das Rücklicht, zunächst deutlich, dann immer schwächer, und eines der letzten Bilder zeigte nur noch diesen leichten orangenen, fast schon fahlen Schein wie auf dem Originalfoto. Mozart verglich die Zeitspanne. Und sie passte sehr gut mit der Meldung der Nachbarn und dem Eintreffen der Polizei beim Verdächtigen plus Befragung überein. Aha! Der Mörder hatte genügend Zeit gehabt, nach dem Messerstich nach Hause zu radeln, sich in seinen Pyjama und ins Bett zu werfen, bis die Polizei kam.

Und dann breitete sich ein großes Grinsen in Mozarts Gesicht aus. Das Fahrrad wurde genau untersucht, und man fand es, das wichtige Indiz – in einer Rille eines Bremsgriffs fand die Polizei etwas Blut. Und zu wem passte wohl die Blutgruppe? Ja, er hätte das Rad mal seiner »Bekannten« geliehen. Wieso das denn? Die hatte ja selbst eines. Ja, das, das, das sei, sei mal kaputt gewesen. Wie kaputt? Das wisse er nicht mehr, aber er erinnere sich, dass er es ihr geliehen habe. Vielleicht habe sie sich irgendwie wehgetan. In diesem Fall, das wusste Mozart, gab es nur eines: weiterfragen, immer schneller, dem Verdächtigen keine Zeit zum Nachdenken geben, bis ihm, dem Verdächtigen, seine vielen »Ich weiß nicht mehr« selbst unglaubhaft vorkamen.

Immerhin war er kein Politiker vor einem Untersuchungsausschuss.

Ja, jetzt falle es ihm wieder ein, ihr Licht sei kaputt gewesen. Rück- oder Vorderlicht? Wohl hinten am Rad. Wer hat es repariert? Er? Nein, eben so ein Reparaturgeschäft. Welches? Das wisse er nicht mehr. Na ja, das könne man ja ausforschen, wahrscheinlich das in der Nähe, eben die Filiale von »Bicycle«. Oh nein, er habe sich da eben geirrt. Es war wohl doch die Bremse, und das habe sie selber hinbekommen und sich wohl dabei verletzt. Welche Hand? Das wisse er nicht mehr? Aber an einer Hand wohl schon. Ja. An einer Fingerbeere, ja? Ja. Na ja, das könne man ja an der Narbe feststellen (kann man nicht, denn die Fingerbeere hinterlässt keine Narben, aber das wusste unser Verdächti-

173

ger nicht, weiß ja eh kaum jemand). Und, und, und, und …
Das alles war schon schlimm genug. Aber am meisten setzte
dem Mann das ohrenbetäubende Gezeter seiner gehörnten
Ehefrau zu. Mozambo hatte dieses Gespräch bewusst nicht
im Kommissariat, sondern eben als Hausbesuch angesetzt,
und die Ehefrau sollte dabei sein.

Was gab es denn jetzt noch zu verlieren? Diese Folter
war einfach zu viel. Schluss, raus hier! Der Mörder brach
weinend zusammen und gestand. Die süße Stille der Zelle.

So war Mozart, und weil Mozart so war, ließen seine Chefs
Mozart gewähren. Irgendwie, das wussten sie, findet er doch
etwas heraus. Hoffentlich. Vielleicht.

Die enttäuschte Nr. 2 in Berlin:
Neid war unser Verderben

Ein schönes Jugendstilhaus in Charlottenburg, ganz in der
Nähe des Savignyplatzes, den Dr. Georgis schon erwähnt
hatte. Eine sehr schöne Eingangstür, ein ausladender, ge-
schwungener, beflügelnder Treppenaufgang, wunderschöne
Marmorfliesen, stilechte alte Deckenlampen, auf beiden Seiten große Spiegel.

Mozart hatte inzwischen drei alte Genossen befragt. Befragt? Nein, eigentlich reden lassen, um etwas über sie zu
erfahren. Und eigentlich, eigentlich etwas mehr reden lassen, als ihm recht war, also reden lassen müssen. Über den
Bankraub hatte er so gut wie nichts in Erfahrung gebracht.

Eigentlich ist die Ausbeute bislang nicht sehr überzeugend, dachte sich Mozart. Einer kann Räuber und Geisel
gewesen sein, ich weiß es immer noch nicht. Die beiden
anderen hängen irgendwie mit drin, haben aber ein Alibi.
Aber jetzt zur Abwechslung mal eine Frau. Obwohl mich
das auch nicht viel weiterbringen kann. Immerhin sind sich
alle Analysten einig, dass die drei vom Raub Männer waren. Wie war doch meine Freude über ›Alle vier‹ groß. Jetzt
habe ich schon zwei Nummer vier. Und hoffentlich kommt
jetzt nicht die dritte Nummer vier dazu!

Ach was, es wird schon anders sein. Erstens ist sie eine
Frau, und außerdem ist sie ja eigentlich Österreicherin. Und
irgendwie muss sie eine Verbindungsperson sein. Gehörte
zur Gruppe von Ende, inzwischen aber eine gute Bekannte
von Georgis aus der anderen linken Gruppe, zumindest eine

Vielbesucherin von Georgis. Und ganz außerdem bin ich fasziniert von Berlin.

Mozart verspürte den Zwang, in einen der Spiegel zu schauen. Das Gesicht, das ihn da anschaute, empfand er als durchaus hoffnungsvoll. Das beflügelte ihn. Er blieb stehen, beäugte sich, zwinkerte mit den Augen, zwinkerte sich selbst zu und lächelte noch mehr. Er hatte es nicht eilig, aber die nächsten Schritte nahm er schneller. Dann eine original-gläserne Eingangstür zur Kinderarztpraxis mit lindgrünen Girlanden eingraviert. Dann stand Mozart in einem angenehmen Wartezimmer mit einer ganzen Galerie von Portraitfotos. Mozart sah da Albert Schweitzer, Mutter Teresa, Gandhi.

Mozart hatte um einen späten Termin gebeten, genau genommen nach Schluss der Praxis. Er wollte einmal genügend Zeit haben. Er wollte nicht noch einmal nach Berlin fahren müssen. Wollen schon, aber hätte die Abteilung ihm die Mittel gebilligt bei dem geringen Fortschritt der Ermittlungen?

Dann stand er vor der überraschend kleinen Frau Dr. Köhler. Da flog sie hin, die leise Hoffnung, sie hätte beim Bankraub dabeisein können.

»Sie sind gläubig geworden?«

»Hm, wieso?«

»Na ja, die Bilder im Wartezimmer.«

»Alles Bilder von Menschen, über die man den Kindern schöne Geschichten erzählen kann.«

»Vielleicht frage ich mal konkreter: Beten Sie?«

»Zu Gott?«

»Meinetwegen auch zur heiligen Jungfrau.«

»Nein. ... Eigentlich nicht ... Na ja, manchmal schon. Also nicht zu Maria. Einfach so nach oben.«

»Wann?«

»Ich habe vor drei Jahren ein kurzes Gebet nach oben geschickt, also schon an Gott, als unsere Enkelin an Leukämie erkrankte. Ich bat Gott, uns beizustehen, dass sie wieder gesund werde.«

»Und hat es geklappt?«

»Ja, sie hat alles überwunden. Die letzten Kontrollen zeigen keine Anzeichen von Leukämie mehr. Sie ist – entschuldigen Sie die etwas abgedroschene Phrase – das blühende Leben.«

»Hat Gott Sie also erhört?«

»Wissen Sie, ich bin zwar eine etwas enttäuschte Ex-marxistin, aber ich bin auch Ärztin. Leukämie ist eine Form vom Krebs mit einer gar nicht so schlechten Heilungschance. Natürlich muss es möglichst frühzeitig erkannt werden, und natürlich muss man die richtigen Schritte unternehmen.«

»Und warum haben Sie denn gebetet?«

»Das habe ich mich auch schon oft gefragt. Das hat wohl viele Gründe. Da ist die Erziehung – ein fürchterliches Wort übrigens –, also das kulturelle und soziale Umfeld, in dem man aufwächst. Und natürlich habe ich als Kind abends gebetet, und meine Eltern ließen mich auch die Tischgebete ... daherbrabbeln. Das war einfach Routine. Ich habe nie daran gedacht, dass kein Essen mehr auf den Tisch käme, wenn man Jesus nicht dafür dankte. Sie kennen bestimmt das Standardgebet, zumindest bei den Evangelischen: ›Komm,

Herr Jesu, sei unser Gast und segne, was Du uns bescheret hast.‹ Ich glaube, dass ich mich über zehn Jahre gefragt habe, was das denn nun mit ›bescheret‹ auf sich hat. Ich kannte ›bescheret‹ nur als Negativum, im Sinne von ›das ist ja eine schöne Bescherung‹.«

Frau Köhler lachte herzhaft.

»Also, was ich sagen möchte: Man übt bestimmte Dinge ein, und manchmal, vor allem zu Zeiten der Not und Gefahr, dringt und drängt das wieder nach oben – quasi aus der Tiefe der, der … Eingeweide ins Gehirn.«

»Und haben Sie nicht Angst, dass Gott beleidigt sein könnte, wenn Sie ihn in Gefahr und Not anrufen, also wenn Sie ihn brauchen, und dann nicht mehr?«

»Wenn er deswegen beleidigt wäre, dann wäre das seine Sache. Wieso muss er eigentlich dauernd und ewig geliebt werden? Hat er da ein Defizit? Aber das ist rein hypothetisch. Ich glaube nicht an Gott. Es gibt keinen Gott!«

»Und dennoch haben Sie ihm zugerufen: Bitte, bitte, hilf meiner Enkelin!«

»Ja, das war so einer meiner eher schwachen Momente. Man könnte es etwas wohlwollend auch Pragmatismus nennen. Noch schlimmer: Polypragmasie. Ich glaube, es war William James, der mal sagte, dass Gott existiere, insofern und vor allem, weil es nützlich ist.«

Mozart hatte keine Ahnung, wer William James war, aber er fragte lieber nicht. Bringt nichts. Diese Altmarxisten oder -maoisten haben jetzt ja sowieso wieder neue Säulenheilige, der Georgis mit Nietzsche und seinem Dänen mit dem schwierigen Namen und die Köhler jetzt mit James.

»Ich habe nicht mal etwas gegen Frömmler. Wenn es ih-

nen hilft, wenn sie dadurch ein moralisches Leben führen
können, dann ist das doch in Ordnung. Auch wenn sie das
nur aus Angst vor Strafe tun. Es heißt ja ›der liebe, gerechte
und strafende Gott‹. Mir ist es recht, wenn mir jemand nicht
den Kopf einschlägt, weil er Angst vor Gott hat. Noch lieber
wäre mir natürlich, dass er mir nicht den Kopf einschlägt,
weil ihn moralische Grundsätze daran hindern.«

»Wieso? Gesunder Kopf ist doch gesunder Kopf.«

»Im Endeffekt schon, aber nehmen Sie nur mal die ganze
russische Literatur des neunzehnten Jahrhunderts. Angst
kann in Wut umschlagen, und dann ist der Kopf eben nicht
mehr heil. Diese ganze polare Dramatik des Lebens.«

»Das verstehe ich jetzt aber nicht.« Hier sah Mozart endlich mal einen richtigen Anknüpfungspunkt, und der hieß
Gewalt.

»Also ein Beispiel: Sie ärgern sich ganz fürchterlich über
jemanden. Aber aus Angst vor Gott halten Sie Ihre Wut
zurück. Und dann stellen Sie fest, dass der andere nicht
nur fies ist, sondern dass er sich Dinge erlaubt, die Sie sich
selbst verbieten, weil Sie sie für gotteslästerlich halten. Und
dann steigt in Ihnen die Idee der Bestrafung auf. Eigentlich müsste Gott ihn bestrafen. Aber er tut es aus irgendwelchen Gründen gerade nicht. Also übernehmen Sie den
Part – Sie wollen Gott eine Freude machen, Sie wollen sein
liebes Kind sein. Und dann schlagen Sie zu, oder würgen,
oder erschießen den Frevler, wie auch immer. Es gibt ja viele
Möglichkeiten. Und dann stellen Sie vielleicht fest, dass Sie
überreagiert haben. Es tut Ihnen leid. Aber damit können
Sie nicht leben. Das Unterbewusste sucht sich eine Begründung für Ihr Handeln. Es war ja nicht für Sie, es war für

Gott. Also bereuen Sie vielleicht kurz, bitten Gott um Verzeihung und Gnade, geißeln sich oder beten einige Rosenkränze, oder tun irgendwie etwas Gutes, und dann sind Sie wieder im Reinen mit sich selbst. Sie erleben die ganze Palette zwischen zu Tode betrübt und himmelhoch jauchzend. Und wenn Sie Pech haben, dann setzt sich das in Ihnen fest. Wissen Sie, was dann entsteht?«

»Keine Ahnung.«

»Fundamentalismus. Eine Grundlage des Fundamentalismus ist Angst. Angst, die umschlägt in Zorn. Angst ist das Futter für Aggression.«

»Sie sagen ›eine Grundlage‹. Gibt es noch andere?«

»Ja, Neid. Der Neid auf andere, die mehr haben. Das empfinden Sie als ungerecht. Das dürfen Sie ihnen nicht gönnen. Sie wollen es ihnen wegnehmen. Die haben ja eh zu viel. Sie tun dabei noch etwas Gutes, indem Sie sie von dem überflüssigen Geld befreien, das die nicht brauchen. Das wird in der originalen Beggar's Opera von John Gay, der Blaupause für Brechts Dreigroschenoper, vom Bettlerkönig Peecham sehr schön ausgedrückt. Aber richtig gefährlich für die Menschheit wird es, wenn die Neidhammel die Regierungsgewalt erringen. Stichwort: Nationalsozialismus. Dann könnte es den Reichen an den Kragen gehen. Könnte. Wenn aber die Ideologie mit einem rassistischen Nationalstolz daherkommt, dann muss man unter den Reichen Sündenböcke finden. Tja, und das sind dann – natürlich – die Juden. Auf diejenigen Juden, die nicht reich sind, kann man leider keine Rücksicht nehmen. Die büßen für die Reichen mit. Oder aber man definiert sie als Untermenschen, so wie die Nazis das vor allem mit den Ostjuden gemacht haben. Und dann beginnt die Bereicherung der Neidhammel. Gaunertum, Diebstahl und letztlich Mord werden zur Staatsräson. Die Nazis waren eine riesengroße Lügner-, Diebes- und dann eben auch grausamste Mörderbande.

Sie wissen ja sicherlich, dass ich wie Sie aus Graz komme, dort zur Schule ging. In einem nicht so kleinen Winkel meines Herzens schäme ich mich immer noch für Graz. Adolf Hitler ernannte unsere Heimatstadt im Juli 1938 zur ›Stadt der Volkserhebung‹, weil hier schon vor dem Anschluss die Hakenkreuzfahne vom Rathaus geweht hatte. Und Gauleiter Uiberreither konnte sie im März 1940 stolz zur ersten judenfreien Stadt erklären, wie die gesamte Steiermark. Und als es keine Juden mehr gab, ging es den Slowenen an den Kragen. Einfach schrecklich. Mord als Zielvorstellung! Später soll er in Sindelfingen gelebt haben, besuchte jedes Jahr heimlich Graz. Heimlich? Wie viele Menschen haben ihn erkannt? Sicherlich Hunderte. Aber niemand zeigte ihn an. Das braune Graz lebte noch lange weiter. Deswegen zog es mich nach dem Studium hier auch nicht mehr zurück.«

»Aber Sie wissen doch auch, wie sich Graz geändert hat? Bei der Gemeinderatswahl 2017 hat die KPÖ so um die zwanzig Prozent der Stimmen erhalten, war die zweitstärkste Partei.«

»Ja, natürlich habe ich davon erfahren. Und ich sage Ihnen, ich habe dafür keine Begründung. Irgendwie unvorstellbar. Du stellst dich an die Straße und zählst bis fünf, und schon soll ein Kommunist dabei gewesen sein? Aber ist schon auch tröstlich.

Aber noch mal zurück zum Neid. Auch alle sozialistischen Regimes sind letztlich genau daran gescheitert, am Neid. Natürlich wurden immer die kapitalistischen Nachbarn verantwortlich fürs Scheitern erklärt, vor allem die USA.«

»Das wundert mich jetzt aber, dass Sie die USA freisprechen.«

»Hoppla, nein, das tue ich nicht. Ich glaube, dieser Weltpolizist hat noch mehr Dreck am Stecken, als wir uns vorstellen können. Aber das ist nur ein Faktor, die sozialistischen Regimes zerbrechen zuvorderst an ihren eigenen inneren Widersprüchen.«

»Die wären?«

»Schauen Sie, die Revolution zu gewinnen ist schon eine große Aufgabe, aber mit dem Sieg der Revolution, mit dem Sieg über die alten Machthaber ist der Kampf nicht zu Ende. Die werden ja nicht über Nacht Anhänger sozialistischer Gedanken. Also muss die revolutionäre Partei auf der Hut sein. In den seltensten Fällen gab es nach der Revolution freie Wahlen. Die Führer meinten, dass das Volk noch nicht so weit sei, es müsse geführt werden. Durch wen? Durch die Partei, natürlich. Wie lange? Die Geschichte hat gezeigt: sehr lange. Wo hatten wir in den sozialistischen Ländern irgendwann freie Wahlen? Und noch schlimmer: Viele sozialistische Länder wurden zu neuen Kaiserreichen mit einer Erbfolge: die Kim-Dynastie in Nordkorea, in gewisser Weise auch Kuba, wo erst der Krebs Fidel vom Thron kippte, aber er natürlich von seinem Bruder beerbt wurde. Oder aber die Revolutionäre wurden durch ihre Macht korrumpiert. Viele meiner Genossen und Genossinnen sind in den Achtzigerjahren nach Nicaragua aufgebrochen, die dortige neue sandinistische Gesellschaft zu unterstützen. Und heute demonstrieren dort die Massen gegen Daniel Ortega, der mit seiner Frau eine enorm unterdrückerische Diktatur etabliert hat. Es gab bereits viele Tote, Flüchtlinge. Ja, was ist denn da passiert?

Eine kleine Geschichte am Rande. Es ist vielleicht schon fünfzehn Jahre her, da feierten wir in der Nordheide den fünfzigsten Geburtstag einer Genossin. Die Eingeladenen waren überwiegend Ehemalige. Ich entsinne mich noch ganz genau, wie einer, hab seinen Namen vergessen, aber der zwirbelte ständig an seinem Schnurrbart herum, sagte: ›Wir können nur von Glück sagen, dass wir, dass unsere Revolution nicht gewonnen hat. Wie wir uns aufgeführt hätten!‹ Ich fragte ihn, was er damit meinte. Und da sagte er, dass es ihn jetzt noch schaudere, wie er einmal einen Genossen einer anderen Gruppe verprügelt hat, nur wegen einer anderen Ansicht. Der war echt erschrocken, und ich war sehr froh, dass er noch die Kurve gekriegt hat.«

Mozart horchte auf. Hatte ihm nicht der Geheimdienst davon berichtet? Aber er unterdrückte einen spontanen Impuls und schwieg. Manchmal ist es besser, den Verdächtigen nicht zu zeigen, wie gut man informiert ist.

»Ich weiß nicht, ob das meine eigene Idee ist oder ob ich es irgendwo gelesen habe: Wenn man versucht, Utopien umzusetzen, endet das meist in etwas Schrecklichem, zum Beispiel in einer – wenn auch nicht gewollten – Diktatur. Die sozialistischen Staaten im Gefolge der Oktoberrevolution sind der beste Beweis hierfür, der gesamte Ostblock bis hin zu Kuba. Aber zu unserer Entschuldigung, das ist nichts Typisches für den Kommunismus als Folge der

Marx'schen Ideen. Auch die Ideen des Thomas Morus zeigen dieses Diktatoriale, auch Campanellas Sonnenstaat.«

Mozart zögerte, aber er fragte auch dieses Mal nicht weiter nach: Campanella?

»Wenn man Glück hat, endet es in nur der Karikatur einer Diktatur. Der Zwischenschritt zwischen einer Utopie und einer Diktatur heißt oft Fundamentalismus, heute am besten dokumentiert durch die IS.«

»Aber Sie sagten doch, dass es Neid und Angst …«

»Ja, stimmt schon, aber auch primär gut gemeinte Ideen führen zur Diktatur, wenn die Akteure glauben, dass die Glücksidee den Menschen aufgedrängt, vielleicht gar aufgezwungen werden muss, also so ein messianisches Sendungsbewusstsein. Jesus war da eine löbliche Ausnahme.«

Mozart witterte seine Chance. »Ja, und heute glauben viele, dass das Ziel die Mittel heiligt, zum Beispiel eine Bank berauben, um etwas Gutes mit dem Geld zu tun.«

»Herr Kommissar, ich staune, eleganter Einstieg in die Aufgabe, die Sie verfolgen. Sie haben völlig recht. Nur müssen Sie noch die Verknüpfung zwischen Ihrem Gedanken und mir finden. Und so lange, wie Sie daran knabbern, will ich Ihnen noch ein anderes Beispiel bringen, das Sie vielleicht besser kennen als Campanella vor vierhundert Jahren.«

Frau Köhler sah den Kommissar auffordernd an. Der nickte etwas erleichtert. Natürlich wusste sie, dass er den italienischen Sonnenstaat-Sozialisten Campanella nicht kannte. Hatte sie doch selbst erst vor einigen Jahren von ihm gehört.

»Wir Maoisten waren ja begeistert von der Großen Proletarischen Kulturrevolution. Auch die begann mit großen

Zielen, wurde dann aber sehr schnell, und dann im Kern, eine große Neidkampagne. Bis zum Schluss keiner mehr wusste, wofür er kämpfte, sondern nur noch, wogegen, nämlich gegen den, der gerade über dir stand. Aber der war gestern oft noch der Genosse, mit dem du in einer Reihe gekämpft hast.

Warum hat sich China in den letzten dreißig Jahren so entwickelt? Deng Xiao Ping, der schlaue Fuchs, der hat unter Mao ziemlich gelitten. Und was hat er getan? Hat er sich gerächt? Nein, er hat das Andenken an Mao hochgehalten, zumindest formell. Den Staatsgründer können Sie nicht kippen, sonst geht alles den Bach hinunter. Einen Stalin können Sie kippen, nicht aber einen Lenin.

Diese Politik des Verzeihens gab es ja auch in Südafrika. Stellen Sie sich vor, da sitzt Mandela – glaub ich – dreißig Jahre im Gefängnis, und als er seine Freiheit wiedererlangt hat, denkt er nicht daran, sich zu rächen. Im Gegenteil, er hat eine Politik der Versöhnung eingeführt.

Deng hat auch eine völlig neue Politik eingeführt bzw. eingefordert. Er hat Reichtum als Ziel ausgegeben, nicht den neidischen Kampf gegen die, die mehr haben, verdeckt unter hehren Idealen. Denn ›nur wer im Wohlstand lebt, lebt angenehm‹, das kennen wir.«

»Ja, Brecht, nicht wahr?«

»Richtig. Und Deng sagte, natürlich würden zu Anfang nur einige wenige voranpreschen, die andern kämen aber hinterher. Was in China in den letzten dreißig Jahren passiert ist, ist unglaublich. Es sind ziemlich viele hinterhergekommen. Und jetzt gar hierher. Früher waren es die japanischen Touristen, heute sind es die Chinesen. Dengs Propagierung des Reichtums und seine Weichenstellungen waren großartig.«

»Jetzt bin ich verwirrt: Ist das noch Sozialismus in China?«

»Sicherlich nicht mehr. Die befinden sich durchaus im Frühkapitalismus – vielleicht gar nicht mehr so früh. Und allerdings geführt nicht von den Kapitalisten, sondern von einer Clique, der Partei, oder besser: einer Clique innerhalb der Partei, oft eine erweiterte Familie. «

»Und das heißen Sie gut?«

»Nein, ich heiße es nicht gut, aber es gibt wohl keine Alternative. Die Schere zwischen Reich und Arm ist größer geworden in China, viel größer als unter Mao. Aber damals darbte das ganze Land – außer den höheren Kadern. Jetzt geht es den meisten besser, nicht allen, aber den meisten. Und einige sind superreich. Andere sind Verlierer. Es gibt immer Verlierer. Aber die Verheißung auf Wohlstand hat sie befriedet.«

»Und die Dissidenten?«

»Ja, es ist wirklich schlimm, wie mit den Dissidenten in China umgegangen wird. Wir kennen ja nur die paar berühmten. Ehrlich gesagt, möchte ich in China kein kleiner Dissident sein, oder nur ein einfacher Mensch, auf den irgendwie der Zorn – oder eben der Neid, da sind wir wieder beim Thema – eines lokalen Kaders fällt. Da sieht man dann schlecht aus. Da kann es dir schnell passieren, dass dir eine Niere fehlt, oder du beißt überhaupt ins Gras. Aber wenn man in China nur im Wohlstand leben möchte, und wenn man politisch nicht auffällt, dann lebt es sich heute viel angenehmer als vor dreißig Jahren.«

»Und die Korruption?«

»Korruption gibt es irgendwie immer, am meisten natürlich dort, wo die gegenseitige Kontrolle außer Kraft gesetzt oder zumindest eingeschränkt ist.«

Dr. Köhler schwieg. Das sah Mozart als seine Chance, das Gespräch an sich zu reißen: »Was ich noch …«

»Ich habe Ihnen vorhin gesagt, dass ich etwas enttäuscht, vielleicht gar verbittert bin. Ja, das stimmt. Ich kämpfe dagegen an, verbittert zu sein, aber es gelingt mir noch nicht so richtig. Aber doch immer besser. Viele meiner alten Genossen fühlen sich betrogen. Warum betrogen, und von wem? Weil unsere Politik auf Neid aufgebaut war. Neid ist die Grundlage von Klassenhass. Aber es trifft immer die Kleinen, auch bei den Kommunisten. Ich war auch so eine kleine ›Parteiarbeiterin‹, habe lange durchgehalten, und als die Partei dann zusammenbrach, weil sie anachronistisch geworden war, stand ich plötzlich allein da. Sozusagen nackt. Ich hatte im Überschwang der Gefühle auch einen Teil meines Erbes der Partei vermacht. Ich komme ja aus einer reichen Familie, die ich dafür verachtete, verachten musste. Sie glauben es nicht, aber ich warf mir vor, als Kind reicher Eltern geboren worden zu sein. Und wenn Sie mich jetzt fragen, weiß ich natürlich nicht, was die oberen Genossen mit meinem Geld gemacht haben …

Unsere Führer, die Genossen aus dem ZK, die waren ja berühmt. Und als Berühmter kommt man schnell wieder irgendwo unter. Mir blieb mit der Enttäuschung die Einsamkeit. Dann kam der Hass, bis ich merkte, dass ich mich damit im Kreis drehte. Ich wollte nicht meine Wut auf diesen verdammten Klassenhass auf die Genossen ausweiten, die uns den Klassenhass beigebracht hatten. Das wäre ja grotesk! Aber ich war teilweise so wütend, ich hätte ihnen eins in die Fresse hauen können. Zum Glück hatte Horlemann, dieser blasse Apparatschnik, dieser Zwangscharakter, schon selber ins Gras gebissen. Ich glaube Magen- oder Zwölffingerdarmkrebs. Ganz typisch für immer wieder heruntergeschluckten Ärger und Neid. In der Psychosomatik spricht man von Typ-A-Verhalten: Ehrgeiz, Konkurrenz, Ellenbogen, Freudlosigkeit, ja eine gewisse Feindseligkeit. Das betrifft viele Menschen in unseren Gesellschaften, aber die werden nicht alle krank. Aber wer die Latte zu hoch gelegt hat und eben nicht oben ankommt, sich tagtäglich ärgert, der wird krank.«

»Wer ist oder war Horlemann?«

»Ach, damals wichtig, heute unwichtig und auch nur noch eine Randnotiz der Geschichte. Wichtiger: Natürlich ein Mann!«

Mozart witterte eine klitzekleine Chance, sich noch stärker in die Fugen dieses etwas bröckelnden ideologischen Gebäudes zu zwängen.

»›Natürlich ein Mann!‹ Höre ich da raus, dass es unter den Linken Mann-Frau-Probleme gab?«

Dr. Köhler lachte: »Na und ob. Aber das ist uns Frauen auch erst später aufgegangen. Die Studentenbewegung war doch zunächst emanzipativ und antiautoritär. Wir haben ordentlich rumgevögelt. Ich hab nicht gewartet, bis mich ein Genosse gefragt hat. Ich bin hin, hab einem, der mir gefiel, auf seinen Arsch getätschelt und ihm gesagt, dass ich gerne mit ihm schlafen würde. Aber je mehr uns bewusst wurde, dass wir doch eigentlich Kleinbürger sind, dass es um die ›Befreiung der Arbeiterklasse‹ ging, desto weniger durften wir uns um unsere eigene Emanzipation kümmern. Je mehr wir uns organisierten, umso spießiger wurden wir und umso mehr spülte es die Männer nach oben. Obwohl, es gab da ganz oben auch einige faszinierende Frauen. Die Elisabeth …«

»Haben Sie auch in einem Gesundheitsladen gearbeitet?«

»Natürlich. Aber wichtiger für mich war der Kinderladen. Das war noch vorher. Wir wollten natürlich antiautoritär sein. Aber eigentlich haben wir die Kinder machen lassen, was sie wollten. Das konnte nicht gut gehen. Letztlich gewann der Stärkste. Oder die stärkste Gang. Solidarität kommt nicht automatisch, die muss gelernt werden. Heute werden wir dafür belächelt. Oder gar beschimpft. Natürlich von den Mutlosen, den Kleinbürgern, die es immer schon besser gewusst haben wollen. Blödsinn! Alles ist okay, wenn man dazulernt.

Noch mal Nelson Mandela. Der sagte: ›Ich verliere niemals. Entweder ich gewinne, oder ich lerne.‹ Natürlich haben wir unseren älteren Sohn auch antiautoritär erzogen, den jüngeren dann schon weniger. Und der ältere ist jetzt in der Finanzbranche. Als er vierzehn war, kam er eines Tages von der Schule nach Hause, zog sich einen Anzug an, band sich einen Schlips um und hat sich zum Lernen an seinen aufgeräumten Schreibtisch gesetzt. Da haben sich mein Mann und ich vielleicht angeschaut! Ich dachte, ich bin im falschen Film. Dann wussten wir: Meist fällt der Apfel doch weit vom Stamm. Und wenn die Eltern Revoluzzer sind, werden die Kinder voll bürgerlich.«

»Also müssten sich die Eltern verstellen, damit die Kinder das werden, was die Eltern gerne möchten?«

»Genauso ist es. Aber ich im Kostüm? Vielleicht noch High Heels?«

»Anderes Thema, noch mal zurück zu Ihrem Ärger auf die männlichen Genossen: Wie sind Sie den Ärger losgeworden?«

»Es gibt immer wieder schlaue Menschen. Und das müssen nicht ausgewiesene Philosophen sein. Ein schlauer Mensch war der Autor der Helden meiner Kindheit. Sie kennen ja sicherlich Mark Twain, den Autor von Tom Sawyer und Huckleberry Finn. Von ihm stammt der Aphorismus: ›Ärger ist eine Säure, die dem Gefäß, in dem sie gelagert wird, weitaus größeren Schaden zufügen kann als allem, worauf sie sich ergießt.‹ Das ist fantastisch ausgedrückt. Das hat mir die Augen geöffnet. Haben Sie schon mal gespürt, wie der Ärger in Ihren Eingeweiden wühlt, Sie von innen annagt. Ich glaube, die Franzosen sagen, dass der Ärger an der Leber frisst.«

Tatsächlich, dachte sich Mozart, das spüre ich auch gerade, weil ich irgendwie nicht weiterkomme. Die plappert genauso wie ihre männlichen Genossen von damals, aber sie verplappert sich nicht.

»Ja, das kenne ich. Was ich noch fragen wollte, ich habe nämlich draußen Hinweise in verschiedenen Sprachen gesehen: Behandeln Sie ausländische Kinder, oder gar Flüchtlingskinder? Überhaupt, wie stehen Sie zur Flüchtlingsbewegung?«

»Das Problem ist, dass das Problem schon so alt ist. Welchen Anteil haben wir in der westlichen Welt an der

Flüchtlingssituation – politisch und ökonomisch, also Jahrhunderte von Ausbeutung und von uns erzeugter Klimakatastrophe? Das muss erst einmal in der Politik verstanden werden. Und dann muss das Wissen um diese Dinge unters Volk gebracht werden. Und dann muss das Volk verstehen, dass die Behebung dieser globalen Katastrophe nicht aus der Portokasse finanziert werden kann. Solidarität ist gefragt. Und Solidarität kostet Geld, Arbeit und Schweiß.

Genau genommen sind wir gar keine Gutmenschen, wenn wir denen jetzt helfen. Eigentlich tragen wir die Schuld unserer Vorfahren ab. Wird das den Leuten nicht klar, entsteht wieder Neid, und dann ist es zum Pogrom nicht weit. Ist das nicht völlig irrational? Wir haben Angst vor den Ärmsten dieser Welt, wollen nichts mit ihnen zu tun haben, wollen unsere Grenzen schützen. Und die da sollen bleiben, wo sie sind. Was wollen die hier? Ja, das hätten die Asiaten und Afrikaner und die Ureinwohner Amerikas den Europäern jahrhundertelang auch gerne gesagt. Aber wir Europäer waren die Imperialisten, Unterdrücker und Ausbeuter. Da können und dürfen wir uns nicht rausreden, dass das ja schon so lange her ist. Oder was habe ich als einfacher Mensch hier in Charlottenburg damit zu tun?

Da steht uns eine ungeheure intellektuelle Aufgabe bevor. Aber faktisch niemand fasst diese Aufgabe an. Die Populisten und Konservativen sowieso nicht, aber auch nicht die Linken und Grünen. Und wo bleibt die Intelligenz? Unsere Dichter und Denker? Unsere Philosophen? Wo findet sich das alles denn wieder, ich meine in den Songs der Liedermacher oder zum Beispiel im Theater, bei den Kabarettisten? Und was ist mit der Kirche? Da stehen die meisten

Klöster fast leer, vor allem in Österreich, in Graz mitten in der Stadt bei den Minoriten, aber hat man davon gehört, dass die Kirche in größerem Stil Menschen aufgenommen hat, ihnen Asyl geboten hat? Obwohl, es gibt Franziskaner, die Obdachlosenarbeit leisten, aber für Fremde?

Die westliche Welt befindet sich gerade in einer intellektuellen Denkpause. Das läuft auf eine Katastrophe hinaus. Irgendwann wird ein Flüchtling an der Grenze erschossen …

Also ja zurück zu Ihrer ersten Frage. Ich behandle viele ausländische Kinder, viele Flüchtlinge, meist gar umsonst. Und ich unterstütze medizinische Hilfsorganisationen vor Ort, Ärzte ohne Grenzen, German Doctors, Medico International. Ich war sogar schon mal in Eritrea im Einsatz. Aber wissen Sie, wen Sie da bei den Hilfsgeschichten nicht finden? Kollegen aus den post-sozialistischen Gesellschaften.

Ist es nicht traurig, dass es gerade die postsozialistischen Staaten des Ostens sind, die mit ihrer ›Nur wir!‹-Haltung Europa daran hindern, ein menschlicheres Gesicht zu bekommen? Die wurden aufgenommen in der Hoffnung, dass deren Kontakt mit den Werten des Westens sie schon zur Demokratie bringen würde. Weit gefehlt. Man sollte sie gehen lassen. Das wollen sie aber nicht, weil sie ja von Europa profitieren – materiell, nicht ideologisch. Also rausschmeißen, wenn sich da nichts tut. Und die Sachsen gleich mit, vielleicht die gesamte Ex-DDR. Da zahlen die Menschen im Westen seit dreißig Jahren Solidaritätszuschlag – für die Katz …«

Mozart verschlug es die Sprache. Die Sachsen raus aus Deutschland? Er erinnerte sich vage, dass, als Jörg Haider noch lebte, Kabarettisten dasselbe über Kärnten gesagt hatten. Seine Stirn legte sich in Falten.

»Das wundert Sie jetzt, gell? Habe gemerkt, wie Sie zusammengezuckt sind. Ja, ist so aus mir rausgebrochen. Nicht ganz ernst gemeint. Ich wollte Sie auch etwas provozieren. Ab und zu muss es noch raus aus mir, das erleichtert.

Also zurück zu etwas Positiverem. Was haben wir mitgenommen aus unserer Zeit als Genossen? Reden, miteinander reden macht einem die Welt klarer. Eigentlich muss ich mich bei Ihnen bedanken: Auch unser Gespräch hat einen Teil meiner Restbitterkeit … sagen wir mal, weggefressen. Oder zumindest durchs Rauslassen etwas minimiert. Kommen Sie ruhig öfter wieder.

Ich höre meine Familie rufen. Ich muss nach Hause. Haben Sie Kinder? Nein? Ich rate Ihnen: Beeilen Sie sich. Das richtige Leben beginnt erst als Oma. Wir haben das Glück, zusammenleben zu können. Ein Haus voller Liebe.«

Mozart schaute etwas ungläubig. Aber er schwieg. Sein Einstieg beim Thema Gewalt hatte nichts gebracht.

»Sie zweifeln? Ich sage Ihnen was. Liebe ist die Hauptsache. Wenn jemand stirbt, was fehlt? Dass er reich war, dass er sechs Sprachen beherrschte, oder gar, dass er die Erleuchtung erreicht, den Sinn des Lebens verstanden hatte? Nein, so einer fehlt nicht. Die sechs Sprachen gibt es weiterhin, und die Erleuchtung war sowieso nur ihm selbst bekannt. Es fehlt der, der Liebe geschenkt hat.

Oh, Sie werden das gerne hören: Sie kennen doch das Buch ›Vamperl‹ von Renate Welsh, eine Österreicherin wie wir. Das habe ich früher meinen Kindern abends vorgelesen und jetzt meiner Enkelin. Die finden das klasse. Und wissen Sie, welchem Kind das immer noch am meisten gefällt? Rhetorische Frage, können Sie nicht beantworten: mir! Ein Vampir, der bösen und grantigen Menschen das Gift aus der Galle saugt. Genial!

Sie waren mir heute auch so ein Vamperl. Irgendwo findet das Vamperl immer noch ein wenig von dem alten Gift, dem Gift des Nichtverzeihens, dem Gift des Nichtvergebens. Also bedanke ich mich bei Ihnen und sag zum Abschied leise Servus.«

Mozart dachte sich: Ich als Vamperl? Bin ja kaum zu Wort gekommen.

»Danke, danke! Aber ich komme aus Graz. Peter Alexander hat über Wien gesungen.«

»Oh, entschuldigen Sie, das weiß ich natürlich. Aber inzwischen bin ich schon so lange Berlinerin, und von hier oben im Norden liegt Wien nur knapp vor Graz.«

»Zum Schluss doch noch eine kleine Frage: Wieso haben Sie bei dem Bankraub mitgemacht?« Mozart dachte sich, jetzt nutze ich die schöne Stimmung und lege sie rein. Einfach so.

»Herr Kommissar, Sie haben es vorhin schon versucht. Sie glauben doch wohl nicht, dass Sie mich linken können?«

»Eigentlich wollte ich nur die Wahrheit hören.«

»Da müssen Sie als Polizist aber schon viele Enttäuschungen mitgemacht haben! Passen Sie auf, dass es Sie nicht verbittert. Gibt es bei der Polizei auch so ein Dienst-Vamperl? Warum sollte ich mich an einem Bankraub beteiligen? Ich bin mit meinem Leben, dem Leben meiner Familie zufrieden – nicht in Luxus, aber in Freude, weil in Liebe.«

»Noch eins: Woher kennen Sie Dr. Georgis so gut? Sie waren doch in konkurrierenden Organisationen.«

»Ja, nachdem die ganze Bewegung Mitte der Achtzigerjahre zusammengebrochen war, haben wir alle unsere Freundschaften neu geordnet. Es ging nicht mehr darum, dieselbe Organisation oder nicht. Da wurden innere Werte wieder wichtiger. Viele alte Genossen hatten sich ja als echte Arschlöcher erwiesen. Das war uns vorher im gemeinsamen Kampf gar nicht aufgefallen. Und Georgis ist eine faszinierende Persönlichkeit. Wenn ich ihn treffe, hört das Gespräch erst auf, wenn ich mich schlafen lege. Und das ist dann meist schon sehr spät.«

»Bitte zeigen Sie mir noch die Kursbestätigungen vom Tag des Bankraubs. Und ich brauche auch noch eine DNA-Probe von Ihnen.« Als höflicher Mensch fragte Mozart, ob er die Bestätigungen fotografieren dürfe.

»Bitte, bitte, wenn's denn der Wahrheitsfindung dient.« Mozart fragte sich, warum schaut sie jetzt so verschmitzt? Er kannte diesen weltgeschichtlich-teuflischen Satz der Situationskomik nicht.

Um es kurz zu machen: Die Bestätigungen zeigten eine lückenlose Anwesenheit von Frau Dr. Köhler auf dem Stafam-Kongress, ebenso wie bei Dr. Hart zuvor.

S-Bahnhof Friedrichstraße – So ein kleiner Kriminalfall zwischendurch?

Mozart stand vor der Praxistür. Er beschloss, jetzt nicht über diesen Besuch nachzudenken. Hatte sich da irgendetwas für ihn ergeben? Nichts, aber auch gar nichts. Eine zufriedene Exgenossin und heute ein wertvolles Mitglied der Gesellschaft. Eine Ärztin, die Verzeihung und Liebe in die Mitte ihres Lebens gestellt hat, obwohl manchmal noch so etwas alter Hass hindurchschimmert. Dennoch, eine vom Vamperl Geheilte. Ja, warum sollte die einen Bankraub begehen? Außerdem wies ja alles darauf hin, dass es drei Männer gewesen waren.

Mozart hatte noch Zeit zum Schlendern. Berlin kannte er von früher, also vor allem Westberlin. Er war noch vor der Wende als Tourist mit dem Auto nach Berlin gefahren – von Hannover aus, wo er die Messe besucht hatte. Es zog ihn zur Friedrichstraße. Ja, war das nicht früher der Übergang zu Ostberlin gewesen? Er entsann sich an die ängstliche Stimmung, die an diesem Platz geherrscht hatte. So, wie an allen Übergängen und Kontrollstellen zum Sozialismus. Er hatte nie verstehen können, wie manche Menschen im Westen Anhänger der DDR gewesen waren. Man hätte doch nur auf die Stimmung, auf die eigenen Gefühle an der »Friedensgrenze« achten müssen. Orte der Freude und der Freiheit sahen anders aus. Er als Österreicher hätte ja keine Angst haben müssen, hatte er auch nicht, Beklemmungen schon.

Aber heute schien die Sonne, es war wohlig warm. Eine

Dame und ein Herr mit Koffer, wie er eben aus der S-Bahn gestiegen, unterhielten sich, wie es wohl in der Charité sein werde. Charité, das war irgendwie ein elektrisierender Name. Der Herr, so viel verstand er, würde operiert werden müssen. Ja, warum sollte Mozart nicht die Charité besuchen? Hier hatte er also einen unfreiwilligen Fremdenführer. So folgte er den beiden. Noch eine Straßenecke, und da stand er, der Bettenturm der Charité, schon zu DDR-Zeiten gebaut. Aber nichts erinnerte mehr an die alten Zeiten. Wuchtig, etwas klotzig, das war er mit seinen 23 Stockwerken damals schon gewesen, aber irgendwie dunkel, nicht gerade Gesundheit einflößend. Aber jetzt ganz in weiß und gar nicht unmodern stand er da, fast irgendwie amerikanisch. Ja, in den USA, da kannte man wohl nicht die Pavillonbauweise der Krankenhäuser, so, wie er sie schätzte, ebenso wie das Landeskrankenhaus in Graz oder das Otto-Wagner-Spital in Wien. Aber auch in Graz hatte man begonnen, neue moderne Klötze in die geregelte Struktur des 19. Jahrhunderts hineinzusetzen. Die modernen Zeiten, so dachte sich Mozart, fordern eben ihren Tribut. Brauchten die Kranken nicht den Spaziergang, die Kontemplation und Ruhe, das ungefährdete Herumschlendern? Entlassen aus einem Krankenhausturm im amerikanischen Stil, stehst du plötzlich mitten im Verkehr. Wuff! Keine Übergangszeit! Zack und ab in die Realität! Aber vielleicht auch nicht schlecht. Wer weiß?

Die Dame und der Herr verschwanden im Bettenturm. Sollte er ihnen folgen? Aber das war ihm dann doch zu bedrohlich. Vielleicht würde man ihn noch verwechseln, einfangen, und auf einmal würde er auf einem OP-Tisch liegen.

Mozart schmunzelte über seine Ängstlichkeit, machte eine 180-Grad-Drehung und schlenderte auf die gegenüberliegende Straßenseite, da, wo er das fand, wonach er gesucht hatte: die altehrwürdigen Backsteinpavillons des 19. Jahrhunderts. Er dachte an Rudolf Virchow. Ja, Virchow, das war die Charité für ihn. Virchow hatte ihm immer imponiert. Ehemaliger Revolutionär der 1848er-Barrikaden und dann Begründer der modernen Medizin. Warum eigentlich? Die Zelle als Grundlage menschlichen Lebens. Welche Farbe mögen diese kleinen Zellen haben? Vielleicht rot? Rote Zellen? Ob die Genossen damals davon gewusst hatten?

Hatte Virchow nicht aus Berlin fliehen müssen? Schon witzig, gerade in Würzburg hatte man ihm eine Professur für Pathologische Anatomie angeboten. Ein Wahnsinn! Na ja, so wahnsinnig auch wieder nicht. Virchow hatte dem bayerischen Ministerium versichern müssen, dass er sich von der politischen Arena fernhalten werde. Das hatte er von dem gebildeten Herrn Suppanz gehört, von wem auch sonst? ›Omnis cellula e cellula‹, ja, das war Virchows neue Theorie gewesen. Nein, nicht Theorie, das hatte er aus Untersuchungen abgeleitet. Die Medizin hatte ja bis dahin der Humoraltheorie gehuldigt. Krankheiten, so glaubte man, entstehen aus einem Ungleichgewicht an Körpersäften. Glaubhaft? Mozart spürte nach innen. Fühlte er Körpersäfte? Hm. Mozart strengte sich an. Immer noch nichts. Nur im Mund. Der war eben noch trocken gewesen, jetzt lief ihm seltsamerweise das Wasser im Mund zusammen.

Schon witzig, dachte Mozart, jetzt war er nach Berlin gefahren, um etwas über Frau Dr. Köhler aus der Roten Zelle Medizin herauszufinden. »Jede Zelle aus der Zelle.« Aber die von ihm Verdächtigten waren ja nicht alle in derselben Zelle gewesen, hatten sich teils gar bekriegt.

Du spinnst, Mozart, jetzt ist vierzig Jahre später. Was soll es da bedeuten, dass sie damals links oder – wie es der Verfassungsschutz sah – linksradikal gewesen waren? Nein, nein, nein, das spielt keine Rolle mehr.

Mozart beschloss, diesen Gedanken zu verwerfen. In vierzig Jahren kann viel passiert sein, und wessen Leben ist schon geradlinig? Ach ja, hatte Herr Suppanz ihm nicht auch erzählt, dass Virchow Bismarck nicht leiden konnte, Bismarck Virchow auch nicht, also dass die beiden sich nicht leiden konnten? Und dass Bismarck ihn gar zu einem Duell herausgefordert hatte? Virchow hatte den von Bismarck hingeworfenen Fehdehandschuh nicht aufgehoben – mit der Bemerkung, dass ein Duell nicht mehr zeitgemäß sei. Der Junker Bismarck hatte ihn deswegen wahrscheinlich für abgrundtief feig gehalten. Was soll's, wenn man dafür am Leben bleiben kann. Bei einem Duell mit dem Skalpell hätte Virchow vielleicht gar gewonnen. Man stelle sich das Szenario vor: »Herr von Bismarck, ich nehme das Duell an, aber nur unter der Bedingung, dass wir mit dem Skalpell kämpfen und dass ich Sie nach Ihrem hundertprozentig sicheren Verscheiden gleich weiter sezieren kann!«

Mozart wurde hungrig. So schlenderte er zurück zum S-Bahnhof, da hatte er an dem Kanal einige Lokale gesehen. »Ständige Vertretung«, was für ein Name für ein Lokal! In den Auslagen Bilder von Politikern, etwas ältere Bilder, eher so aus Mozarts Jugendzeit. Aber auch andere Prominenz. Der Mann, der Gandhi gespielt hat. Wie hieß er noch gleich? Und jetzt dämmerte es ihm. »Ständige Vertretung«, das war doch der Name der westdeutschen Niederlassung in Ostberlin gewesen, eine Botschaft wollte die BRD in der DDR nicht haben. Das hätte ja Anerkennung der DDR bedeutet. An dieser Stelle? Damals hochpolitisch und heute eine Kneipe? Er fragte den Kellner, ob das hier früher schon der Ort der »Ständigen Vertretung« gewesen war. »Ja, immer schon. Ihr habt hier immer schon so komische Namen gehabt.« Zunächst verstand Mozart Bahnhof, doch dann war ihm klar, dass dieser junge Kellner mit dem bayerischen Akzent keinen blassen Schimmer von der Bedeutung des Begriffs »Ständige Vertretung« hatte. Ein Spätgeborener eben.

Mozart war angenehm überrascht. Der Rahmgulasch war durchaus annehmbar, ungewöhnlich für so ein Touristenlokal, und außerdem hatte er das Aviso auf der Tafel falsch gelesen. Die Palatschinke war keine Alternative, sondern tatsächlich als Nachspeise gedacht. Das sagte ihm der Kellner, als er ihm »Zahlen bitte« zugerufen hatte.

Jetzt fiel Mozart die Anzeigetafel direkt neben dem Restaurant auf dem Gehsteig auf. Irgendein Zentrum warb für seine Therapien. Und Yoga!

Da kam ihm Marianne in den Sinn, die Yoga-Marianne. Wie oft war er jetzt schon bei ihr gewesen? So alle zwei Wochen? Was faszinierte ihn an ihr? Es war wie eine Sucht: Die Art und Weise, wie sie alle auf ihren Matten sitzen oder liegen, wie Marianne dann hereinkommt, die Tür schließt, zu ihrem Platz geht und wie sie sagt: »Mein Name ist Marianne. Und ich freue mich, diese Stunde mit euch teilen zu dürfen.« Was denn dran sei am Yoga, hatte ihn ein Freund gefragt, den er heimlich ins Vertrauen gezogen hatte. Welche Übungen sind das? Kannst du mir eine zeigen? Da war ihm klar geworden, dass er über gar keine Übungen sprechen konnte außer der Hunde- oder Kindeshaltung, dem Vier-Füßler-Stand, aber keine indischen Namen. Es waren nicht die Übungen, wie sie im TV-Yoga vorkamen. Es war das, was Marianne zu den Übungen sagte, wie sie die Übungen begleitete, ihre philosophischen Gedanken. Was für philosophische Gedanken? Das war ja das Merkwürdige. Immer ging es um das »Ich«, aber nicht um das egoistische, eher das »Ich« als Bollwerk in einer unruhigen, stressigen Gesellschaft.

Mozart lächelte. Mit der rechten Hand legte er einen kleinen, schnellen Trommelwirbel auf dem Tisch hin. Marianne!

Der Mann da, keine 10 Meter entfernt, war nicht richtig dick, aber etwas beleibt schon, quasi klobig. Er fiel ihm auf, weil er irgendwie unmodern angezogen war in seiner dunkelblauen Clubjacke mit den Admiralsknöpfen, eine graue Hose dazu. Irgendwie osteuropäisch, dachte sich Mozart. Er ging langsam auf und ab, sah sich die Auslagen und die Schiefertafeln mit den ausgeschriebenen Gerichten an. Mozart hielt ihn für einen ebenso Hungrigen – auf der Suche nach der richtigen Mahlzeit. Er schien unentschlossen zu sein. Er rauchte etwas viel, hielt mal hier, mal da inne und schaute. Schaute mal links, mal rechts, dann wechselte er auf die andere Straßenseite. Wohl ein Schlenderer. Oder kein Geld? Abgerissen sah er nicht aus. Vielleicht die Geldbörse zu Hause vergessen? Und traut sich jetzt nicht zu fragen, ob er anschreiben lassen könne? Oder was anderes? Irgendwie doch auffällig unauffällig, dachte sich Mozart. Dann schlenderte der Mann die Straße an der Spree etwas nach links und verschwand hinter der »Ständigen Vertretung«. Mozart ärgerte sich. Sein Teller war leer. »Jetzt habe ich diesen Kerl die ganze Zeit beobachtet, hab die Palatschinke verdrückt, und wie hat es geschmeckt? Keine Ahnung! Habe irgendwie so nebenher gegessen.«

Der Klobige kam zurück, immer noch langsam schlendernd, und schaute. Na gut, er wartet auf irgendjemanden. Was soll's? Aber wirkt ein Wartender nicht irgendwie nervöser, agiler, schaut ein Wartender nicht schneller mal nach links und rechts, um den anderen – wäre bei ihm eine Frau auch möglich? Kaum – nicht zu verpassen? Um nichts zu verpassen? Schaut ein Wartender nicht mal auf die Uhr? Dieser Mann da nicht. In Mozart stieg ein Verdacht auf. Dieser Mann da wartete nicht, er beobachtete, er sondierte. Aber was? Mozart fieberte etwas. Nach all diesen Wochen des Misserfolgs einen Kriminalfall gelöst? Oder verhindert? So nebenbei? Das wäre doch was.

War er nicht auf dem Weg zurück von der Charité an der Botschaft der Ukraine vorbeigekommen? Wer war dieser Mann? Eine Art Wache? Im Dienst der Ukraine? Erwarteten die einen Überfall? Oder einer von der anderen Seite? Einer, der für einen Überfall sondierte? Auf jeden Fall Osteuropäer, dessen war sich Mozart sicher. Alles andere Spekulation. Mozart entschloss sich, einige Fotos zu machen, direkt von seinem Esstisch aus. Was wäre, wenn der Mann ihn dabei sehen würde, sich selbst beobachtet fühlte, Verdacht schöpfte? Es darf eben nicht heimlich aussehen. Mozart, mach du einfach einige Fotos, so ganz offensichtlich, so wie jemand, der eben gerne in einer fremden Stadt dies und das und auch noch das fotografiert. Erst einmal in die andere Richtung, und dann irgendwie zufällig so, dass der Klobige ins Bild kommt.

Aber etwas mulmig war Mozart schon. Hier war er Tourist, nicht Kriminaler.

Es wurde langsam Zeit, zum Bahnhof zu fahren. Nun stand der Mann vor der S-Bahn. Mozart musste an ihm vorbei. Nur nicht in die Augen schauen. Belanglos bleiben, lässig, abwesend, ganz für mich sein. Wie anstrengend ist das denn? Nein, der Mann hatte Mozart nicht als verdächtig empfunden. Als er oben in die S-Bahn einstieg, stand der Mann immer noch da, schaute genauso tumb wie zuvor auf das Straßengeschehen. Komisch, außer mir scheint dieser Mann niemandem aufgefallen zu sein. Soll ich die Berliner Polizei benachrichtigen? Aber was habe ich eigentlich in der Hand? Will ich in der Bild-Zeitung stehen? »Ösi-Kriminalkommissar hetzt Berliner Polizei auf unbescholtenen Passanten.« Erst mal abwarten.

Der einzige Trost für Mozart im Nachtzug nach Wien war, dass er sich zwischen Ottakringer und Budweiser entscheiden musste. Zwei eher etwas süßliche oder würzige Biere, die er den bitteren vorzog. Ist eben Geschmacksache. Entscheiden konnte er sich nicht. Er bestellte beide. Das war irgendwie schön. Als er dann nachts zweimal das WC aufsuchen musste, kam ihm in den Sinn, dass er das vorher nicht bedacht hatte. Nach nächtlichem Pinkeln konnte er normalerweise nicht sofort wieder einschlafen. Dieses Mal, genauer gesagt, diese beiden Male, faktisch noch schlechter. Er lag da und überlegte. Nein, er überlegte nicht, eigentlich nicht. Sie flogen ihm durch den Kopf, die Gedanken, manche krochen auch nur, und wieder andere blieben immer wieder stecken, klebten geradezu an irgendwelchen Hirnwindungen. Er musste sie manchmal richtig anschieben, indem er einige Schritte zurückging, in den Traum an günstiger und konfliktfreier Stelle einstieg, um wieder in Schwung zu kommen. Und einmal, da war es ihm, als ob ein Gedanke ihm die Lösung gebracht hatte, oder sie ihm doch anzubieten schien. Wie ein Blitz durchfuhr es ihn, er schreckte auf und stieß sich den Kopf an dem oberen Bett (das zum Glück leer geblieben war). Hatte er geträumt, war er also doch eingeschlafen? Aber wo war der Gedanke hin? Zum Greifen nahe und doch verschwunden. So ein Pech! Mozart ließ sich wieder etwas zurückfallen, döste voller Bedacht vor sich hin, bereit, diesen einen Gedanken, diesen Lösungsgedanken, sofort am Schweife zu packen, wenn er wieder auftauchte. Er fühlte sich lächeln – in Erwartung und Vorfreude.

Als er rechtzeitig vor Wien durch das Klopfen des Nachtschaffners geweckt wurde, wusste er nur, dass es eine Lösung geben müsse. Das empfand er als tröstlich, aber dann eigentlich doch nicht mehr. Natürlich gab es eine Lösung, für alles eigentlich, man musste sie nur finden. So einfach ist es. Nein, doch nicht, *er* musste *sie* finden – die Lösung. Schon war er nicht mehr so glücklich, und als er den Nachtzug-Frühstückskaffee antrank und dazu das schrumpelige Marmeladenbrötchen anbiss und dann das im Mund, in seinem Mund, Befindliche niederkaute, runterwürgte, um möglichst schnell fertig zu sein damit, da hatte er richtig schlechte Laune.

Im Zug nach Graz, genauer im Speisewagen, fand er dann wieder zurück ins Leben. Als er die Speisekarte studierte, bemerkte er, dass auch hier Ottakringer und Budweiser angeboten wurden. Das machte ihn erneut glücklich. Sollte er es noch einmal probieren, vielleicht käme der Lösungsgedanke zurück? Ja, das würde ihn beflügeln. Wieder bestellte er beide. Und als er dem Kellner diesen Wunsch mitgeteilt hatte, kroch da ein ganz neuer Gedanke in seinem Hirn herum. Aber nicht der erwartete, erhoffte. Mozart, bist du denn jetzt völlig gaga, abends zwei und morgens noch mal zwei Bier zu trinken, noch bevor du ins Dezernat gehst? Dieses Mal kam Mozart nicht zu spät, der Kellner hatte die Flaschen noch nicht geöffnet. Storno. Aber Mozart hatte Angst, wieder einen abgestandenen Kaffee zu erhalten, also bestellte er sich … einen Kakao. Schwein gehabt. Ganz zufrieden war er mit dem Beginn des Tages allerdings nicht.

Zwischen Bruck/Mur und Graz notierte Mozart in sein Notizbuch

Wien kurz vor Graz, was für ein Charmeur! Oder sagt man Charmeuse? Mozart, werd jetzt nicht narrisch.

Was habe ich rausbekommen?

Dr. Köhler verbittert? Das war sie mal. Jetzt aber das Gegenteil. Eine Frau, die Verzeihung und Liebe ins Zentrum ihres Lebens gestellt hat.

Wenn die verbittert ist, was ist dann mit unserem Wiener Doktor? Aber gottlob! Die Wiener meinen es ja nicht so, das Nekrophile ist ihnen einfach angeboren. Können nicht anders. Sind irgendwie glücklich damit.

Das hab ich noch nie erlebt. Da gibt es Verdächtige, die wie die Verrückten tratschen. Wo doch jeder weiß, möglichst

wenig zu sagen, sonst verrät man sich zu leicht. Und jetzt lädt mich die auch noch ein wiederzukommen. Ehrlich gemeint? Oder im Gegenteil, um mich gnädig zu stimmen? Oder weil Frau?

Und bin ich weitergekommen? Die hat es auch geschafft, mich kaum fragen zu lassen. Bin ich der Kommissar oder sie?

Die ein Bankräuber?

Schon eher. Warum? Enttäuscht, aber nicht zynisch, keiner, der für sich stiehlt. Eher ein weiblicher Robin Hood. Aber wer sind die Beschenkten? Irgendeine Initiative in Afrika, Südamerika, Widerstand in Nicaragua? Bestimmt eine Fraueninitiative.

Andererseits: Ist nicht Vergeben eine wichtige Position für sie?

Ich werde von beiden die Unterschriften der Kursbestätigungen überprüfen lassen müssen. Die könnten ja gefälscht sein, oder zumindest die eine während des Überfalls. Also Unterschriften auf den Bescheinigungen mit der des Kursleiters vergleichen. Die waren zur Zeit des Überfalls beide in unterschiedlichen Seminaren. Was, wenn die gefälschte Unterschrift der beiden Bestätigungen von derselben Hand gefertigt? Von Ende?

Graphologisches Gutachten anfordern!

Vielleicht hat sich Berlin ja doch gelohnt.

Der Knall

Inzwischen waren auch die DNA-Analysen von Hart und von Ende eingetroffen. Beider DNA-Proben waren im Fluchtwagen gefunden worden. Aber das bedeutete nichts. Zwei alte Freunde hatten sich umarmt, und schon trugen sie DNA-Spuren des anderen mit sich herum.

Die Kursbestätigungen von Köhler und Hart waren auch echt. Armer Mozart!

Mozart fiel der Mann vor der »Ständigen Vertretung« wieder ein. Er würde in den nächsten Tagen die Zeitung studieren, ob es in Berlin einen Überfall auf die ukrainische Botschaft gegeben hat. Nein, Blödsinn. Er würde noch heute der Berliner Kriminalpolizei einige Fotos von dem Mann schicken – von vorn, von hinten und von der Seite – und ihr mitteilen, dass er ihm irgendwie verdächtig vorgekommen sei. Die könnten jetzt sowieso nur recherchieren, könnten ja nicht mehr mit Tatütata zur »Ständigen Vertretung« rasen. Aber vielleicht hatte ich ja doch den richtigen Riecher, dachte sich Mozart, und vielleicht verhaften sie ihn oder können zumindest nach ihm fahnden. Vielleicht ein kleiner Lichtblick für mich in dieser Zeit. Ach was, vielleicht, vielleicht, vielleicht!

Mozart verfiel wieder ins Grübeln.

Jetzt war er dreimal in Übersee gewesen, einmal in Wien, zweimal in Graz und sogar in Berlin. Schlauer war er nicht geworden. Aber sein Verdacht war ungebrochen. Er spürte, dass sie alle unter einer Decke steckten. Er hatte schon von einer Viererbande geträumt, aber immer noch gab es nur zwei mögliche Beteiligte – den Überseer Gutmenschen und den Wiener Zyniker. Also noch einmal zu Ende. Warum? Mozart dachte sich, der ist ja vor Ort. Ich mag nicht mehr reisen. Aber ich werd wohl zu Fuß zu ihm in die Terrassenhaussiedlung gehen. Vielleicht gibt mir Nietzsche unterwegs einen Tipp, und der …, der …, der Kierkegaard hoffentlich auch.

»Wie sind Sie eigentlich Kommunist geworden?«

»Sie sind immer noch auf der Suche nach einem Täter, stimmt's? Sie versuchen, sich von mir ein Bild zu machen, ob es da irgendwo einen Grund gibt, eine Bank zu überfallen.«

»Nicht direkt, Sie haben ja ein handfestes Alibi.«

»Aber ich könnte es ja vielleicht organisiert haben. Das glauben Sie doch, oder?«

»Glauben ist zu viel gesagt. Ich suche. Ich trage Bilder zusammen, oder eigentlich mehr Puzzlestücke. Also wollen Sie jetzt meine Frage beantworten?«

»Ja, das mach ich gerne. Aber wer sagt Ihnen, dass das, was ich Ihnen erzähle, auch die Wahrheit ist? Ich könnte Ihnen ja ein sehr sympathisches Bild von mir vermitteln.«

»Entschuldigen Sie, aber ich habe da eine bestimmte Erfahrung. Ich weiß schon, wenn jemand lügt, wo das Bild nicht mehr stimmig ist.«

»Na gut. Also wie wurde ich Kommunist? Obwohl mir im Nachhinein gar nicht klar ist, ob ich wirklich Kommunist war. Es begann damit, dass ich schon als Schüler ein Rebell war. Nein, stimmt eigentlich nicht. Ich fühlte mich wie ein Rebell, aber ich war zu ängstlich. So befand ich mich eigentlich nur in Opposition – zu denen, die die Macht hatten, zu denen, die das Sagen hatten, zu den Erwachsenen, zu Autoritäten, zu den Lehrern, hinterher zu den Professoren. Da war mein Weg irgendwie vorgezeichnet. So hielt ich mich zwar für einen Revolutionär. Ein Revolutionär aber blickt nach vorn und geht vorwärts. Wenn ich aber mal einen mutigen Schritt nach vorn gemacht hatte, ging ich gleich wieder zwei Schritte zurück – in Deckung.

Und man darf nicht vergessen: das Wort ›Revolution‹ hat etwas Faszinoses an sich, vor allem im Spanischen: ›Viva la revolucion!‹ Und schon steht man gerade! Erst später erkannte ich, dass die Revolution keinen Wert an sich darstellt. Die eigentliche Schwierigkeit liegt in der Zeit nach der Revolution. Und da haben eigentlich alle sozialistischen Länder gezeigt, dass nun keine Revolutionäre mehr gefragt waren, sondern willfährige Befürworter des neuen Systems. Denken Sie nur an die Bürokratenköppe in der DDR, Honecker, Mielke. Oder an die anderen sozialistischen Länder des Ostblocks, Milošević, Ceaușescu, Tito. Allesamt Spießer im Quadrat. Allein schon vom Äußeren her.«

»Lassen wir die Herren in ihren grauen Anzügen. Ich würde gerne etwas über Sie selbst erfahren.«

»Na gut. Im ersten Semester wohnte ich zusammen mit meinem Klassenkameraden Volker, der mich zu einigen Burschenschaften mitnahm. Ich ging mehr so aus Neugier mit, außerdem gab es gutes Essen und Freibier. Aber dieses angeberische, zackige Gehabe, das war tödlich für mich. Und trotzdem hängt vieles im Leben von Zufällen ab. Eines Tages ging ich mit einigen Burschenschaftlern chinesisch essen.

Ich erinnere mich genau, war ja auch mein erstes chinesisches Essen, wir aßen Fu Jung Hai, so eine Art chinesisches Omelett. Heute würde ich sagen: chinesisch für Angsthasen, möglichst nah dran am norddeutschen Bauernfrühstück. Und dann beugte sich der Fuchsmajor zu mir und flüsterte mir ins Ohr, schau mal da drüben, da sitzen die vom Sozialistischen Deutschen Studentenbund. Und ehrlich gesagt, gefielen die mir besser. Dann kam in Berlin die Ermordung von Benno Ohnesorg, und plötzlich war mir klar, auf welcher Seite ich stand. Und dennoch. Ich habe oft überlegt, woran es liegt, dass der eine Mensch diesen Weg nimmt, der andere einen anderen. Entscheiden wir, oder werden wir entschieden? Sind wir verantwortlich für den Weg, den wir einschlagen? In unserem Dorf hatte ich zwei Freunde. Ich war der Jüngste, der Schüchternste. Die beiden waren meine Vorbilder. Nach meinem achten Lebensjahr haben wir uns nie wiedergesehen. Einer soll psychiatrisch geworden sein, der wurde beobachtet, wie er mit Hühnern sprach, von dem anderen weiß ich gar nichts mehr.

Also noch mal: Wie wird man zu dem, der man ist? In der Achtundsechziger-Bewegung galt allgemein, dass die Gesellschaft einen formt: Das Sein prägt das Bewusstsein. Das ist ja noch heute vor Gericht von gewisser Bedeutung. Stellen wir uns mal folgende Argumentation von einem Rechtsanwalt vor – oder besser von einem psychologischen Gutachter. Entschuldigen Sie, ich hab das hier auf einem Zettel. Hab ich mir mal aufgeschrieben: *Kein Wunder, dass er sich zum Kriminellen entwickelte. Er wuchs in kleinsten, gar ärmlichen Verhältnissen auf, um ihn herum sozial Gestrandete und zwielichtige Elemente, die ihn tagtäglich beeinflussten. Dies*

*war seine gesellschaftliche Realität, der er sich nicht entziehen
konnte. Die Polizei war dort Stammgast. Wie hätte er sich da
anders entwickeln können?*

Einleuchtend, oder? Eigentlich sollte die Gesellschaft vor
Gericht.«

»Ja, diese Argumentation kenn ich. Was gibt's dagegen
zu sagen?«

»Also, ich will Ihnen andere Möglichkeiten zeigen.
Situation und Hintergrund fast gleich: *Kein Wunder, dass
er so ein Aufsteiger, so ein Neureicher, so ein Misanthrop
wurde, dem das Leid der anderen Menschen egal war. Er
wuchs in kleinsten, gar ärmlichen Verhältnissen auf, sah so viel
Elend, dass er nur ein Ziel kannte: Hier wollte er heraus, koste
es, was es wolle. Und bei der Bank standen ihm alle Möglichkeiten zum Betrug offen.*

Und jetzt das Gegenteil: *Kein Wunder, dass er sich zu so
einem Menschenfreund entwickelte. Er wuchs und so weiter
und so weiter wie gehabt. So sollte es niemandem ergehen müssen. Aus tiefstem Herzen wurde er ein Philanthrop, der Leid
und Ungerechtigkeit nicht ertragen konnte. So gründete er eine
soziale Hilfsorganisation.*

Auch möglich, oder? Und jetzt können wir auch noch
›Philanthrop‹ durch ›Kommunist‹ ersetzen. *Aus tiefstem
Herzen wollte er sich gegen Ungleichheit und gegen Unterdrü-
ckung einsetzen.*

Verstehen Sie, was ich meine? Warum ich so und nicht
anders bin? Ich hätte alles werden können. Ja, die Herkunft,
der soziale Hintergrund ist ein Faktor, aber nicht alles. In
meinem Leben gab es einige Momente, wo Weichen für
mich gestellt wurden. Ich kann viele von ihnen benennen.

Mein Anteil war es, sie zuzulassen. Jemand anderes hätte vielleicht viel aktiver eingegriffen und sich gegen den einen oder anderen vorgeschlagenen Weg entschieden. Und einige Weichen sind vielleicht gestellt worden, ohne dass ich es überhaupt bemerkte.

Was hat diese Erkenntnis für mich gebracht? Ich glaube, ich sagte es Ihnen das letzte Mal schon. Das Hineingeworfensein in die Welt, irgendwo zu landen und sich nach hier oder nach dort zu entwickeln, diese Erkenntnis hat mich dazu gebracht, weniger radikal zu sein. Hätte ich nicht genauso gut auf der anderen Seite landen können?«

»Herr Doktor, Sie überraschen mich. Das klingt ja fast nach totaler Beliebigkeit? Anything goes?«

»Sie haben Recht mit Ihrem Einwand. Genau das ist die Gefahr. Im menschlichen Zusammenleben geht es nicht ohne eine gewisse Verantwortung, ohne eine gewisse Festlegung. Im Zusammenleben muss man irgendwann sagen: Egal, warum du so geworden bist, egal, dass du dich nicht dagegen entschieden hast, wir werden an dieser Stelle darum kämpfen müssen, wie wir zusammenleben können. Wir werden vielleicht nur mit einem Kompromiss leben können.«

»Ja, das verstehe ich. Darüber haben wir das letzte Mal schon gesprochen. Aber ich habe noch eine Möglichkeit für Sie. Darf ich mal Ihren Zettel als Grundlage haben?«

»Bitte, hier.«

»Also hier mein Versuch: *Er wuchs in kleinsten, gar ärmlichen Verhältnissen auf, sah so viel Elend und Ungerechtigkeit, dass er nur ein Ziel kannte: So sollte es niemandem ergehen müssen. Aus tiefstem Herzen wurde er ein Philanthrop, der Leid und Ungerechtigkeit nicht ertragen konnte.*«

»Aber das habe ich doch schon gesagt, Herr Kommissar.«

»Richtig, aber ich war ja noch nicht fertig: *Aber Philanthrop kann man nur sein, wenn man viel Geld hat ... Woher nehmen und nicht stehlen?*«

»Jetzt bin ich aber gespannt!«

»Eben, die Antwort heißt ›stehlen‹. *Aus ihm wurde ein* Bankräuber, *ein moderner Robin Hood.*«

»Hut ab, Herr Kommissar. Applausi, Applausi! Haben Sie Ihre Handschellen dabei? Hm, Ihre Analyse hat nur einen Mangel: Sie umschreibt eine von meinen vier Möglichkeiten, plus Ihre macht fünf Möglichkeiten. Das entspricht – Augenblick mal – zwanzig Prozent Wahrscheinlichkeit. Mein tief empfundenes Mitgefühl.«

»Wie stehen Sie zum Bankraub?«

»Darf ich das Ganze etwas komplizierter gestalten? Was heißt Bankraub? Bankraub wofür? Geht es darum, die Banken zu bestrafen, sich selbst zu bereichern oder eben um Robin Hood? Ich habe mal einen Spruch gelesen: ›Früher beraubte man eine Bank, heute gründet man eine.‹ Denken Sie an LEHMAN BROTHERS, an die letzte große Bankenkrise. Die größten Bankräuber sind die Banker selbst. Da werden Zahlen hin und her geschoben, man spielt mit der Zerstörung von Produktionsstätten, Industrien, ja Ländern, da denkt keiner daran, dass an den Zahlen menschliche Schicksale hängen. Denken Sie an die ganzen Spekulationen der Getreidepreise. Die haben dazu geführt, dass halb Afrika verarmt, verhungert ist. Nicht, weil die nicht wussten, wie Getreide angebaut wird, sondern weil ihr Produkt plötzlich an der Börse gehandelt wurde und ebenso plötzlich nichts mehr wert war. Die Bauern mussten ihr Land, ihr Vieh verkaufen, natürlich für ein Butterbrot, wenn man das für Afrika so sagen darf. Ich bin mir sicher, dass die Spekulanten nicht einmal Weizen von Roggen, von Dinkel, von Hafer unterscheiden können. Aber sie haben die Macht über das Leben derjenigen, die vielleicht händisch jedes einzelne Korn in die Erde vergraben, das Feld bewässert, gepflegt und geerntet haben.

So wie bei Betrieben feindliche Übernahmen dazugehören, wird ein Kursverfall künstlich hergestellt, das Produkt ist für einen Appel und ein Ei zu haben, um dann wieder überteuert verkauft zu werden. Firmen wie COCA-COLA, NESTLÉ, MONSANTO haben doch nicht das Glück der Menschen zu ihrem Leitbild erhoben, sondern den Gewinn. Dafür können auch schon mal Tausende verdursten, verhungern, an Überdosen Zucker verfetten und sterben.«

»Der Chef von NESTLÉ war ein Villacher. Ich kenne ihn nicht persönlich, aber ich glaube nicht, dass das ein Mensch ist, der über Leichen geht.«

»Das ist ja das Fatale und warum die alten Karikaturen vom vollgefressenen Kapitalisten mit Zylinder und Zigarre nicht mehr stimmen. Bei einigen schon, z. B. beim Chef vom LEHMAN BROTHERS. Der fand das nach dem Konkurs in der Anhörung vor amerikanischen Politikern voll in Ordnung, dass er 500 Millionen US-Dollar im Jahr verdiente, habe ich zumindest gehört, auch als 2006 der Niedergang der Bank schon zu erkennen war. Das ist persönliche Gier, aber dahinter steht die Logik des Systems. Man müsse den Markt nicht regulieren, sagte Greenspan, zwanzig Jahre lang Chef der amerikanischen Notenbank. Einen Crash wie 1929 könne es nicht mehr geben, sagte er, denn die Märkte regulieren sich selber. Auch er wurde vom amerikanischen Kongressausschuss zu seiner Theorie befragt. Wissen Sie, was er sagte? Ja, in seiner Theorie stecke wohl ein gewisser *flaw,* aber er könne nicht sagen, ob nur augenblicklich oder generell. Sorry, dumm gelaufen.

Reagan hat die Gewerkschaften bekämpft, den kleinen Leuten das Einkommen gestutzt. Aber wie soll die Wirtschaft funktionieren, wenn niemand was kaufen kann? Also gaben die Banken großzügige Kredite. Jeder konnte sich wieder ein Haus auf Pump leisten, und sogar diese mit Hypotheken belasteten Häuser wurden wieder für neue Kredite als Sicherheit genommen. So etwas muss ja einmal platzen, da steckt ja nichts Reales dahinter. Subprime wurden diese hohlen Kredite genannt. Suboptimal wäre besser gewesen. Kennen Sie den Film ›The Big Short‹? Der basierte auf dem Buch des Finanzinsiders Michael Lewis. Da gibt es diesen einen berühmten Satz: Subprime, also die in ein zweites hohles Gewand gewickelten Kredite sind ›dog shit wrapped into cat shit‹. Und zum Schluss heißt es, dass Hunderte Banker, Investoren und Kredithaie nach dem Crash von 2008 ins Gefängnis gewandert sind und dass der Staat jetzt alles zur Zufriedenheit reguliert, das heißt, dass die Finanzaufsicht gründlich reformiert wurde.

Also doch!

Und dann knallt's im Film und es heißt: ›Just kidding!‹ Reingelegt! Haha! Wissen Sie, dass nur ein Wall-Street-Banker ins Gefängnis musste? Allerdings dreihundertvierundzwanzig kleinere Makler oder Versicherungsagenten, die den Quatsch von oben vielleicht sogar geglaubt hatten. Acht

Millionen Amerikaner verloren ihren Job, sechs Millionen ihr Haus. Ansonsten hat sich nichts verändert. Es geht genauso wie vorher weiter. Der Exchef von Ex-Lehman betätigt sich jetzt als Anlagenberater von reichen amerikanischen Familien, die Aktien sind wieder auf Rekordhöhe. Man kann den nächsten Crash schon riechen.«

»Erlauben Sie mir eine Zwischenbemerkung. Die Wirtschaftsleute sind doch nicht blöd. Warum sollten die immer so weitermachen, wenn die Konstruktion nichts taugt?«

»Warum? Warum? Ganz einfach. Weil sie nicht die Leidtragenden sind. Die Finanzkrise von 2008 verschaffte den USA Millionen von Arbeitslosen, die amerikanische Bevölkerung musste elf Milliarden Dollar Verlust an Privatvermögen hinnehmen, Obama musste zweihundertachtzig Milliarden Dollar zur Stützung der Banken einsetzen, um Schlimmeres zu verhüten. Sonst hätten wir vielleicht eine Weltwirtschaftskrise gehabt. Und Sie untersuchen jetzt schon über Wochen einen Raub von einer Million Euro?«

»Unrecht bleibt Unrecht, egal wie hoch die Summe. Und die amerikanischen Zahlen scheinen mir aber schon etwas unglaubwürdig.«

»Ja, mir auch, das müssen sie auch, es ist ja alles so gewaltig, so unfassbar, aber sie stammen aus dem Bericht einer amerikanischen Regierungsstelle.«

»Ich muss Sie leider unterbrechen. Bevor Sie sich jetzt über die Ökonomie in Rage reden, würde ich gerne eine andere Seite von Ihnen beleuchten. Sie haben vorhin etwas von Hineingeworfensein in die Welt gesprochen. Sind Sie Heideggianer?« Mozart wollte auch mal was Schlaues sagen, Bildung zeigen.

»Um Gottes willen, nein! Ich habe nur einige Seiten von ihm gelesen und mich gefragt, warum der so verquast schreibt. Die Wahrheit kann doch nicht so kompliziert sein. Dann habe ich kürzlich bekannt gewordene Briefe von ihm an seinen Bruder gelesen, und da schreibt er wie der Nachbar von nebenan. Wozu das Ganze? Wozu Hunderte von Heidegger-Gesellschaften, Tausende von Exegesen? Sind die ewigen Bibelexegesen nicht genug? Und dann kommt raus, dass er ziemlich trübes nationalsozialistisches Gedankengut unter seiner Schädeldecke spazieren trug, versucht hat, seinen Bruder in die NSDAP zu lotsen. Also: Wozu hat ihm die ganze Philosophiererei genutzt?

Nicht ganz im Spaß. Ich habe zwei Favoriten: Frank Zappa und Taj Mahal. Da ist so viel Tiefsinn in ihren Texten, aber es ist eingepackt in Banalem. Und für jedermann verständlich.«

Der Doktor sah zwei frische Denkfalten auf des Kommissars Stirn.

»Ja, ich meine Taj Mahal, den amerikanischen Sänger, der sich nach dem indischen Grabmal benannt hat.«

Ende ging ans Fenster, schaute in den Innenhof und schwieg.

Mozart schloss die Augen. Welche Erleichterung!

Da sagte Marianne, die Marianne vom Yoga: Und manchmal, da ist euer Kopf voller Gedanken, voller Gedanken von der Welt da draußen. Und diese Gedanken lassen euch nicht hier bei euch sein. Und vielleicht ist da ein Männchen, das diese Gedanken immer wieder aufwirbelt. Gebt ihm einen Namen. Sagt einfach: Erwin, jetzt schalte ich dich ab.

»Oh, da fällt mir ein, ich hatte noch einen Lieblingsphilosophen, den ›Anarcho‹-Grafiker Gerhard Seyfried. Der hat in den 1970er-Jahren die ›Internationale‹ verbildert. Zum Schluss heißt es ja ›scheint die Sonn' ohn' Unterlass‹. Da hat Seyfried eine Gruppe von Menschen gezeichnet, in der unbarmherzigen Sonne schmorend, und einer sagt völlig verzweifelt: ›Puh, sieben Jahre scheint sie jetzt schon!‹ So viel zum ersehnten Paradies.«

Ende hatte ein Lächeln erwartet, oder irgendwas anderes. Aber er sah nur einen selig vor sich hin grinsenden Kommissar – jetzt faltenfrei.

Ein ohrenbetäubender Lärm besetzte das Zimmer. So konnte nur ein Schlagbohrer klingen, und so konnte es nur klingen, wenn dieser sich durch Beton fraß – oder besser hämmerte –, und so konnte es nur klingen bzw. dröhnen, wenn es genau die angrenzende Wand war, die da angefressen wurde.

Mozart sah Ende die Lippen bewegen, aber er hörte nichts mehr.

Und Ende dachte sich »Der hört sowieso nichts«, hielt sich die Ohren zu, bewegte die Lippen, sagte aber nichts. Welch eine Erleichterung! Er stand auf, drehte sich um und schaute wieder aus dem Fenster hinab in den Innenhof, wo Kinder spielten und Tretroller ausprobierten.

Mozart fühlte sich auch sehr erleichtert. Endlich musste er nicht mehr zuhören, endlich konnte er Marianne folgen und all diese unnützen Gedanken von sich streifen.

Da lud Marianne Mozart ein, in die Kindeshaltung zu gehen. Das war etwas schwierig auf dem Stuhl, aber

Mozart dachte sich: Ja, jetzt eine Bewegung! Was für ein Genuss!

Aber vielleicht will ich ja das Bein doch noch etwas höher strecken. Vielleicht liegt gerade darin die Herausforderung. Vielleicht stärkt es mich, wenn ich doch noch gegen die Schwerkraft anarbeite. Auch wenn es mich einige Überwindung kostet. Vielleicht macht mich ja gerade das etwas glücklich. Und wenn ich glücklich bin, dann sollte es sich auf meinem Gesicht zeigen. Ich strecke die Arme nach oben, lasse die Schultern fallen und lasse sie weit werden. Ich spüre meinen lang gezogenen Rücken.

Mozart strahlte. Das mit dem Beinausstrecken auf dem Stuhl ging wirklich nicht, aber den Arm nach oben …

Da stoppte der Bohrer. Und just in diesem Augenblick erfüllte ein ganz anderes Geräusch den Raum, ein Klatschen, gefolgt von einem dumpfen Schlag!

Des Doktors Kopf flog herum und sah den Kopf des Kommissars auf dem Tisch. Der hatte doch wohl nicht in den Tisch gebissen!

Mein Gott, muss das wehtun!

Fast im selben Augenblick ein zweiter Knall. Der Stuhl, auf dem Mozart gesessen hatte, war nach hinten geschossen und hatte des Doktors teure chinesische Vase gerammt. Die begann gefährlich zu schwanken.

Der Doktor schoss nach vorne: »Meine Vase!«

Da noch ein Knall!

Die Sprechstundenhilfe, vom ersten Knall aufgeschreckt, beim zweiten war sie schon unterwegs, hatte die Tür aufgerissen, kam ins Behandlungszimmer gestürmt. Da kam ihr aber der Kopf des Doktors in die Quere, ihr, der Tür: Knall Nummer drei.

Mozart hatte inzwischen die erste Schockstarre überwunden. Er glaubte, seine Zähne heil zu wissen, sah den
Doktor von der Begegnung mit der Tür torkeln – und die
Vase schwanken. Er musste nicht nachdenken, um sich zu
entscheiden, was jetzt zu tun war. Er wusste, an erster Stelle
steht immer der Faktor Mensch! Er stürzte auf den Doktor zu. Der bewegte sich aber etwas schneller als der doch
noch etwas benommene Mozart.

Das ergab den vierten Knall, etwas dumpf, weil Kopf an
Kopf.

Des Doktors Brille flog durchs Behandlungszimmer.
Aber er wusste auch ohne Brille, wo die Vase herum-
torkelte, halb wand er sich um Mozart herum, halb
drückte er ihn zur Seite, hechtete nach vorne, prallte gegen die Vase.

Das ergab den fünften Knall – aber tatsächlich etwas
tympanitischer als alle Knaller zuvor: Kopf auf Vase.

Und die Vase?

Nein, weder kippte sie um, noch ging sie entzwei. Einem
Balancewunder gleich stand sie da, zwar an anderer Stelle
als zuvor, aber sie stand.

Die geschockte Sprechstundenhilfe schimpfte drauflos.
»Herr Doktor, ich habe Ihnen schon ein paar Mal gesagt,
dass diese nachgebauten Bauhaus-Stühle nichts taugen. Die
rutschen einfach weg, wenn man nicht ganz hinten sitzt.
Die werden wir jetzt also mal ganz schnell austauschen.«

»Nein, es war die Kindeshaltung. Die hätte ich nicht ein-
nehmen sollen. Ich war wohl in Gedanken, habe mich nach
vorne gelehnt, bin gestürzt.«

Das war Mozart. Er rieb sich das geschundene Kinn und die rechte Schläfe, die Bekanntschaft mit dem Doktor gemacht hatte.

Ende: »Die Brille ist auch heil geblieben. Was in Gottes Namen ist eine Kindeshaltung?«

»Kennen Sie Yoga?«

»Ja, generell.«

»Kennen Sie Marianne?«

»Wen?«

»Entschuldigen Sie, vergessen Sie's. Ich bin noch etwas durcheinander. Wo waren wir stehen geblieben?«

»Stehen geblieben? Sie haben vielleicht Nerven! Sie haben in den Tisch gebissen, ich die Tür gerammt, und dann wir beide im Pas de deux.«

»Na gut, um es abzukürzen.« Mozart ging aufs Ganze. »Waren Sie dabei?«

»Danke, sonst noch eine Frage?«

»Ja, eine letzte Frage. Wieso hat es sie nach Graz verschlagen?«

»Die Liebe. Sie kennen natürlich den ›Hödlmoser‹ von R. P. Gruber. Der spricht vom Feld-, Wald-, Fluss-, Bergsteirer usw. Aber er hat den Liebessteirer vergessen, also die Liebe zu einer Steirerin. Das war ich.«

»Wie romantisch.«

»Ja, im Ansatz schon. Die Liebe entwand sich mir.«

»Und Sie sind noch hier?«

»Ja, geblieben sind zwei tolle Söhne, eine neue Liebe, dazu Graz und Wien, die Südsteiermark, der Neusiedler See, die Berge, die Adria, last but not least meine Arbeit hier, was will man mehr!«

»Ja, das kann ich verstehen«, und Mozart dachte an seine Liebe zu den beiden Städten. »Nun aber doch noch eine Frage: Würden Sie eine Bank überfallen, zum Beispiel in ihrem geliebten Graz?«

»Herr Kommissar. Sie wollen einfach nicht lockerlassen. Ich antworte mit einem berühmten Satz von Karl Valentin: ›Mögen hätt' ich schon gern wollen, aber dürfen habe ich mich nicht getraut‹.«

Als Mozart nach Hause kam, sah Marianne – die seinige – von einem Schularbeitsheft auf, das sie etwas mit der Farbe Rot verschönt hatte, und fragte: »Wie war der Tag? Irgendetwas Besonderes?«

»Leider nein. Das Übliche.«

»Deine Unterlippe ist geschwollen.«

»Hab mir aus Versehen auf die Lippe gebissen.«

Und Mozart meinte heimlich, und zwar zu sich selbst, dass man ja nicht unbedingt alles erzählen müsse.

Am Abend notierte Mozart in sein Notizbuch:

Was für ein Tag! Ich glaube, ich bin etwas in Yoga-Marianne verliebt.

Und meine Verdächtigen? Die werden auch nicht mehr. Geht denn hier nichts weiter?

Wo bin ich beim Laufen angekommen?

Keine Ahnung! Vielleicht verlaufen?

Das Fatale für mich als Kommissar: Da gibt einer zu, dass er eine Bank überfallen könnte, kann es aber nicht gewesen sein. Hat ja ein Alibi.

Also Organisator, der unsichtbare Vierte namens Zeppo?

Gut möglich. Bin mir fast schon sicher.

Und hilft mir das viel weiter?

Nein! Kommissar Mozart weiß, wer beim Überfall nicht dabei war. Einfach toll! Habe maximal zwei, die es gewesen sein können.

Was geht mich das gestohlene Geld an?

Er hat ja recht. Bank ausrauben ist doch lächerlich. Die wahren Bankräuber sitzen in der Bank.

Wie viele Menschen haben Suizid begangen, nachdem sie durch die Lehman-Pleite ihr Geld verloren hatten?

Wer wurde eigentlich durch BR Müller geschädigt?

Vorsicht, Mozart: Du argumentierst moralisch. Nicht deine Aufgabe. Du sollst nur den (die?) Räuber finden. Den Rest macht das Gericht.

Nachts über den Dächern von Graz

Langsam dämmerte es ihm. Draußen allerdings war es noch ziemlich finster. Vor einigen Sekunden hatte Mozart sich die Frage gestellt: »Wo bin ich?« Zur weiterführenden Frage »Wer bin ich?« war er noch nicht wach genug. Oder hatte es etwas mit den Lichtverhältnissen zu tun? Er schloss schnell die Augen. Jetzt, wo er gar nichts sah, stand doch die Frage nach dem »Wer?« im Vordergrund. Er öffnete die Augen. Er wusste, dass er im Bett saß. Aber er wusste nicht, warum er saß. Oder wie er aus dem Liegen ins Sitzen geraten war. Es war still um ihn herum – fast. Jetzt hörte er Frau Mozarts Atemzüge, leise und regelmäßig – zu seiner Rechten. Sie hatte sicherlich vorher auch schon geatmet, aber jetzt brach ihr Atem, wie verhalten auch immer, in seine Welt ein. Er konnte sie nicht sehen, er brauchte sie nicht anzufassen, um zu wissen, dass sie da war. Kannte er ihre Atemzüge, konnte er sie an ihrem Atem erkennen? Nein, das war nicht zu entscheiden. Kurz fragte er sich, ob es ein anderer Mensch da neben ihm sein könnte. Konnte es nicht so sein wie in manchen Filmen, wo der Held in einem fremden Bett mit einer fremden Frau aufwacht? Und keine Ahnung hat, wie er da hineingeraten war? Was eventuell passiert ist? Womöglich etwas Sexuelles? So betrachtet käme der Faktor Zeit ins Spiel. Was hatte er gestern Abend getan? Es fiel ihm tatsächlich nicht ein. Aber sicher war er nicht ausgegangen. Er könnte das Licht anmachen und nachschauen, aber dann würde er sie wecken.

So langsam hatten sich seine Augen an die Dunkelheit gewöhnt. Er konnte Umrisse des Zimmers ausmachen, sah dort den kleinen Schreibtisch, ihren Schreibtisch. Er hatte sich gewundert, als sie beschloss, sich diesen kleinen Schreibtisch zuzulegen und ihn ins Schlafzimmer zu stellen. Wohl nachdem er seinen Sekretär an die andere Wand gestellt hatte. Er bemerkte, dass er schmunzelte. Eigentlich wurde der Tisch von ihr mehr zum Schminken benutzt als zum Schreiben: Schminkstift ist ja auch nicht weit vom Schreibstift entfernt. Vorsicht, Mozart! Werd jetzt nicht zum Frauenfeind! Eigentlich schrieb sie mehr in der Küche, oder las dort Klassenarbeiten oder Aufsätze. So manchmal war deswegen das Abendessen verschoben und verschoben worden. Seine Waffe war gewesen, öfter später als angekündigt zu erscheinen.

Das Schlafzimmer war etwas karg eingerichtet. Neben dem Schreibtisch noch der Kasten (für Nichtösterreicher: Schrank) und sein Sekretär, auf der linken Seite des Bettes dann das obligatorische Nachtkasterl. Das einzig Interessante waren einige Bilder an der Wand, vor allem das da von Yang-Motschnik vom anderen Ende der Straße, das mit den unschlüssigen Menschen. Wie oft hatte er davorgestanden und überlegt, was die wohl denken.

Er hatte den Drang, das Bett zu verlassen. Er fand es günstig, dass Marianne zu seiner Rechten lag, zwischen ihm und der Wand, so konnte er aussteigen, ohne über sie rüberklettern zu müssen, ohne sie aufzuwecken. Das machten wahrscheinlich alle Kommissare so, und er verspürte einen leichten Anflug von Stolz. Wahrscheinlich aber doch alle Männer, die Gefahr liefen, nachts aus dem

Bett geholt zu werden. Auch der Mann vom Schlüsselnotdienst, also nichts Besonderes.

Er ging zum Fenster, aber durch das Glas zu schauen befriedigte ihn jetzt nicht. Der Wandel, den er anstrebte, musste grundsätzlicher sein, musste sich stärker vom Schlafen unterscheiden. Er sehnte sich nach Frische, wohl wissend, dass es draußen wohl nur kälter wäre, aber doch als Frische wahrgenommen.

Er ging zur Tür, immer in der Erwartung, doch auf eine knarrende Holzplanke zu treten. Aber wie so oft schaffte er es nahezu lautlos. Das hatte er mit geschlossenen Augen geübt, abgeschaut von vielen Kriminalfilmen, denen mit dem Laserstrahl, der nicht unterbrochen werden durfte.

Das Nachbarzimmer war schmal. Sie nannten es das »bunte Zimmer«. Sie hatten die eine Längswand in einem zarten Rosa, die andere in Hellblau eingefärbt. Eigenartig, dachte er sich, wir haben nie darüber gesprochen. Und dann wollten wir nicht mehr darüber sprechen, haben Bücherregale aufgestellt, anfangs noch allerlei Nippes in die gähnende Leere der Regale gestellt, doch nun sind sie weitgehend mit Büchern gefüllt. Vor allem ihre Bücher. Das Zimmer öffnete zur Terrasse. Und nun lag Graz … nein, nicht zu seinen Füßen, aber er befand sich über den Dächern von – wie Paris – rutschte es ihm in den Sinn. Ja, jetzt Paris, das wäre auch nicht schlecht. Die Terrasse war geräumig, fast größer als das rosa-hellblaue Zimmer. Sollte er sich auf die Liege setzen oder in einen der beiden dazugehörigen Sessel? Er beschloss, stehen zu bleiben, ansonsten störte das gusseiserne Geländer seine Sicht. Es war imposanter, das Geländer wie ein Kapitän auf der Kommandobrücke zu umfassen und mit dem Blick in die Ferne zu schweifen. Ich hier oben und da das Dächermeer von Graz.

So langsam schälten sich einzelne Häuser aus dem Meer, das heißt vor allem deren Dächer und vielleicht die oberste Etage. Was weiß ich eigentlich von diesen Häusern? Die älteren unter ihnen aus dem 16. Jahrhundert, die Dachfirste und Regenrinnen oft nicht mehr gerade, manche gar gefährlich geschwungen. Einige waren dem Zerfall schon recht nahe. Gehörten sie alle der Kirche? Graz, heißt es, gehöre zur Hälfte der Kirche und zur anderen Hälfte einem Rechtsanwalt.

Zur Rechten der Dom, dahinter die Stiegenkirche, aber die konnte er nicht sehen, eben weil vom Dom und vom Mausoleum für Ferdinand II. verdeckt. Wie oft hatte er schon auf den Dom und das Mausoleum geschaut. Von hier aus schienen die beiden wie miteinander verschmolzen zu sein, und irgendwie machten sie einen quasi orientalischen oder doch zumindest italienischen Eindruck auf ihn. Er hatte schon oft darüber nachgedacht, dass das ja eigentlich nicht sein könne, kam aber zu keiner besseren Überzeugung. Außerdem wusste er aus der Erfahrung als Kommissar, dass nicht alle Fragen des Lebens gelöst werden können.

In gerader Linie vor ihm schaute er auf die Stadtpfarre, nicht halb so romantisch-rätselhaft wie das Mausoleum. Mit vollem Namen »Stadtpfarrkirche zum Heiligen Blut«, aber kaum jemand kannte diesen Namen.

»Sie meinen wohl die Herz-Jesu-Kirche im Herz-Jesu-Viertel?«

»Nein, die meine ich nicht.«

Obwohl direkt an der Grazer Hauptstraße, der Herrengasse, liegend, hatte die Heilig-Blut-Kirche doch einen Hinterhof, der einen sofort vergessen lässt, in der Landeshauptstadt und mitten in der Stadt zu sein. Mozart erinnerte sich an seine Verwunderung, als er den Hof zum ersten Mal betreten und geglaubt hatte, er sei in ein Dorf gebeamt worden. Wie alt war ich da eigentlich?

Sie wohnten nun schon seit vielen Jahren im Burgring, er hatte diese Aussicht schon Tausende Male genossen, auch den Blick auf die Oper, wenn er sich ganz an die Brüstung lehnte und scharf nach links schaute. Und dennoch schweifte sein Blick unaufhörlich hin und her. Er erwartete nichts, aber er musste schauen. Er sog diese sich langsam durch das Dämmerlicht öffnende Dachlandschaft tief in sich ein, sie machte ihn ruhig, ließ ihn in eine leider enden wollende Zeitlosigkeit eintauchen. Bald würden die ersten Autos zu hören sein, bald würden rasselnd und quietschend die ersten metallenen Türgitter der Geschäfte nach oben geschoben werden, bald würden die ersten Lieferanten in die Herrengasse und die Sporgasse einfahren, ihre Laderampen nach unten lassen, ihre Waren holpernd über die Pflastersteine manövrieren. Stille ist gut, aber erwachende Städte sind auch etwas Feines.

Wie ich diese Stimmung der Morgende liebe. Sagt man ›Morgende‹? Ob noch jemand gerade in diesem Augenblick auf seiner Terrasse oder auf seinem Balkon steht und die erwachende Stadt beobachtet? Im Sommer bin ich schon manchmal so durch die Innenstadt gelaufen. Und immer musste ich an Mozart in Salzburg denken. Das war damals auch nicht größer als jetzt hier die Altstadt.

Das Haus, in dem sie wohnten, war auf der alten Stadtmauer gebaut worden, 1865. Sehr solide, die Mauern unten über ein Meter dick, nahezu unmöglich für Internet-Signale oder Digitaltelefone. Das Erdgeschoss war von der Hinterseite betrachtet bereits die zweite Etage. Da unten war vor Kurzem jemand gestorben, er hatte ihn leider kaum gekannt, nur gegrüßt. Ein stiller Mann mit alten Druckmaschinen, der schöne Dinge herstellte.

Der schmale Innenhof war wie ein tiefer Schacht, begrenzt von der Rückseite der Häuser der Burggasse, der Weg von der Burg, heute Sitz der Landesregierung, zur Oper. In der Burggasse 16 hatte Peter Rosegger einst seine Grazer Zeit verbracht – 34 Jahre lang.

Von links leuchtete ein grünes Licht aus einem Treppengewölbe, unaufdringlich, irgendwie beruhigend, einen Fluchtweg kennzeichnend. Ja, das Palais Dietrichstein mit seinem Prunksaal und seinen wunderbaren Deckenmalereien, aber schon ziemlich verfallen. Der war mal Sitz eines Grazer Kulturvereins gewesen. Da hatte Mozart einmal die Präsentation der neuen Ausgabe des »Sterz« erlebt. Eigenartiges Gefühl. Irgendwie morbide, vor allem in diesem Ambiente. Waren dies die Grazer Intellektuellen? Viele Silberrücken. Immerhin einige bekannte Gesichter. Die Gesichter, die man auf Vernissagen, in der Oper, im Stadttheater traf. Schon damals hieß es, dass die Stadt hier ihre Beihilfestelle wie auch das Referat für Flüchtlingsangelegenheiten einrichten werde. Wollte man den armen Leuten mal einen gewissen Prunk gönnen? Manchmal hörte Mozart zur Mittagszeit die Stadtbediensteten lauthals aus ihrem Sozialzimmer tönen. Viel Gelächter. Das schallte den engen Hof hinauf bis ins Obergeschoss. Jetzt aber Stille.

Warum bin ich eigentlich aufgewacht? Was tue ich hier? Egal, es hat sich gelohnt, so schön, wie das hier ist. Das sollte ich öfter machen. Was wäre, wenn ich die Zeit anhalten könnte? Wie wäre es, wenn es für eine bestimmte Zeit nur Gegenwart gäbe? Vergangenheit war früher.

Mozart, werd jetzt nicht narrisch. Eigentlich genießt du doch, wie es langsam heller wird, eigentlich wartest du doch auf das Rasseln der ersten Tür.

Stattdessen schlug es vom Dom her zweimal. Halb. Halb was, halb vier, halb fünf? Ich kann es nicht sagen. Eigentlich freust du dich doch auf diesen Tag. Wird er die Lösung, die Entscheidung bringen? Mozart, hör in dich hinein.

Hörst du was?

Nein, nichts. Versuch es anders. Spür in dich hinein.

Was spüre ich? Mir wird langsam kalt. Soll das alles sein? Doch, da war noch etwas, dieses Gefühl der Unentschiedenheit, die Brust weder weit und offen noch gänzlich bedrückt, das Gefühl nicht flüchtender Zeit. Deswegen gefiel ihm sein still beobachtendes Dasein auf der Terrasse so gut. Remis!

Egal, wie es ist, Mozart, du musst noch etwas schlafen.

Frau Mozart lag auf dem Bauch, den rechten Arm angehoben und auf dem Polster gelagert (für Nichtösterreicher: Kissen), die Bettdecke zur Seite abgestrampelt. Sie schaute zur Wand. Das sagt man natürlich nur so, sie schaute nicht, denn sie schlief. Ob sie träumte? Vorsichtig beugte sich Mozart ganz weit über sie, bis er ihre Gesichtslinien erkennen konnte. Wenn ja, dann musste es ein schöner Traum sein.

Er setzte sich etwas zurück und schaute. Er schaute sie an. Komisch, wir leben schon so lange zusammen, und doch könnte ich sie erst letzte Woche kennengelernt haben. Was weiß ich eigentlich von ihr? Eigentlich. Ich bin zwar froh, dass sie Professorin im Akademischen ist, ich kenne einige ihrer Probleme, ich kenne ihren Tages-, Wochen- und Jahresablauf, bin froh, dass sie mit ihrem Gemüt weit weg ist von dem Burnout, über den so viele Lehrer klagen. Ist Frau Mozart zufriedener als die anderen? Etwa wegen mir, der Wiedergeburt Casanovas? Nicht ablenken, Mozart! Was weißt du von ihr? Wann hast du sie das letzte Mal von ihrem Leben erzählen lassen, von den inneren Dingen des Lebens, von dem, was sie bewegt, nicht nur vom Tagesgeschäft. Was weiß ich von ihr? Mein Gott, wenn mich jemand bitten würde, von ihr zu erzählen: wie lange würde das dauern, eine Stunde, oder weniger? Wann würde ich die Stirn in Falten legen und nachzudenken beginnen? Und das nach Jahren, wo wir uns kennen, jede Nacht das Bett teilen?

Als sie einmal ein etwas größeres Problem hatten, riet ihm ein Freund ein Buch von Michael Lukas Möller zu lesen, so eine Art Familientherapie- und Selbsthilfepapst. Der hatte den Satz geprägt: »Ich bin nicht du, und ich weiß dich nicht.« Dieser Satz hatte Mozart – nein, dem Kommissar – sofort eingeleuchtet.

Was wissen wir Liebenden voneinander? Was wissen wir Normalbürger voneinander? Lasse ich deswegen meine Verdächtigen so viel erzählen? Aber so viel wie in diesem Fall, nein, so viel musste ich noch nie zuhören. Musste? Oder macht es mir gar Spaß? Was wusste ich denn vorher von diesen 68ern? Habe ich sie nicht auch – wie die gesamte öffentliche Meinung – für überholte Spinner gehalten, manche gar für idiotisch und andere für gefährlich? Irgendwie monolithisch. Eben »die 68er«?

Und jetzt habe ich vier von ihnen kennengelernt, und der eine ist ein Gutmensch, der Zweite ein Zyniker ganz spezieller Ausprägung, die Kollegin hat ihr Herz dem Verzeihen und der Liebe geöffnet, und der Vierte im Bunde hier in Graz hat sich zum verständigen Kompromissler gemausert. Und die sollen eine Gang sein, die eine Bank überfallen hat?

Wieso hält sich Frau Mozart so gut? Meinetwegen? Eher wohl nicht. Wir müssen wieder mehr miteinander reden. Also irgendwie, Frau Mozart, finde ich Sie toll. Ob ich sie wirklich verdiene? Ja, ich weiß: erst die Melancholie, jetzt die Rührung. Herr Kommissar, reißen Sie sich zusammen!

Mozart schüttelte sich ganz kurz, so wie man im Film etwas abschüttelt, um eine neue Szene einzuleiten, und schaute sie an. Sein Blick glitt an ihr herunter, dann wieder hinauf, blieb an ihrem Nacken hängen. Mozart hatte eine Schwäche für diese Stelle, er liebte dieses Dreieck, das ihre Zöpfe über dem Nacken frei ließen. Das wirkte auf ihn wie ein Magnet. Er beugte sich vor, er wartete, ob sein Atem sie wecken würde, dann berührten seine Lippen ihren Nacken, er spürte jedes kleine Härchen, wie es seine Lippen kitzelte, dann bog sein Mund ab in Richtung linkes Ohr, seine Zunge tänzelte über der Haut hinter dem Ohrläppchen, dann kroch seine Zunge hinein in diese Kuhle. Ob die einen Namen hat? Die jetzt leicht nasse Haut verströmte einen Geruch, ihren Geruch. Er zog dreimal die Luft durch die Nüstern. Ja, wie roch sie eigentlich? Schwer zu sagen, einfach nur gut, eher warm als Geruch. Das berühmte Parfüm von damals, das legte sie nur zu besonderen Anlässen auf. Er beschnupperte den ganzen Nacken, bis ihm das Nachthemd Einhalt gebot. Dann wieder zurück zum Ohrläppchen, das ihn jetzt zum zarten Kauen einlud. Mozart hatte noch den animalischen Rest der spitzen Eckzähne, die bei den dritten Zähnen und Filmstars verpönt sind: ein Zahn wie der andere. Dann Nase in ihre offene Achselhöhle. Auch hier geschnuppert. Er hatte ihren leichten Schweißgeruch immer schon gut riechen können. Seine Lippen arbeiteten sich ihren linken Arm hinunter, und nun züngelte er in den Spalten ihrer Fingergrundgelenke. Komisch, dachte Mozart, dass diese doch so erogene Zone keinen anderen als nur den anatomischen Namen hat.

Als seine Lippen den Arm zurück nach oben wanderten, nahm er wahr, dass sich ihre Härchen aufgerichtet hatten. Im Schlaf. Was sie da verpasste!

»Schläfst du noch?«

Langsam, ganz langsam drehte Frau Mozart den Kopf nach links, ihm entgegen.

Er sah, dass sie leise weinte. Mozarts Herz blieb stehen, sein Mund offen, fragend. »Was?«

Sie fasste seinen Nacken. »Komm zu mir, sagte sie, aber nicht so stürmisch. Ich glaube, wir sind zu dritt.«

Frau Mozart kennt den Täter

Mozart war Kommissar, und als Kommissar will man auf Nummer sicher gehen.

»Schwanger, wirklich schwanger? Ein Baby?«

»Nein«, flüsterte Marianne süß, »ein Zwerghasi.«

Mozart stand im Schock. Mund weit offen, Augen wie Wagenräder. Und er sah so blöd aus, so irrsinnig und urgewaltig blöd, dass es aus Marianne herausbrach, das Lachen, lauthals. »Und ich weiß sogar, wer der Täter war.«

Langsam dämmerte es Mozart. Und langsam, ganz langsam hielt er mit der morgendlichen Dämmerung Schritt.

Was in der nächsten Stunde geschah, geben wir nicht der Öffentlichkeit preis. Natürlich gäbe es sehr viel zu erzählen, aber diese Stunde soll einzig und allein in der Erinnerung dieses Paares weiterleben.

Es sei nur so viel verraten: So zart wie an diesem Morgen war Mozart noch nie, und so viel geweint wurde in dieser Wohnung auch noch nie, in dieser Wohnung über den Dächern von Graz, in der die Sonne plötzlich ins Schlafzimmer gesprungen war und der Tag sich in diesem Zimmer einzurichten begann. Nun saßen sie beide im Licht.

Kitsch as kitsch can. Irgendwie. Zum Glück kein Film. Nur privat.

Ein besonderer Tag, oder?

Eine Stunde später.

»Und heute, an so einem Tag, soll ich nach Hamburg fliegen? Machen wir blau? Bleiben einfach im Bett liegen?«

»Kommissar Mozart, hat Ihnen Frau Mozart heute schon gesagt, dass sie Sie liebt?«

»Eigentlich nicht.«

»Was sind das für Zustände?«

»Aber eigentlich hat sie es mir eben gerade gesagt.«

»Stimmt nicht«, sagte sie. »Du erinnerst dich doch noch an den Film ›Helazpoppin‹? Da fliegen die beiden über den Tanzboden, und er fragt sie:

›Did I tell you that you dance like Ginger Rogers?‹

›No‹, zwitscherte sie begeistert.

›I wouldn't‹, antwortet er.«

»Gemein!«

»Vielleicht gemein, aber das meine ich nicht. Man muss schon auf die richtige Antwort warten. Also: Herr Mozart soll jetzt wissen, dass Frau Mozart ihn liebt. Gestern, heute und morgen. Und heute noch mehr als gestern. Und deswegen geht sie heute auch in die Schule, denn kein Schüler soll unter ihrer Liebe zum tollen Herrn Mozart leiden, und Kommissar Mozart fliegt nach Hamburg. Ein besonderer Tag heute, oder? Du kriegst die Täter, da bin ich mir sicher.«

Mozart schwieg, aber seine verliebten Augen dankten ihr.

Hamburg und die Schweinebande

Dr. Pool schlenderte durch den fast fertigen Anbau des Hospizes für Kinder. Das roch doch noch sehr nach frischer Farbe. Die Wände lebten, in gedämpften Tönen gehalten, aber was für warme Farben! Das strahlte Zuversicht aus. Er prüfte hier und da, aber nirgendwo gab es mehr feuchte Stellen. Er öffnete hier eine Tür, dort eine andere, seine Blicke glitten die Wände entlang, auch hier bunt, schaute auf Betten mit bunten Kissen und Decken, er schaute in einen Gemeinschaftsraum. Sein Blick blieb an einem Kickertisch hängen. Er nahm einen Ball und ließ ihn in ein Tor rollen.

Freude und Stolz wechselten sich ab. Der Kicker würde etwas Freude in diese Räume bringen. Es schien ihm, als ob er das Lachen und Siegesgeheul schon hörte. »Den Tagen mehr Leben verleihen!« Ja, so hieß der Leitspruch des Hauses. Wer schon nicht länger lebt, soll doch jede Minute besser auskosten können. Verdichtete Zeit eben. Was ist das Leben? Zeit und Raum. Und hier, ja hier gab es genügend Raum, schönen Raum, zum Schutz der Würde und Intimität, deren auch Sterbende oder Dahindämmernde bedürfen. Und der Raum sollte helfen die Zeit, die restliche Zeit, zu verdichten.

Endlich war es möglich, für die Gäste, ja so nannte er seine Kranken, Apartments anzubieten, die den nahen oder auch ferneren Tod etwas vergessen machten, egal ob Freund oder Freundin, Eltern oder Pflegeassistenten im Apartment mitwohnten. Und Pool stellte fest, dass er gerührt war. Eine

Träne kroch verschämt aus einem Augenwinkel. Ja, Rührung ist die Krönung von Stolz!

Auf dem Flur kam ihm Schwester Ute entgegen, die Begründerin des Kinderhospizes, ein Quell an Ideen und Inspirationen. Er war seit Langem ein Bewunderer der Geschwindigkeit ihrer aufpoppenden Ideen. Zum Glück kam sie ihm entgegen, Schritt mit ihr zu halten war nicht möglich. Es musste irgendwie eine direkte Verbindung zwischen ihren Gedanken und ihrem Fahrgestell geben. Und kaum waren die neuen Apartments in trockenen Tüchern – ja, so sprach sie, ›in trockenen Tüchern‹ –, war sie schon wieder mit etwas Neuem schwanger: ein Therapiebad sollte her. Diese Idee hatte sie gestern fallen lassen. Pool tat es leid, dass er ihre Begeisterung hatte dämpfen müssen, jetzt ging es doch erst einmal darum, diesem Rohbau hier ein Alltagsleben einzuhauchen. Und das Pflegepersonal für die jungen Erwachsenen musste auch erst mal gefunden und eingeschult werden. Aber woher nehmen und nicht stehlen angesichts des allgemeinen Pflegenotstandes? Besonders im Palliativbereich. Hier ging es ja nicht nur darum, den Hintern abzuputzen. Wie geht man um mit einem sterbenden Menschen? Wie geht man dabei mit sich selbst um? Wie viele hielten das nicht aus, zerbrachen am eigenen Mitleid? Oder aber sie verhärteten sich, wurden Zyniker. Einmal hatte er zufällig gehört, wie eine Pflegerin ihre Schutzbefohlenen als Zombies bezeichnet hatte. Sie war eigentlich eine nette Person. Wasserkantenhumor? Selbstschutz? Wahrscheinlich.

Gemeinsam hatten Schwester Ute und er damals vor fünf Jahren begonnen, die Ausbildung von Palliativkräften in die eigenen Hände zu nehmen und hatten ein Institut gegründet. Ja, man konnte sich gut aufeinander verlassen. Und da war manchmal nur ein Ideenfunken ausreichend, der auf dem Flur oder sonstwo ausgetauscht wurde, um die Geschicke des Hospizes in eine neue Richtung zu lenken.

Und so war es zuletzt auch gewesen, als plötzlich, wie ein Blitz aus heiterem Himmel, diese Spende hereingeflattert kam – und im Handumdrehen der neue Anbau, seine Fertigstellung, zum Greifen nahe rückte. Und heute war es nun so weit – der Tag der festlichen Eröffnung.

Indes war Schwester Ute schon um die Ecke gerauscht. Heute keine neue Idee? Das war eine Premiere. War auch sie etwas aufgeregt?

Pool ging, um sich für das Event fertig zu machen. Aber er ging nicht, er stellte fest, dass er stolzierte. Ein Tag des Stolzes! Und der Rührung!

So viele Menschen hatte Mozart nicht erwartet. Er ließ seine Blicke schweifen und schätzte die zu dieser Einweihung Erschienenen auf über hundert. Und fast alle trugen das »Grüne Band« der Kinderhospizbewegung. Die Stimmung war aufgeräumt, auch deswegen, weil einige Kinder dabei waren, die zwischen den Großen Abfangen spielten – so gut es eben ging. Und einige der Kinder trugen Glatze. Komische Sprache, die deutsche, dachte sich Mozart. Wie kann man eigentlich Glatze tragen? Eine Perücke ja, aber Glatze doch nicht. Das schien die Kinder nicht zu stören, nur einige wenige wirkten geschwächt und hielten sich an der Hand von Mama oder Papa fest. Auch einige im Rollstuhl, halb dösend oder schlafend. Oder schon zu schwach, die Augen offen zu halten. Standen sie kurz vor ihrem Tode?

Mozart hatte ein Herz für die Kleinen und für die vom Leben Gebeutelten, aber er musste vor sich selbst zugeben, dass ihn der Anblick einiger Kinder, die verrenkt und spastisch oder schlaff, blass und fehlfarben in ihren Rollstühlen saßen, doch irgendwie schockierte. Einer sabberte und einem anderen lief, nein, kroch der Rotz aus der Nase, zäh und dunkelgrün. Komisch, dachte sich Mozart, das habe ich seit meiner Kindheit nicht mehr gesehen, habe seit zig Jahren nicht mehr daran gedacht. Früher hatten alle Kinder Rotznasen. Wo sind sie geblieben? Was hat sich geändert? Nur noch die hier?

Der Vertreter des Hamburger Senats hielt sich zur allgemeinen Freude relativ kurz, zeigte selbstbelobigend auf, wie dem Senat das Wohl der Kinder am Herzen liege, um dann auf diese Bürgerinitiative überzuschwenken. Ja, so könne man stolz auf seine Mitbürger sein. Und schon gab er das Wort an die Initiative weiter.

Jetzt sprach ein Dr. Nielsen, groß gewachsen, etwas gebückt, etwas schütteres Haar, aber bewaffnet mit einem listigen und ungemein gewinnenden Lächeln. »Self-fulfilling prophecy« fiel Mozart ein. Wenn du die Leute so anschaust, fühlen sich die Angeschauten wohl, vielleicht bestätigt, und somit kann sich der so Lächelnde auch nur Gutes von den anderen erwarten. Er spreche als Kinderarzt und als zeitweiliger Leiter dieser Initiative, möchte sich aber in aller Bescheidenheit vor allem bei seinen Mitstreitern bedanken. Alle hätten zu diesem Erfolg beigetragen, den niemand in seinen kühnsten Träumen so schnell erwartet hätte. Auch er selbst nicht, das sei hier noch einmal ausdrücklich erwähnt.

Dieser Anbau des Hospizes kostet Geld, und in Deutschland ist das Mäzenatentum nicht so ausgeprägt wie in den angelsächsischen Ländern, vor allem in den USA, und gerade deswegen sei das hier so eine große Leistung. Außerdem zeige diese Aktion, dass die Hamburger Kinderärzte nicht nur über die Unterversorgung von Kindern in ihrem letzten Lebensabschnitt klagten – ja, kranke und vor allem sterbende Kinder hätten kaum eine Lobby –, nicht nur Forderungen an die Politik stellten, Bittbriefe schrieben, sondern bereit waren, finanziell einzuspringen und selbst Hand anzulegen. Einige hätten das sogar wörtlich genommen und sich zum Schluss bei der Inneneinrichtung beteiligt, hätten Wände gestrichen, nicht im klinisch-sterilen Weiß, sondern in bunt-warmen Farben, ebenso wie man es als Kind gern gehabt hätte. Sie hätten auch Stühle und Tische und Sofas gespendet und … Und hier wurde Dr. Nielsens Lächler noch gewinnender. »Hier muss ich mal kurz ausholen. Als ich noch in der Kinderklinik arbeitete, hatten wir auf dem Dachboden einen richtig guten Kickertisch. Es gab noch einige Kollegen von der Gynäkologie, die auch gerne spielten. Sehr gerne sogar. Wenn unser Chef mal einen von uns Assistenten gesucht, aber nicht sofort gefunden hat, brauchte er bloß eine Schwester auf den Dachboden schicken – na ja, dort fand sie eben den Gesuchten.

»Mal wieder typisch«, zischte es leise aus weiblichem Mund, ganz in der Nähe von Mozarts rechtem Ohr, »konnte natürlich nicht selber nachschauen gehen.«

»Was soll ich noch viele Worte machen?«, fragte Dr. Nielsen in die Runde. »Vor Kurzem war ich in der Klinik. Den Kickertisch gab es noch immer. Aber niemand spielte mehr. Ist wohl dem Virtuellen zum Opfer gefallen. Da hab ich gedacht, ich frag mal. Und nun steht er hier in diesem Hospiz. Wir haben ihn natürlich etwas für die Kinder und Jugendlichen adaptiert, also etwas niedriger gelegt.«

Applaus.

»Ich habe das Glück, mit einer tollen Frau und Schauspielerin verheiratet zu sein, die ihre Karriere mit Kindertheater begonnen hat. Theater für Kinder halte ich, halten wir beide persönlich noch für wichtiger als Theater für Erwachsene. Hier werden schon sehr früh die richtigen Weichen gestellt. Umso wichtiger ist Theater für kranke Kinder, für die, die in dieser entscheidenden Etappe ihres Lebens ausgeschlossen sind vom normalen Leben, zu oft getrennt von ihren Freunden und den Freuden des Lebens. Bitte begrüßen Sie unser Kindertheater. Die beiden werden ein kurzes Stück spielen: ›Frau Doktor, was heißt hier krank?‹«

Die beiden spielten faszinierend. Mozart konnte kaum den Blick von ihnen lösen. Sie spielten ergreifend, aber nicht kitschig. Nein, lustig, aber nicht aufgesetzt lustig. Ein etwa zehnjähriges Mädel spielte die Ärztin, ein etwas jüngerer Bub den Kranken. Und der wollte immer aufstehen, die Ärztin drückte ihn zurück ins Bett. Das Publikum ging voll mit. Sie erhielt die Buhs, er die »Jaja!« Zum Schluss fragte die kleine Ärztin entnervt, was er denn machen wolle, wenn er aus dem Bett gestiegen sei. »Na, alles!«

In der ersten Reihe stand ein kleiner Junge mit Morbus Down. Oh, wie der lachen konnte! Und dann platzte aus ihm ein »g-g-g-geil« heraus. Alles lachte. Über ihn? Nein, mit ihm.

Mozart musste sich immer wieder in Erinnerung rufen, dass er nach Hamburg geflogen war in der Hoffnung, hier »die vier« anzutreffen. Denn wieder hatte Kommissar Zufall Regie geführt. Hatte nicht Ende in seiner Geschwätzigkeit einen Freund aus Hamburg erwähnt? Es lohnt sich also doch, sie reden zu lassen, dachte sich Mozart. Manchmal legen sie selbst eine ungewollte Fährte. Und als Mozart vor einigen Tagen bei Frau Köhler in Berlin anrief, um doch noch einen weiteren Termin auszumachen, brummelte die Sprechstundenhilfe so vor sich hin, dass sie hier und da könne (da konnte Mozart aber nicht), hier aber nicht (natürlich gerade, als Mozart konnte), da mache sie dies und das und hier, am Mittwoch auch nicht, was steht da, ach ja, da ist sie »in Hamburg zur Einweihung«, da ginge es also auch nicht. Mozart verkniff sich noch gerade rechtzeitig die Nachfrage, was für eine Einweihung das denn sei. Er würde später noch einmal anrufen.

So schnell war er noch nie im Netz. So viele Einweihungen gab es an diesem Tag in Hamburg auch nicht: Vernissage, Vernissage, Vernissage und dann: »Einweihung des Anbaus des Kinder-Hospiz«.

Es war nur ein Verdacht, ein vager dazu, und Mozart hatte Schwierigkeiten, den Flug nach Hamburg als Dienstreise genehmigt zu bekommen. Er deutete seinem Chef an, dass in Hamburg der Fall eventuell gelöst werden könne.

»Mozart, sind Sie sich sicher?«

»Nein.«

»Warum fliegen Sie dann hin?«

»Zu wenig unsicher.«

Der Chef verstand nicht ganz, wollte sich aber keine

Blöße geben. Mozart durfte. »Ich kann Ihnen aber niemanden aus dem Team mitgeben, bei dieser vagen Sachlage. Sie müssen sich dann schon vor Ort Verstärkung holen. Die Hamburger mögen die Wiener, hat der Otto Schenk mal gesagt, und der hat da mal gelebt.«

»Aber ich bin doch Grazer.«

»Müssen's gar nicht erwähnen. In Hamburg gelten Sie automatisch als Wiener.«

Mozart ließ seinen Blick über die Menge schweifen, was zuvor nicht so leicht gewesen war angesichts Mozarts Körpergröße. Aber als das Theater spielte, stiegen doch einige der Anwesenden auf ihre Stühle. Das sah Mozart auch als seine Chance.

Ihre Blicke trafen sich gleichzeitig. Mozart meinte zu erkennen, dass Frau Doktor etwas zusammenzuckte. Ihr Lächeln hin zu Mozart wirkte auch etwas gequält. Dann schien sie sich aus Mozarts Anwesenheit nichts weiter zu machen, ja, ihn geradezu zu ignorieren. Zweimal sah Mozart, wie Frau Köhlers Augen schnell einen Sprung weg vom Theater nach links machten, beim zweiten Mal meinte er, am Ende des Blickes ein kurzes Nicken wahrgenommen zu haben. Wen hatten ihre Augen gesucht und wer hatte ihr zugenickt?

Das Stück war zu Ende. Applaus brauste auf, die Kinder jauchzten und klatschten, und während auch er begeistert klatschte, behielt Mozart doch die Gruppe im Auge, auf die Frau Köhlers Blick gerichtet gewesen war. Jetzt erkannte er Ende. Tatsächlich! Ende entfernte sich langsam. Blieb neben einem groß gewachsenen Menschen stehen und tuschelte ihm etwas zu. Natürlich konnte Mozart kein einziges Wort hören, aber Menschen, die reden, vor allem solche, die heimlich tuscheln, haben eine andere Körperhaltung, eine andere Körperspannung. Da erkennt ein Kriminaler den Redenden auch noch im Dämmerlicht.

Und dann ging eben dieser groß gewachsene, etwas schlaksige Mensch nach vorne zum Rednerpult: Als Leiter dieser erweiterten Einheit möchte er sich bei allen bedanken, die hierzu beigetragen hatten. Natürlich der Ärzteinitiative, aber auch und besonders dem Hamburger Gesundheitssenator. Denn der hatte versprochen, dass der Senat den Betrag des gespendeten Geldes noch einmal verdoppeln würde. »Tja, meine sehr verehrten Damen und Herren, seit einigen Monaten schläft unser verehrter Herr Gesundheitssenator vielleicht nicht mehr so gut. Warum? Unsere Geldsammlung war nicht unbeträchtlich, doch dann erhielten wir urplötzlich und unangekündigt eine anonyme Spende von« und er schaute aufreizend langsam in die Runde, wackelte gleichzeitig mit dem Kopf, »bitte festhalten, eins Komma fünf Millionen Euro.«

Staunen, Gemurmel, die ersten Klatscher, dann tosender Applaus.

»Geld macht's möglich, aber die Inhalte unserer gemeinsamen Arbeit sind entscheidend. Gerade bei unserer Arbeit hier zeigen sich die Stärke und die Notwendigkeit menschlicher Beziehungen, die Macht der empathischen Zuwendung, das richtige Wort zum richtigen Zeitpunkt.

Mein Kollege Dr. Nielsen von der Ärzteinitiative hat vorhin den Kickertisch erwähnt. Nun mögen einige von Ihnen denken, na ja, ein Kickertisch, so eine Kleinigkeit, so etwas

Banales. Aber wofür ist ein Kickertisch gut? Ich möchte diese Frage mit einem berühmten Mythologen – nicht Mystiker –, also dem amerikanischen Mythenforscher Joseph Campbell beantworten. Der schrieb: ›Die Leute sagen, dass es der Sinn des Lebens ist, wonach wir alle suchen …‹«

Viele Köpfe nickten.

»Nein, ich bitte um Entschuldigung für diesen kleinen Trick, zu früh genickt. Campbell schrieb nämlich weiter, er glaube nicht, dass es das ist, was wir wirklich suchen. Er glaube, ›wonach wir alle suchen, ist eine Erfahrung des Lebendigseins‹.

Ein kleiner Patient mit einem Sarkom sagte mir kürzlich, er habe keine Angst vor dem Tod, aber er möchte sich am Leben freuen. Das hat er von sich aus gesagt. Ich glaube nicht, dass er das Logo dieses Hauses kannte, und ganz gewiss kannte er nicht den inzwischen berühmt gewordenen Satz der englischen Krankenschwester, Ärztin und Sozialarbeiterin Cicely Saunders, von der ja unser Logo stammt und die man gewiss die Mutter der Hospiz- und Palliativbewegung nennen darf. Sie sagte: ›Es geht nicht darum, dem Leben mehr Tage zu geben, sondern den Tagen mehr Leben.‹ Jetzt, so hoffe ich, verstehen Sie auch den Kickertisch.«

Erleichtertes Nicken, zunehmender Applaus!

»Spaß, Freude und? Die Muse, die Muse, die Muse. Nach dieser wunderbaren Theateraufführung möchte ich Ihnen nun noch einen besonderen Leckerbissen vorstellen. Drei Jugendliche unserer Abteilung werden Ihnen ein kurzes Musikstück vorspielen. Aus der Veterinärmedizin ist längst bekannt, dass Kühe mehr Milch geben, wenn im Stall klassische Musik angeboten wird, also im Gegensatz zu Hard

Rock. Und was für Kühe gilt … Und welche Musik hat wohl die höchste Wirkung bei Kindern, die ihren normalen Rhythmus und die Melodie ihres Lebens verloren haben? Ja, richtig, eine Musik, die genau das bietet: Rhythmus und wohlklingende Melodie.

Unsere drei Kleinen, na ja, beinahe schon Jugendlichen, werden Ihnen eine kurze Sonate von Mozart anspielen, die er selber im Kindesalter komponiert hat.

Aber natürlich habe ich noch eine Überraschung im Ärmel, eine wirklich große! Bevor unsere Kleinen Mozart spielen werden, wird … Mozart … persönlich … zu Ihnen sprechen.«

Hier hob Dr. Pool den Kopf, machte eine betont lange Pause, genoss sichtlich das anschwellende Getuschel, die allgegenwärtigen Denkfalten auf vielen Stirnen.

»Meine sehr verehrten Damen und Herren, ich habe die große Freude, unter unseren Gästen einen Mann begrüßen zu dürfen, der den Namen dieses großartigen Komponisten trägt, der sein direkter Nachfahre ist. Herr Mozart aus Graz, der Hauptstadt der Steiermark in Österreich, darf ich Sie höflichst bitten, einige Worte an uns zu richten?«

Schockschwerenot! Mozart stand da wie vom Blitz getroffen. Was sollte denn das auf einmal? Diese Schweinebande! Mozart winkte abwehrend mit den Händen, schüttelte energisch den Kopf, doch diese verdammten Hamburger applaudierten umso heftiger. Er hatte doch noch gar nichts gesagt. Er würde auch nichts sagen. Er hatte im Vorweg mit der Hamburger Polizei vereinbart, dass er von zwei lokalen Kriminalen begleitet werde, dazu ein Fotograf, der die Fei-

erlichkeiten filmen sollte (sicher ist sicher). Mozarts Kopf
war auf einmal leer, leer und trotzdem schwer, und in dieser Leere jagte ein Gedanke den anderen. Was soll ich denn
jetzt sagen? Dass das hier alles Schwindel ist? Dass ein Teil
der großzügigen anonymen Spende möglicherweise öster-
reichisches Geld ist? Gestohlenes Geld – aus einem Banküberfall? Einem Bankraub mit Geiselnahme? Den Anbau
abreißen? Die Kinder auf die Straße setzen? Alles zurück,
zurück! Soll ich das? Will ich das? Kann ich das? Darf ich
das? Ich, potenzieller Vater eines Kindes? Mein Kind, das
derzeit noch nicht mal im Ultraschall seinen Schatten wirft?
Würde mein Kind vielleicht auch mal so ein Haus der Zuwendung benötigen?«

Da war plötzlich Mariannes Gesicht. Sie lächelte. »Unser Kind«, sagte sie. Mozart schwor sich, sie alle später in
Stücke zu reißen.

Die beiden Hamburger Kriminalen sahen ihn ratlos an,
er ratlos, kaum merklich die Augenbrauen hebend, zurück.
Chaos im Hirn.

Dann stolperte Mozart nach vorne. Hatte nicht Nietzsche
ihm geraten, zu gehen, sich zu bewegen? Die Anwesenden
bildeten eine Gasse, ein jedes Gesicht wandte sich ihm zu,
Freude und Applaus kämpften um den Sieg. Da streckten
sich ihm Hände entgegen, und die, die er zu drücken verpasste, klopften ihm auf die Schulter. Das sollten die stu-
ren Norddeutschen sein?

Dann hörte er Marianne, die andere, die Yoga-Marianne
sprechen: *Zulassen, zulassen, sich einlassen, ohne zu wissen, wohin die Reise geht.* Hatte sie nicht auch gesagt, dass unser bes-
ter Freund der Atem sei? Mozart holte tief Luft, versuchte

sie innen zu behalten – die Atemfülle –, doch sie prustete gleich wieder aus ihm raus. Drei Mal hatten sie beim Yoga immer so tief ein- und stoßweise ausgeatmet, mit der Pause, der Atemfülle mittendrin. Der Anfang und das Ende gelangen ihm, nicht aber die Pause. Aber immerhin ging er, nein, er stolperte weiter nach vorne, und er wünschte sich dabei, die Erde möge sich auftun und ihn verschlucken.

Als Kommissar Mozart später von Frau Mozart gefragt wurde, was er denn erzählt habe, konnte er sich an nichts mehr erinnern. Nur, dass er zwar Mozart heiße, dass sich solche grandiosen Fähigkeiten ja auch nicht automatisch übertragen würden, das wäre ja geradezu grässlich, dann müsste ja eine ganze Horde Mozarts die Musikwelt der letzten Jahrhunderte beherrscht haben, möglicherweise aber auch Hard-Rock-Mozarts (da lachten alle, das heißt die Erwachsenen und auch einige Jugendliche, die Kinder etwas später, weil die noch nicht so genau wussten, was Hard Rock war), dazu konnten sich solche Ausnahmefähigkeiten über die Jahrhunderte gewaltig abnutzen, also kurz: Er gestehe, dass er als ein echter Mozartianer eigentlich weder singen noch ein Musikinstrument richtig spielen könne. Dass er das Kindertheater und die musizierenden Kinder ganz leiwand gefunden habe ...

»Was?«

»Ach ja, leiwand, das kennen Sie ja nicht, also ›ganz großartig‹, oder um einen Ausdruck zu benutzen, den die Kinder auch verstehen könnten, wie ihn unser junger Freund hier in der ersten Reihe ja auch schon benutzt hat, also einfach geil.«

Im letzten Augenblick hatte er noch unterdrücken können, ein ›g-g-g-geil‹ hinauszustottern. Und er hatte auch
noch davon gesprochen, dass das hier ein Freudenhaus sei –
kurze, etwas peinliche Stille –, ja, auch das müsse er erklären. Das erste Frauenhaus in Wien sei von den Initia-
torinnen auch als Freudenhaus bezeichnet worden, was an
den männlichen Stammtischen der Heurigen und Beisl –
Beisl? –, also Kneipen, natürlich zu einer besonderen Hei-
terkeit geführt hatte. Aber was er dann weiter zur Medizin
und zu diesem Zentrum gesagt hatte, das war auch bei seinem besten Willen nicht mehr abrufbar.

Auch vom Rest der Feier wusste Mozart nicht mehr sehr
viel. Die nun folgende Mozart'sche Sonate nahm er nur noch
als ein fernes Rauschen wahr. Nein, das Rauschen kam aus
seinem Kopf, jagte zwischen den Schädelwänden hin und
her, übertönte alles, was sich da draußen abspielte. Die beiden Kriminalen waren noch vor Ende des letzten Redners –
es sprach noch Schwester Ute, und natürlich mussten noch
einige Vertreter von Sparkassen und Honoratioren des Be-
zirks sowie die Ärztekammer reden; erstere verzichteten darauf, ihren cher bescheidenen finanziellen Beitrag auf dem
publikumswirksam vergrößerten Scheck zu zeigen, gegen
eins Komma fünf Millionen konnten sie nicht anstinken –
zu ihm gekommen und hatten ihm zugeflüstert, wie es denn
nun um den Zugriff stände.

Mozart hörte es reden. Es war ihm nicht klar, ob er das
war, der da sagte: »Nein, kein Zugriff. Daraus wird nichts.
Sie können gehen. Weg, weg! Ich verfasse gleich morgen
einen Bericht.«

Es gab noch einen kleinen Umtrunk. Und immer war er

umringt von diesen freundlichen Menschen – von wegen
sture Fischköppe – die ihm gratulierten und natürlich immer wieder dieselbe Frage stellten. Das war zumindest eine
Frage, für deren Antwort Mozarts Hirn nicht mehr arbeiten musste.

»Ja, echt. Verwandt mit dem Komponisten, nicht mit
den Kugeln.« Das sorgte für gute Stimmung – immerhin.
Mozart war sich in seinem Leben noch nie so unschlüssig
gewesen. Was sollte er tun? Wegbeamen wäre eine Lösung.
Von einem UFO abgeholt werden? So wie im Film »Hin-
terholz 8«?

Da kam jemand, entschuldigte sich bei den Umstehen-
den, weil er jetzt den Herrn Mozart zu einem Gespräch
entführen müsse. Mozart hob die Arme und schaute in die
Runde: »Es war mir eine Freude, ich glaube, ich werde jetzt
endgültig in Geiselhaft genommen.«

Von wegen alle vier. In dem Besprechungsraum sah sich
Mozart neun Personen gegenüber. Georgis vom Chiemsee,
Frau Köhler aus Berlin, Ende aus Graz, der Hart aus Wien,
dazu die Redner Dr. Nielsen und Dr. Pool. Zwei der ihm
drei Unbekannten waren Damen.

Und jetzt passierte etwas sehr Eigenartiges. Keiner re-
dete. Man stand sich gegenüber und schaute. Schaue ich hier
in die Gesichter von Verbrechern? Mozart hatte im Lauf seiner Karriere gelernt, auf Stimmungen zu achten. Wie ach-
tet man auf Stimmungen? Man muss nur spüren, wie man
sich fühlt. Die Stimmung hier war weder bedrückend noch
ängstlich, von aggressiv oder z'wider gar nicht zu reden. Ver-
gingen da Minuten? Oder nur gefühlte Minuten?

Georgis hob seine Hände, überkreuzte die Handgelenke und hob fragend die Augenbrauen. Mozart reagierte nicht. Dann folgte einer nach dem anderen dem Beispiel von Georgis.

Immer noch kein Wort.

Schweinebande, dachte Mozart, schaute sie alle an, einen nach dem anderen. Neun Verhaftungen? Mein Gott, ich werde berühmt.

Doch was ist der Kopf, und was ist das Herz, und was sind die Eingeweide, und was ist das Mitgefühl, und was ist das menschliche Miteinander, und was ist die Zuneigung, und was ist die Empathie, und was ist die Liebe?

Und wer zum Teufel sind die LEHMAN BROTHERS?

Kommissar Mozart hatte seinen Fall mit Bravour gelöst, aber es war kein Stolz, was ihn da durchflutete. Stolz macht groß und drückt das Kreuz durch und richtet auf und schiebt das Kinn nach vorn und heftet die Lippen aufeinander. Doch Mozart fühlte, wie sich plötzlich seine Oberlippe kräuselte, dann die Unterlippe. Dann liefen diesem Kommissar – das darf doch nicht wahr sein! – einige Tränen über die Wangen, verlegen leckte er mit der Zunge über die salzigen Lippen, wischte die Tränen weg, musste einmal die Nase aufziehen und sagte immer noch nichts.

Dann kamen sie auf ihn zu, und jeder drückte seine Hände, als letzter Pool, der Chef des Neubaus. Und nun geschah das gänzlich Unerwartete. Mozart umarmte ihn, aber welches Missverhältnis in der Körpergröße! Sagen wir mal, Mozart versuchte ihn zu umarmen, und so musste Mozart auf die Zehenspitzen und immer noch musste er sich strecken, und beinahe hätte er das Gleichgewicht nach hinten verloren. Mozart kam sich lächerlich vor, sehr, sehr lächerlich, doch von einer anderen Warte sah das alles so verrückt aus, dass die ganze Bande zu lachen begann.

Da standen sie und erkannten bewundernd an, dass Mozart diesen Fall gelöst hatte. Aber sie fühlten sich nicht schlecht. Es war eher wie ein Spiel gewesen. Hatten nicht beide Seiten gewonnen?

Als filmreifer Abschied, so dachte sich Mozart, müsste ich jetzt davongehen, hinaus in die Weite des Lebens, der *lone ranger*, der Sieger und doch nicht Sieger. Ich würde gehen, bis man mich nicht mehr sieht, die Straße hinunter, immer weiter, immer kleiner werdend oder aber im Dunst der Abenddämmerung verschwindend. Lost in happiness. Oder doch lost in melancholy?

Doch dies ist kein Film, und außerdem möchte ich noch etwas wissen. Mozart stand neben Georgis »Wer sind die anderen, auch alles alte Genossen?«

»Nein, nicht alle, aber sehr gute Freunde, Menschenfreunde, das ist noch wichtiger. Manche schon alte Genossen, aber es gibt etwas Höheres als die Politik. Politische Meinung vergeht, Charakter bleibt – meistens.«

Was für ein schönes Ende für diese Geschichte, dachte sich Mozart. Nein, zu kitschig, zu gutmenschlich. »Ich möchte doch noch etwas wissen: Wer waren denn nun die drei vom Bankraub?«

Pool beugte sich vor. Und lächelte. »Herr Kommissar, Sie wollen uns doch jetzt nicht noch enttäuschen, oder? Nach so einem schönen Tag? Aber irgendwie verstehen wir Sie. Versuchen kann man es ja. Oder wie es bei uns hier im hohen Norden heißt: ›Wer nicht frägt, der nicht gewinnt.‹ Und gefragt haben Sie.«

»Und Sie haben nicht geantwortet.« Das war jetzt Mozart.

»Ich sehe, wir verstehen uns.« Das wiederum war jetzt Georgis.

Mozart war noch nicht am Ende:

»Und wieso dieses Hospiz? Wieso nicht Unterstützung von Flüchtlingen oder Armut in der Gesellschaft?«

Frau Köhler ergriff das Wort: »Gar keine große Überlegung. Einige von uns saßen zusammen und schwelgten in Erinnerungen. Und als wir merkten, dass wir mal Großes vorgehabt hatten, ja, als wir noch jung waren, jetzt aber nur jeder für sich so dahinlebte, da kam spontan die Idee auf, etwas Soziales zu tun, und gleichzeitig etwas Verrücktes. Und ich glaube, der Akki war's, der sagte: ›Wie wär's mit dem Hospiz vom Pool?‹ Es gab in dem Augenblick keinen besseren Vorschlag. Und einer der Altgenossen meinte, dass wir uns ja das Geld von einer Bank holen könnten. Die Bürgerlichen unter uns hätten sich das nie getraut. Und den Rest kennen Sie.«

»Und wieso die Bank in Graz?«

»Na ja, die Lehmans waren ja schon pleite. Und außerdem. Wenn es schiefgelaufen wäre: Wollen Sie in einem amerikanischen Gefängnis sitzen?

»Aber eines würde ich doch noch gerne wissen. Der Zyniker da aus Wien, was macht der in dieser Truppe?«

»Ach, der braucht den Zynismus, um sich abzureagieren. Aber er ist nur beim Reden zynisch. Sie sollten mal sehen, wie der sich um kranke oder hilfsbedürftige Menschen kümmert. Zugewandt bis über die Ohren. Der nimmt die sogar in den Arm. Und manchmal verschreibt er ein Rezept. Und wissen Sie, was da draufsteht? Bis zur nächsten Ordination mindestens zwei Umarmungen täglich à 20 Sekunden.«

»… Kaum zu glauben. Und wie geht es weiter? Ist jetzt hoffentlich Schluss mit Banküberfällen?«

Ende ergriff das Wort: »Herr Kommissar, kennen Sie Eiffe? Nein? War ein berühmter Hamburger Grafittikünstler, schon lange her, noch bevor die Sprayer unterwegs waren. Und wissen Sie, was sein berühmtester Satz war? Nein? Also: Bis hierher und noch weiter!«

»Mein Gott! Nicht noch weiter!«

Das war nicht Mozart, aus dem es da sprach. Das war irgendwie ein Stück von Mozart selbst, das da verkleidet als Stoßgebet Mozarts Mund entwich. Mozart fühlte es, und die anderen sahen es: Jemand hatte den Stöpsel aus Mozart herausgezogen. Mozart sackte in sich zusammen.

»Aber, Herr Kommissar, die Welt ist groß. Wer sagt denn, das wir uns wieder begegnen werden?«

»Gottlob!«, entfleuchte es Mozart. Und die neun wurden Zeugen, wie dicht Mond und Sonne, Schatten und Licht beieinanderliegen können. Mozart strahlte, und irgendjemand musste ein Ventil umgelegt haben: Eben noch geschrumpelt wuchs Mozart zur alten Fülle zurück.

Und seine Gedanken flogen voraus nach Graz.

Was wird mich mehr belasten?

Zu wissen, wer die drei waren?

Oder die vier?

Oder all die neun hier?

Oder es nicht zu wissen?

Was werde ich in Graz dem Dezernat erzählen?

Ich werde wohl einiges verheimlichen müssen.

Was werden die von mir halten?

Werden sie mir glauben?

Werde ich es schaffen, den Fall als abgeschlossen zu erklären?

Als ungelöst abgeschlossen?

Meine erste richtige Niete?

Was soll's!

Was wird es wohl – Mädchen oder Junge?

Tom Ots
Kommissar Mozart – Es muss nicht immer Mord sein
ISBN 978-3-948442-29-3

Umschlaggestaltung: SpieszDesign, Neu-Ulm
Innentypografie: Kadja Gericke
Druck und Bindung: CPI Books GmbH, Leck